鈴木梅子の詩と生涯

西田　朋

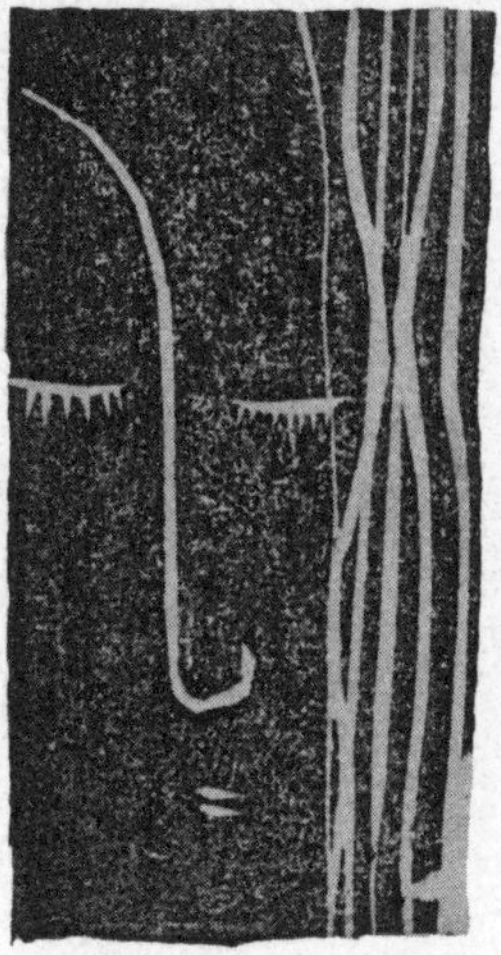

土曜美術社出版販売

鈴木梅子の詩と生涯

献詩

檸檬

――鈴木梅子さんに――

西田　朋

ひんやり固くしまった実を
両手で受け取った
穢れをはねつけ
秘めた生命がはげしく
香り立って来る

薄日射す　冬の部屋で
私はいつまでも

一個の檸檬を握りしめていた
　お店も人生も　重荷以外の何物でもない
　堪えてゆく力もすでに絶え絶えだ*……

厚い皮の内から　絞り出た声を
聞いてしまった
冷たい果汁が一滴
平穏な心を濡らしてゆく

一個の　檸檬が重い

小さな房にぎっしり仕舞い込まれた手紙を
覗き見てしまったからだろうか
それとも
強い香りを吸ったから

出会うことなく
遠く去ってしまった　あなたが
私を呼び止める
なぜ

同じ生命に息づいて
生命の深さにもがいている

凍える手で
編み込まれた言葉を
解いていく

＊　鈴木梅子が師堀口大學に宛てた手紙より

（詩集『雨になる夜』）

鈴木梅子の詩と生涯＊目次

第四章　「殻」からの脱出

第五章　詩を支えに

扉版画　大泉茂基「女の顔」一九五八年作

鈴木梅子の詩と生涯

序に代えて

小荷物

第一次モラトリアムによる経済異変の
余波を受けた当時。

人手に渡した屋根の下に
屋根を持てなくなつた　人々は
住んでゐる——。
たしかに置いた筈の玩具が
いつの間にか　うばひ去られた室《へや》に
立ち帰つた子供達のやうにして　……。

それはトンネルの下積みから吐き出された余剰物なのだ。

暴風雨をはらんだ空は
これら　ひとびとの上に
親しい屋根となつて広ごる。

屋根を持たないひとびとは
人手に渡した屋根の下に住む
歩かない巡礼者だ！

おのづから貧乏を囲んで
寄り合つて
自分ひとりづつの感情と意欲を
手荷物に持つて
旅のやうな一夜、一夜を
人手に渡した屋根の下に眠る。

時代が張つたくもの巣に
散りかかつた病葉《わくらば》なのだ。

（詩集『殻』）

私が、詩人鈴木梅子の前述の作品「小荷物」に出合ったのは、今から十数年前のことであった。初めて手にした梅子の第一詩集『殻』を繙《ひもと》いていた私の手は、「小荷物」というタイトルの横に付された詞書の、〈第一次モラトリアムによる経済異変の余波を受けた当時。〉という、耳なれない語に手が止まった。「いったい、第一次モラトリアムとは、なんのことだろう?」との疑問を持ったのである。詩集に収められた作品は、おおむね梅子自身を投影したものが多い中にあって、この「小荷物」は、どこか趣を異にしていることが気になったのである。

その後、梅子の背景を知るに従って、一層この詩に惹かれ、このような詩を、今から六十年以上も前に書いた鈴木梅子という詩人が、東北の片田舎に居たということに驚きの念を禁じ得なかった。

それればかりでなく、当時、思想界の鬼才と言われた哲学者土田杏村《きょうそん》（一八九一―一九三四）に哲学を学び、フランス近代詩の訳詩集『月下の一群』（第一書房、一九二五年）で、日本の詩壇に新風をもたらした、詩人堀口大學（一八九二―一九八一）の愛弟子であったことを知り、驚きを新たにするのであった。

五年前の、平成二十七年（二〇一五）六月三十日の朝のことであった。広げた新聞一面トップから「ギリシャ瀬戸際――銀行の営業停止」との、大きな見出しが飛び込んできた。タイトルの横には「資本規制　預金引き出し制限」とあり、さらに新聞は次のように報じていた。

財政危機に陥ったギリシャ国内の銀行は二十九日、営業を停止した。ギリシャ政府は預金流出を食い止めるため、預金引き出し額の制限を柱とした資本規制に追い込まれた。

（「河北新報」平成二十七年六月三十日・火曜日、朝刊）

私は経済に対して、特別な関心を持っているわけではない。むしろ疎いほうで、新聞の経済欄は、見出しだけ読むにとどまるのが常であった。しかし、この日は違っていた。新聞の大きな見出しを見た瞬間、「これはモラトリアムだ！」と、悟ると同時に〈銀行の店舗外のATMに市民が列をなした〉との別の新聞の写真を目にした時には〝モラトリアム〟いう語がより現実味を伴ってくるのであった。そして同時に、私の頭をよぎったのは、〈第一次モラトリアムによる経済異変の余波を受けた当時。〉との詞書を持つ、前記した梅子の詩「小荷物」であった。

梅子が第一詩集『殻』を刊行したのは、昭和三十一年（一九五六）で、梅子が五十八歳と晩年になってからである。梅子の日記や詩作ノート等の類はいっさいと言っていいほど、残されてはいないので、この「小荷物」が書かれた年は不明である。が、詩のモチーフとなっているのは、昭和二年（一九二七）の昭和金融恐慌である。

梅子の嫁ぎ先である、白石の豪商「大味《だいみ》」では、明治四十年（一九〇七）に株式会社白石銀行を設立、当時も営業をしていた。〈昭和二年四月二十五日に白石でも起きた、金融恐慌による取り付けの際は、銀行を休業、預金の払い戻し停止の措置を講じた〉との記録を『明治一〇〇年白石刈田年表』（不忘新聞社、一九六七年）に見ることができる。

また、梅子が師土田杏村との「思い出」を綴ったエッセイ「杏村先生から得たもの」の文中で、第一次モラトリアムに関して、次のように記している。

「文化」についても思ひ浮ぶことはおよそ、うすれて居りますが、ただ次から次と紹介される世界の新思想といったものの中に、その当時アメリカに設立された労働銀行について書かれたものがあったやうに思ひます。労働者自身が株主となって、といふ事に非常にこころ引かれまして、向後の資本の在り方など、生意気に本気に考へたり致しましたことなど忘れません。それが因となって、第一次モラトリアムの影響下にあった当時の鈴木の家の銀行の整理上に、たいへん私としては役立った事でした。

（上木敏郎編著「土田杏村とその時代」第四号　一九六六年）

「小荷物」は深刻な社会事象をモチーフとしているが、それを生活に密着した言葉で捉え、静かに訴えている。この詩は、土田杏村によって開かれた、社会を見据える確かな眼と、堀口大學によって培われた、鮮麗された表現技法、この二つの豊かな要素が端的に表れた、優れた作品といえないだろうか。
　同時代に活躍した女性詩人の左川ちか、荘原照子、江間章子、永瀬清子、中原綾子等の名前は多くの人に知られ、また詩も読まれてもいるが、このような優れた詩を書いた詩人鈴木梅子の名前を知る人は、当時も、今も稀である。
　しかし『日本現代詩辞典』（桜楓社、一九八六年）には、次のように記してある。

　鈴木梅子（すずき・うめこ）　詩人。?～昭和四八・一一・?（?～一九七三）。生年未詳。堀口大學に師事する。「パンテオン」「オルフェオン」などに詩を発表。詩集に『殼』（昭31・9、昭森社）『をんな』（昭34・3　同）がある。
（編集部）

『詩歌人名事典』（紀伊國屋書店、一九九三年）でも同様に、生年月日は、やはり空白であった。また、『現代詩大事典』（三省堂、二〇〇八年）の［詩雑誌「パンテオン」項の解説］の中では、次のような記述を見る。

　「オルフェオン」で堀口が「詩の投稿は随分沢山あった」と告げるように後半の号には鈴木梅子等新人の作品が多く掲載された。
（土屋　聡）

　これらの辞典で取り上げられている女性詩人は、そう多くはないが、不備ながらも「鈴木梅子」

が掲載されているということは、鈴木梅子が当時の詩人として見落とせない存在だったことが、うかがえる。

私はこの事実を知って、せめて空白の生年月日と亡くなった日にちだけでも、埋めることができないかと考えた。その一方で梅子にとっては、世に問うた『殻』、『をんな』、『つづれさせ』の三冊の詩集が表現者としての梅子そのものであり、詩人としての鈴木梅子はそれで充分ではあるまいかとも思う気持ちもあった。しかし、長い時間を掛けて、梅子の足跡を辿り、詩集など書き残されたものを繙くにつれ、強い信念を持って、明治・大正・昭和と、詩を支えに生き抜いた詩人鈴木梅子という一人の女性の姿が、少しは形を成して見えてきた。そのような梅子の姿を描き後世に残すことは、梅子の詩集を繙くうえでも、また、梅子の生き方から詩とは何かを学ぶうえでも、大きな意義があるような気がしてきたのである。

梅子が師と仰いだ哲学者土田杏村の名前は、現在、大学で哲学を専攻した人でさえ、兄の日本画家土田麦僊《ばくせん》（一八八七～一九三六）は知っていても、弟の土田杏村の存在はほとんど知らない。「忘れられた」存在であることを知った。

また一方、日本の詩壇においては、詩人堀口大學でさえ、今の若い人たちの間では知られてない。忘れられた存在になりつつある。「堀口大学ってどこに在る大学ですか？」と問う若者がいる現状である。この偉大なる詩人もメジャーな詩人と言い難くなってきているのである。

このことに、私は大きな危惧を感じる。ともに再評価が望まれる時なのではないかと思ったのである。

本書『鈴木梅子の詩と生涯』をまとめながら、このような現状に細やかながら、一石を投じられたら幸いであるとの密かな願いを持った。生前の梅子に接することのできなかった私に〝梅子が何か大切なものを手渡してくれるのではないか〟との予感もするのであった。

第一章　こけし

こけしの碑

こけしは
なんで
かわいいか
おもう
おもいを
いわぬから

堀口大學

このように、刻まれた堀口大學の「こけし」の詩碑が、東北新幹線・白石蔵王駅からほど近い、多目的ホール「ホワイトキューブ」の正面入り口の前庭に「こけしの碑」として設置されている。

「こけしの碑」(「ホワイトキューブ」前庭)(撮影：著者)

二〇一八年五月、「全日本こけしコンクール」会期中の早朝、会場である「ホワイトキューブ」前を通りかかったら、なんと、開館を待つこけしファンの人たちで長い行列が出来ていた。今、若い人たちの間で、ちょっとしたこけしブームが起きているのだそうだ。しかし、この建物の前庭にひっそりと建つ「こけしの碑」の存在を知る人は、はたしてこの行列の中に何人居るだろうかと思った。コンサートや催し物のためにこの地を訪れる人は多いが、この碑の存在を知る人は少ない。

この詩碑は、〈鳴子には故深沢要氏の歌碑があり、山寺には工人石山三四郎氏の手により「こけし塚」が建立され、こけしの産地として名声を馳せている。こけしのふるさと白石でも「全日本こけしコンクール」や「こけしの産地」にふさわしい記念碑が欲しい〉という要望から、昭和四十七年（一九七二）五月、市街地のほぼ中央を流れる清流、沢端川ほとりの白石市民会館前広場に白石市と「こけしの碑建立協賛会」の手によって建立された。「全日本こけしコンクール」の開催場所が「ホワイトキューブ」に移されたのに伴い、詩碑も平成十年（一九九八）に現在の場所に移転を余儀なくされて来たという経緯がある（その前には、白石市民会館から現在の白石市公民館に一度移されている）。

詩碑となった詩「こけし」は、堀口大學詩集『月かげの虹』（筑摩書房、昭和四十六年八月）などに収められている。が、大學が詩「こけし」を書いたのは、昭和三十三年（一九五八）三月〈草野貞之と作並・仙台・小原に遊び、鈴木梅子を訪ねる〉と、大學が自らの「年譜」に記しているように三月三十日、親友の白水社社長草野貞之と作並・仙台を訪れ、その足で翌日、白石に住む愛弟子の鈴木梅子を訪ねたのがきっかけである。この時、梅子は山田活吉さん、義弟の鈴木六郎さん等と大學を白石駅に出迎え、鈴木家の親戚の者が経営する小原温泉鎌倉ホテルに案内した。その夜大學は、取り寄せた白木のこけしの胴に、持参した筆墨で、〈こけしはなんで可愛いか／思ふ思ひを／云はぬから〉と書き、それを梅子に贈ったのである。

小原温泉の宿で誕生したこの「こけし」詩は、翌年（昭和三十四年）、日本詩人クラブ発行の『現代詩選　第二集』に「言わぬは」とタイトルが附されて発表された。その後、七行の形態に直され「こけし」と改題されたのである。

「こけしの碑」除幕式、白石市民会館前庭。
昭和 47 年 5 月 1 日。右端・梅子、左隣・山田活吉、曳綱・山田みき　（提供：山田ゆみさん）

当時、「こけしの碑建立協賛会」会長で「こけしコンクール実行委員会」会長でもあった山田活吉さん（お茶と趣味のせともの「まるや園」店主、俳人・号白羊宮）は、以前から親交のあった梅子を通して出会った大學と、この時から交流を持つこととなったのである。そんなこともあり、こけしにふさわしい記念碑としては、ちょうど、大學が、昭和四十五年秋に文化功労者として顕彰されたことでもあり、その愛弟子の地元の詩人鈴木梅子に贈った詩「こけし」を詩碑として建立し、二人の詩業を後世に残すことが記念碑としてふさわしいと、白石市と「こけしの碑建立協賛会」が計画し実行に移され「こけしの碑」の建立に至ったのである。

詩碑の石は、地元白石市大鷹沢から産出された花崗岩で、幅四メートル、高さ一・八メートルの自然石がそのまま用いられ、詩文は銅板に陽刻され、碑の表面中央にはめ込まれたもので、台座は黒大理石であった。

除幕式は、昭和四十七年五月一日、午後二時から麻生市長をはじめ、多くの関係者が出席し挙行された。除幕は、曳綱役の山田活吉さんの令孫みきさん（当時五歳）の手により行われた。「こけしの碑」建立に大きく携わり尽力した山田活吉さんは、当日のことを次のように記している。

白石市長の大きな御理解で堀口先生のすばらしい詩のこけしの碑が立派に完成し、五月一日の午後、除幕式を挙行しました。御都合で堀口先生の御臨席を得られなかったのは残念でしたが、私としても年来の希望が達せられたのでこんなうれしいことはありません。こけし関係者の皆様や菅野先生その他の方々に厚くお礼申し上げます。

（「こけしさろん」第四号）

堀口大學と鈴木梅子を知る

私が「こけし」の詩を知ったのは、詩碑が建立されて数年を経た頃、「全日本こけしコンクール」のパンフレットか何かで目にし、その時は、こけしコンクールのPRのためのキャッチ・コピーとして受け取っていたのだった。おそらく、パンフレットには説明がなされていたのであろうが、詳細は読んでいなかったのかもしれない。

ところが、平成十六年（二〇〇四）夏に、宮城県美術館の館内のブックショップで、何気なく手にした『堀口大學詩集』（白凰社、二〇〇二年　平田文也編）を開くと、冒頭から次の詩が飛び込んで来たのである。

こけし

こけしは／なんで／かわいいか／／

「これは、大學の詩だったのだ！」と、気づいて驚いた。

昔、なにげなしに目にしていた詩であった（大學は時として傍線の箇所を平仮名にしたり、漢字にしたりと定めていない）。ページを繰って行くと、後に鑑賞ノートが付いていたので、家でゆっくり読んでみようと思い買い求めた。

しかし、家に帰り改めて鑑賞ノートを開いてみると、なぜか「こけし」だけが収録されていなかった。この時「なぜ、鑑賞ノートに入ってないのだろう？」との疑問を抱いた。また、その直後に手にした別の『堀口大學詩集』に附されていた大學略年譜に、昭和三十三年（一九五八）三月、〈草野貞之と作並・仙台・小原に遊び、鈴木梅子を訪ねる〉との記述を見つけ、〈小原に遊び〉とは、白石の小原温泉のことで、その折りに訪ねた「鈴木梅子さんとは、どんな女性だろう？」と、興味を持ったのであった。これが私を「堀口大學と鈴木梅子」へと誘い入れ、〝私の梅子探し〟がこの時から始まったのである。

私が堀口大學を知ったのは、高校生の時であった。

ラジオから流れていた「ミラボー橋」を聴いていて、なんと綺麗なロマンチックな詩だろう。「誰の詩で、訳したのは誰だろう？」と、聴き取ったタイトルを頼りに、学校の図書室で調べ、この詩がアポリネールの詩で、私が耳にしたのは堀口大學が訳したものであると知った。この

「ミラボー橋」との出合いが、詩人堀口大學を知るきっかけとなったのである。
「ミラボー橋」を、『新篇 月下の一群』（第一書房、昭和三年十月一日版）より引いてみる。

ミラボオ橋　　アポリネエル

ミラボオ橋の下をセエヌ河が流れ
われ等の恋が流れる
わたしは思ひ出す
悩みのあとには楽しみが来ると

日が暮れて鐘が鳴る
月日は流れわたしは残る

手と手をつなぎ顔と顔を向け合《あ》はう
かうしてゐると
われ等の腕の橋の下を
疲れた無窮の時が流れる

日が暮れて鐘が鳴る
月日は流れわたしは残る

流れる水のやうに恋もまた死んで逝く
恋もまた死んで逝く
生命《いのち》ばかりが長く
希望ばかりが大きい

日が暮れて鐘が鳴る
月日は流れわたしは残る

日が去り月が行き
過ぎた時も
昔の恋も　ふたたびは帰らない
ミラボオ橋の下をセエヌ河が流れる

日が暮れて鐘が鳴る
月日は流れわたしは残る

ちょうどこの詩を知った直後、学校の図書室で親交のあった司書の方から、手作りの栞《しおり》をいただいた。

わたしの耳は貝の殻
海の響きをなつかしむ

と、綺麗な文字で、綺麗な詩が書かれてあった。

これを読んだ時は、「ミラボー橋」とは違った詩の魅力を感じると同時に、たった二行の短い詩なのに、咄嗟《とっさ》に、砂に洗われた桜貝が目に浮かび、波の音が響いてきた。そんな情景が瞬時に想い描ける、この詩の表現の大きさと美しさに驚かされた。

この時も、この詩が「耳」というタイトルで、作者はジャン・コクトー、訳したのは堀口大學であることを知ったのである。

素晴らしいこの詩は、今でも時々口を衝いて出る。

少しずつ堀口大學を知るにしたがって、その大學が「昭和三十三年に訪ねた鈴木梅子さんとは、どんな女性だったのか」と、一層知りたくなって、詩人仲間数人に尋ねてみたが、堀口大學は知っていても、鈴木梅子の存在を知る人はいなかった。

文谷俊祐・いち夫妻
2005年11月（撮影：著者）

　何か手立てがないものかと思い、図書館で調べてもらうと、宮城の女性史を書いている中山栄子著書に、『宮城の女性』（金港堂、一九七二年）があり、その中に鈴木梅子を描いた「梅花一輪」が収められていることがわかった。紙幅がそう多くはなかったが、梅子は堀口大學の愛弟子であり、大學の序詩を得て、『殻』、『をんな』、『つづれさせ』の三冊の詩集が刊行されていることを知った。また、昭和二十四年（一九四九）に当時の町長をリコールに追い込むという、民主主義運動を実現した人として〝宮城の女性史〟にその名前を残しているということもわかった。地元の詩人鈴木梅子の存在を私が今まで知らずにいたことが、自分ながらとても残念に思われた。

　そこで、詩人鈴木梅子を知るために、まず梅子の三冊の詩集を読んでみようと思った。しかし、書店の詩歌コーナーにその詩集が置いてあるわけでもない。県の図書館や近在の公立図書館で探したが、所蔵していたのは地元、白石市図書館だけであった。しかも、個人貸し出しはしてないとのことだったので、白石市図書館の館内閲覧で、ざっと目を通してから、ゆっくり読むために個人で所有する方を探すことにした。幸い私は高校時代まで白石に住んでいたので、地の利を活かして週末には、三冊の詩集探しに奔走した。その結果、半年後にやっと詩集を所有していた方を探し当て、お借りして読むことができた。その後、この時お世話になった方々から貴重な情報を得ることができたことは、大きな収穫でもあった。

特に、昭和十年（一九三五）から「大味」の番頭として梅子のもとで働き、梅子を最期まで手助けしていた文谷俊祐・いちさんご夫妻と出会えたことは、幸運だった。

文谷さん宅を初めて訪ねた時は、「梅子を尋ねてくださったのは、あなたが初めてです。梅子がどんなに喜んでいることかしれません。今朝、仏壇に手を合わせ『あなたのことを聞きに来る方がおるから、私に昔のことを思い出させてください』と、お願いしたのです」と、まるで我が娘のもとに、友人が訪ねて来た時のように喜んで迎えてくださった。この時、文谷さんご夫妻がどんなに梅子のことを思ってきたかがわかり、胸が熱くなった。

それ以来、文谷さん宅に何度もお邪魔しては、梅子の生活の様子や福島の生家のことに至るまで、もろもろの話を聞かせていただいた。しかも、写真など資料の提供を受けたことは本当にありがたいことであった。

第二章　「成友」の家

梅子誕生

私が初めて鈴木梅子の生家・福島市成川の矢吹家を訪れたのは、平成十八年（二〇〇六）五月上旬で、緑の萌えたつ爽やかな季節であった。福島は桃や梨、林檎など果物の産地で、訪れた時は白い梨の花が咲いていていた。

福島市の市街地を抜け、土湯街道沿いを西南へ約五キロ、東北自動車道福島西インターチェンジの袂《たもと》に矢吹家は位置していたが、この周辺は高速道路とともに近年開けた土地らしく、民家や商店も疎らで、田や畑、果樹園などもまだ残っていた。

梅子が育った明治の頃は、養蚕が盛んだったと聞くが、おそらくこの一帯は、桑畑が広がる長閑《のどか》な田園地帯であっただろうと思われた。

昔の繁栄を今に留める「矢吹家」の薬医門　（撮影：著者）

梅子は生前、「大味」の番頭で、梅子の面倒を最期まで見てくれていた文谷俊祐さんを伴って生家に行ったことがあったという。その時見た矢吹家の様子を文谷さんは、私が最初に訪ねた時に、次のように話してくださった。

梅子の生家には一度だけ、梅子に連れられて行ったことがあった。白石から福島に入って阿武隈川を越えれば、後は、他人の土地を踏まずに、矢吹家に到達できると言われるほどの、福島きっての大地主だった。戦後は農地解放で持っていた土地のほとんどは小作人に手離したというが、あの時でも二千坪以上の広い屋敷には土塀が廻っていて、大きな母屋と幾つもの蔵があった。庭の池の縁には、吾妻山の麓から大勢の人たちで、何日もかけて運んできたという、見事な一枚岩の庭石があった。その石を運ぶ様子を写した写真も鴨居に飾られていた。

とにかく、母屋だけでも百坪はあるというから凄い家で仏間も見事だった。

文谷さんから話は一応聞いていたが、実際に目にした豪壮な矢吹家を目の当たりにした私は、「これは時代劇のセットでないかしら?」と、見紛うほどの様相を呈していた。

鈴木梅子（本名ムメ）は、明治三十一年（一八九八）三月三十日、福島県信夫郡鳥川村（現・福島

矢吹家の人々
左から　妹（四女）とみ、本人（長女）梅子、妹（三女）ちえ、妹（次女）れん、弟友品（八代目友右衛門）、父七代目友右衛門、（一人おいて）母シン　（提供：矢吹友市郎氏）

市成川）の大地主「成友」と呼ばれた大豪農の七代目矢吹友右衛門、シンの長女として誕生した。梅子の妹弟は、次女れん、長男友親（十四歳で夭折）、三女ちえ、四女とみ、次男友品（八代目友右衛門、現在のご当主の父）と、妹三人、弟二人の六人妹弟であった。

矢吹家は、新発田藩八島田陣屋や福島藩板倉氏の御用達を務め、苗字帯刀を許された家柄であった。代々農業、養蚕、酒造、金融業等を営み、約三百ヘクタールの土地を所有する篤農家として知られ、成田の友右衛門から「成友」という屋号を持つようになった。やがて「成友」の名は、「信夫郡の大地主」として、ひろく伊達・安達まで知れ渡った。

「成友」矢吹友右衛門は、自ら多くの事

業を興すことはなく、限られた事業だけに出資をして、時勢とともに協力・協調してきた堅実な篤農家としての姿が見える。後に、梅子が嫁いだ白石の「大味」との違いがここに現れている（詳しくは後の章に譲る）。

「我が家が生き残ったのは、あちこちの事業に手を出さなかったからです」

と、現在の「成友」ご当主のご尊母さんがおっしゃったのが印象的であった。

また、梅子の母親シンの生家も、福島市笹木野萱場の阿部家で、矢吹家に劣らない大地主であった。特に萱場は「萱場ナシ」として有名で、シンの父親（梅子の母親の父）阿部紀右衛門（一八八二～一九六六）は、通称「阿部紀」と呼ばれ、萱場ナシの育ての親と言われた人である。ちなみに、萱場ナシの生みの親は鳴原左蔵で、笹木野の砂れき地にはナシが適していると、ナシ栽培を奨励した人である。

阿部紀は困窮する農家に原野を提供して、ナシ栽培を勧めるとともに、栽培の技術開発、栽培者の組織化を図り、共同出荷までに導いた人で、その名は県外にも知れ渡っていた。梅子の母シンは、その阿部紀の長女であった。

このような恵まれた両親のもとに生を受けた梅子は、まさに乳母日傘で育てられたことは疑いもないことである。

「ここは、梅子伯母さんが育った時のままですよ」

と、梅子の甥の奥さんに当たる矢吹弘子さんが、突然訪ねて行った私を快く迎えてくれ、大きな屋敷を案内してくださった。

百坪はあるという母屋は、明治時代に建てられたもので、土間側の屋根を切り上げた当地で「アズマックリ」と呼ぶ屋根形式である。母屋には茶の間、座敷、蔵座敷、文庫蔵、茶室も備えられていた。そして、仏堂のような仏間があり、天井は折り上げ格天井と呼ばれる造りで、三十六枡には四季折々の花が描かれていた。また、手の込んだ細工の建具、お寺によく見る花頭窓、金箔を施した立派な仏壇と、至る所、趣向を凝らした造りであった。

「ここにある巻物は、梅子伯母さんが書かれた写経です」

と、弘子さんは仏間の床の三方に供えられていた数幅の軸の中の一幅を、拡げて見せてくださった。少しの乱れもない筆の運びは見事なものであった。また、仏壇の横の壁には梅子の両親の写真が飾られていた。穏やかな優しい面差しの二人を見ていたら、もしかして、梅子は嫁いでからもたびたび実家を訪れていたというが、この仏間は、梅子にとって唯一心休まる場所だったのではあるまいかと、私には思われてくるのであった。

母屋から外に出ると、堀が切られた通りに面し、薬医門と呼ばれる豪壮な表門、そして道具蔵、味噌蔵などが建ち並び、海鼠《なまこ》壁や掛子《かけご》塗《ぬり》壁戸など街路の景観は、昔を彷彿《ほうふつ》としてなお余りあるものだった。

そんな矢吹家は、平成二十三年（二〇一一）に起きた東日本大震災では、土塀や蔵、母屋にか

現在の矢吹家　撮影／新関永氏（2010 年）

なりの損壊を見たものの、幸い修復することができ、平成二十六年（二〇一四）十一月二十一日、母屋など敷地内の建物十一件が、国の登録有形文化財（建造物）の指定を受けた。梅子の生家は往時を偲《しの》ばせる貴重な建造物を後世に残すに至ったのである。

薬医門の柱には、〈登録有形文化財　第〇七―〇一五〇～〇一六〇号　この建造物は貴重な国民的財産です　文化庁〉と、番号が付されたブルーの標識が掲げられている。加えて、〈東日本大震災自然・文化遺産復興支援プロジェクト支援事業対象遺産　公益財団法人日本ナショナルトラスト〉との銘板も附されていた。

梅子が亡くなってから今年で四十七年となる。約半世紀を経ているが、梅子の詩業も少しでも語り継がれることを願うのである。

矢吹家のルーツ

ここで梅子の生家矢吹家のルーツを豊臣秀吉の時代まで遡《さかのぼ》ってみると、なんと、私が住む宮城県角田市に辿りついたのには驚くとともに、不思議な縁のようなものを感じないわけにはいかなかった。

「実は、我が家の祖先は角田だったのです」

と、八年前に矢吹家に伺った時、ご当主の矢吹友市郎さんがおっしゃられた。

私は咄嗟に、福島と角田を結ぶ線は何だろうと頭をめぐらした。

「そうでしたか、先祖が角田といいますと、石川公との繋がりですか?」

との問いに、

「そうなのです。先祖は福島から石川公に就いて、角田に移った侍でした。お墓も角田の長泉寺にあるそうです」

と、話された。私は、角田の矢吹家ご当主の名前を控えて帰って来た。

それから数日後、我が家から、徒歩十分の距離に在る長泉寺に出かけた。

長泉寺は、宮城県南部きっての曹洞宗の名刹《めいさつ》で、石川公代々の菩提寺である。本堂左手に広い墓地が在り、その奥の一郭に「石川家中之廟」は在るのだが、「廟」に至る入り口には、それを示す太い柱の標識が建っている。

梅子の生家矢吹家の総本家、石川昭光の重臣矢葺光時の墓は「廟」の袂に在った。黒御影に「矢吹家之墓」と刻まれた碑は、昭和五十八年（一九八三）に建て替えられたもので、古い歴史が刻まれた十数基の碑は、端の囲いに整然と収められ、その歴史が偲ばれた。

その昔、矢吹家は、中世陸奥国石川庄（現・福島県石川町）の領主石川氏の重臣であった。天正十八年（一五九〇）八月の豊臣秀吉による「奥州仕置」により、石川昭光は領地を没収され、伊達政宗の家臣となって、伊具庄角田（現・宮城県角田市）へ移った。このとき、矢葺光時も石川氏に就いて一緒に角田へ来たのである。

長男宜時は父と行動を共にしたが、二男時重は信夫郡成田村に、三男時成は安積郡に住み、それぞれ帰農したという。信夫郡成田村（鳥川村の前身）に帰農した矢葺時重は、「矢吹」姓に改めて、代々成田村の荒地開発に努めたとされる。この二男時重が梅子の祖先であった。

その祖先で江戸中期の矢吹時房、常也親子は、福島の俳壇で活躍したことでも知られている。貞享四年（一六八七）、松尾芭蕉や井原西鶴とも交流があった伊勢の俳人大淀三千風《みちかぜ》（一六三九～一七〇七）が、福島へ来遊した時、この親子も合吟に参加し、次の作品を詠んだと記録されている。

時房　玉鉾の三千風や枝折る花の縁
常也　春の行く草鞋跡見ん天津風

後世にみる詩人鈴木梅子の「詩魂」の在りどころは、あるいは祖先から受け継いだものであったかもしれない。

そういえば、梅子と同時代を生きた詩人尾形亀之助（一九〇〇～一九四二）は、白石の隣町、柴田郡大河原町出身で、祖父安平、父十代之助親子も、ホトトギスの俳人高浜虚子の門下にあった。亀之助も晩年には「無臍子」という俳号で俳句を詠んでいる。亀之助の詩の素養もこのような環境から自然に生まれたのかもしれない。

矢吹家の家訓

梅子が育った「成友」矢吹家の大きな居間に、一幅の掛け軸が掲げられていた。

「あれは我が家に代々伝わる〈家訓〉が書かれたものなのです。その教えが学校で使う副読本に取り入れられているのですよ」

と、弘子さんが、掛け軸を示すと同時に、その副読本も出して来て見せてくださった。

それは、小・中学生用に編まれた『ふくしまの歴史　3近世』（福島市教育委員会、平成十五年三月三十一日）であった。そこに収録された「矢吹家の処世歌」は十九世紀初め、福島藩板倉氏の御用絵師を務めた、佐原玉山が描いた「桃友庵肖像画」と一緒に、桃友庵自筆の家訓とされた、和歌十四首が書かれたものであった。

この桃友庵は、文政八年（一八二五）、信夫・伊達両郡の「蚕種師鑑札改め」に、「成田村友右衛門」と記録された矢吹友右衛門で「重之」と称した人である。成田村で寺子屋師匠も務めた。書の中にこれらの歌が「児童らが口遊びにも読めるように」と記してある。

矢吹家の処世歌

一　東雲《しののめ》（明け方）に起きて手洗ひ（い）、気をしずめ、家業《かぎょう》（その家の職業）のみちを大切にせよ。

二　年中《ねんじゅう》の朝のはやき（朝早く）をあげて見よ。物入《ものい》れ（余分な出費）なしに働《はたら》きのでる。

三　おそるべき事（注意すること）は御公儀《ごこうぎ》（朝廷・幕府）主《ぬし》と親、貢《みつ》ぎ（納め物、年貢）は人の先におさめよ。

四　父母《ちちはは》の恩を思ひて忘るるな、人にすぐれて孝行《こうこう》をせよ。

五　孝行は、朝な夕なに両親《ふたおや》の、機嫌《きげん》（気分）うかがひ、よく仕《つか》う（奉仕）べし。

六　両親《ふたおや》にあつかりし身（引き継いだ体）は大事なり、怪我悪名《けがあくみょう》（悪い評判）のつけざるは孝《こう》。

七　先祖より伝《つた》ふる家の生業《なりわい》（生活のための職業）を、能勤《よくつと》むれば子孫繁昌《しそんはんじょう》。

八　身代《しんだい》（財産）は、かたかたよらず片寄らず、中庸《ちゅうよう》（中間、ほどほど）にして暮《くら》せ世の中。

九　衣食住、栄耀栄花《えいようえいが》（ぜいたくで派手な生活）はいらぬもの、分《ぶん》に過《す》ぐるは奢《おご》り（ぜいたく）なりけり。

十　借銭《しゃくせん》（借金）は家をほろぼす種子《たね》ぞかし、内（家庭）へ蒔《まか》ざる工夫《くふう》第一。

十一　日々日々に内外《うちそと》の掃除《そうじ》気をつけよ、微塵《みじん》（小さな塵）積《つも》りて山とこそなる。

十二　世の中は、仁義《じんぎ》礼智《れいち》の信《まこと》（誠実）にて、交《まじ》わる人の家は繁昌《はんじょう》。

十三　孤仔《ひとりご》や鰥寡《かんか》（妻を亡くした男性と夫を亡くした女性）のものを見すてなよ、及《およ》ばすとても憐《あわれ》みてやれ。

十四　邪《よこしま》なき心（正しい心）澄《すま》して正直を、まもる人こそ実《じつ》のしんしん（心身、心も体も健康）。

この十四首の「家訓」は、梅子が生まれる前から居間に掲げられていたのであるから、梅子は当然、幼くしてこの文言を口遊びで覚え、慣れ親しみ、身についたものになっていたことは確かなことと思う。したがって、梅子はこの「家訓」を生活信条としていたと思われる。そのため、結婚話も鈴木家の強い懇願であったがゆえに梅子は「家訓五」の、親への孝行として素直に承諾したと考えられはしまいか。そして、結婚後は、商家の嫁として「家訓一」の、家業の道を大切にし、また、「家訓六」の、我が身をも大事に生かそうとしたと推察される。特に、梅子は晩年一人になってからは、〈家訓十三　孤仔や鰥寡のものを見すてなよ、及およばすとても憐みてやれ〉の、恩恵に浴していたことに対しても大いに頷ける。

そして弘子さんはそれを裏付けるように、「私もここにお嫁に来た時に、お義父さんから『実家で困ったことが有ったら何でも遠慮なく言いなさい。力になれることはしてあげるから』と言われました」と。また、ご尊母さんも、「私どもは梅子さんには、本当に尽くして差し上げました」と、話してくださった。

文谷さんの話でも、「梅子は実家に帰る時は、わざわざ、福島の辰巳タクシーを白石まで呼んで、往復のタクシー代は全部矢吹家の払いだった」と話してくださった。

梅子は矢吹家の「家訓十三」のお陰でと言うより、温かな矢吹家の方々に支えられていた面が、多々あったようである。もしかして、この矢吹家の「家訓」は、梅子の人生にとって大きな位置を占めていたのではないかとさえ、私には思えてくるのであった。

梅子の学業

恵まれた環境のもとに生を受けた梅子は、何不自由なく少女時代を乳母日傘で育てられ、明治三十七年（一九〇四）、地元の鳥川尋常小学校に入学した。

梅子の生家矢吹家の蔵に保管されていた尋常科第四学年の「学校・家庭通告書」（通信簿）を見ることができた。そこには、すべての学科が最高点の十点、操行は「甲」、身体検査も問題なく、無欠席で通学していた非常に優秀な生徒であったことがわかる。

「通告書」の表面には、〈成績表ノ成績ノ通リニテ卒業セリ〉と記されているので、梅子はなんなく尋常小学校を卒業し、そのまま、高等科に進み、二年後には鳥川尋常高等小学校を無事卒業し、十二歳となっていたのである。

梅子が学んだ当時の教育制度は、尋常小学校四年制、高等小学校二年制、高等女学校四年制であった。

高等小学校を優秀な成績で卒業した梅子は、明治四十三年（一九一〇）四月、福島県立福島高等女学校（福島県で最初の県立高等女学校）に入学した。同校の前身は明治三十年（一八九七）に開校した福島町立福島高等女学校である。現在は、平成十五年（二〇〇三）に改称された福島県立橘高等学校で、改称と同時に男女共学となった。平成三十年（二〇一八）で創立百二十一年という歴史を誇る学校である。国公立大学への進学率においても県下有数の名門校と言われている。

大正初期の福島県立福島高等女学校
『創立百周年記念誌』より

梅子が入学した当時の女学校の校舎は、福島駅から北東へ約一キロに位置する、福島町曽根田御山道下上ノ七（現・福島市宮下町七の四一）に、町立から県立に移管の際に新築された校舎であった。

この地は、昔、春秋祭典の奉納競馬が行われた競馬場の跡地で、広大な敷地の周辺には桑畑が広がり、人家もまばらで、冬には吾妻おろしが直接吹き付ける寂しいところだったという。新たになった女学校は、町立時代にはなかった寄宿舎が遠隔地からの入学者のために設置された。したがって、郡山、会津若松、相馬、茨城の大子、宮城の白石、岩沼など、遠く県内外からの入学者も多かった。

当時は、高等小学校をどんなに優秀な成績で卒業しても、女学校へ入学できた人は非常に恵まれた、ごく少数の人に限られていた。それに「女学校に入ると生意気になって、嫁のもらい手がなくなる」と、否定的に捉えられていた時代でもあった。まして、下宿か寄宿舎に入らなければ通学できない者にとっては、なおさら親の理解と経済力がなければとうてい叶うことではなかった。

梅子の住む信夫郡鳥川は、学校から六キロあまり、交通の便が悪かったので、当時は自宅からの通学はとうてい無理だったはずである。梅子の所持していた「裁縫」の副読本（文谷さんが保管していた）と見られる『編物指南』の裏表紙に〈福島市大町　矢吹むめ〉（明治四十年に市制施行）との記載があった。大町には、味噌・醤油を商っていた内池商店があり、梅子の弟友品（八代目友右衛門）が、福島県立福島高等学校へ通学していた時は、この内池商店に下宿していたという。この内池商店は文久元年（一八六一）創業の老舗で、現在は内池醸造株式会社となり郊外へ移っている。

察するに、梅子は弟友品の前にこの内池商店に下宿していたと考えるのが妥当かと思う。いずれにしても、交通手段がなかった当時、梅子は親元を離れて学生生活を送ることを余儀なくされたのである。

梅子には三人の妹と二人の弟（内一人は十四歳で夭折）が居り、賑やかに、何不自由なく少女時代を過ごしてきただけに、いくら高等小学校を卒業したとはいえ、よその家での生活は寂しかったことと思う。テレビはもちろん、ラジオ（大正十四年放送）も、まだ無かった時代である。夜は読書や編み物、手芸等をして過ごしていたのではなかろうか。『編物指南』の本に、編み掛けのレースが挟まれていた。また、〈在学中修業シタル随意科目〉として、一、手芸（編物、組紐、嚢物）との証書も、卒業証書と一緒に残されていた。

少女から乙女と呼ぶにふさわしい齢になった女学生の梅子は、親元を離れ、何を見、何を思い、そして何を感じながら、一人の時間を過ごしていたのであろうか。

自我に目覚めたこの頃の心境を、後年になって書かれたと思われる、次のような詩句で綴られた「薔薇一輪」と題した詩があるので引いてみる。

おとうさまの　おん血
おかあさまの　おん血

このふた筋の血の糸が
絹針のみぞを通って
素絹の上にぬひとつた
薔薇《さうび》一輪——

空気は匂ひをそそぎ
匂ひは空気をつつむ

この「薔薇一輪」は「幸福」と一緒に、昭和四年（一九二九）八月「オルフェオン」に発表されたものである。梅子の詩が活字になって世に出た最初の作品といってもよい。

（厳密には昭和四年一月「パンテオン」に「月光」「幸福」の二篇が発表されているのだが、梅子が晩年交流を得た、詩人で版画家大泉茂基の手元に残されていた原稿には「月光」と「薔薇一輪」は一枚の原稿用紙に書かれていた。したがって、この二篇が書かれたのは、同じ時期である）

梅子の第二詩集『をんな』（昭森社、昭和三十四年）には「旧詩稿」として、「月光」「幸福」「薔薇一輪」「季節の水泳選手」の四篇が詩集の最初に置かれている。後に続く作品は「大東亜戦争終戦後」として、書かれた年が明記され、年代順に収められている。したがって、「薔薇一輪」が詩作された年は不明であるが、詩のモチーフを成しているのは、女学校時代の下宿生活で、夜は、両親や妹弟たちを思いながら一心に薔薇の花を刺繍していた頃の心情ではなかったかと私には思えるのであった。

梅子の詩作活動に関しては、後の「章」に譲るが、梅子の詩のフレーズに右の詩に見るように「絹針」「素絹」「針の目」「糸目」「一針一針」等、裁縫にまつわる語彙《ごい》が多く使われている。加えて「月」「虫の音」も多い。やはりこれらは、親元を離れて一人で過ごした時間が無縁ではないはずである。自分でも気づかないうちに、身についた感覚が、詩作に反映されていると見ておかしくないと思う。

梅子が学んだ福島高等女学校の教育方針は、当時の女子教育一般に求められていたと同様の「良妻賢母」の養成に重点が置かれてはいたものの、「家に在りては父母に従い、老いては子に随い」の柔順なだけの「良妻」にとどまらず、自律的に「自由、独立、権利、義務」を重んじて、価値判断ができる知性と教養を身につけ、「良妻賢母」の役割に生かすことができる「新しい女性」の育成を目指していた。

梅子の女学校時代を物語る記録としては、生家に保管されていた卒業証書と学業成績表で見ることができた。その成績は、国語、数学、地理のみならず、図画、音楽、体操においても「甲」「乙」だけが並ぶ優れたものであった。

評点ハ一学科百点トス評語ハ九十点以上ヲ甲七十五点以上ヲ乙六十点以上ヲ丙四十点以上ヲ丁三十九点以下ヲ戊トス。
学年成績ハ各学科丁以上総評丙以上ヲ得タルモノヲ及第トス

と、厳しい評価基準であった。そんな評価の中で甲、乙だけを得るためには、資質と努力があってのことと思われた。

また、学校に残されていた記録として唯一、昭和二十八年（一九五三）に同窓会が発行した『五十周年記念寄附者名簿』の高額寄附者（金三百円）の中に梅子の名を見ることができた。このことは、梅子にとってかけがえのない、幸せな学生生活が送れたことを物語る証のような気がする。このように考えるのはあまりにも短絡的過ぎるだろうか。否、私にはそう思えて仕方ないのである。

それにしても、梅子の人格的基礎が作られたと思われる、女学校時代の姿をもう少し知りたいと思うものの、その手立てが見つけられなかった。しかし、卒業生の中に梅子とは一回り違いの先輩に詩人で彫刻家高村光太郎夫人の高村智恵子（旧姓長沼チヱ、明治三十六年三月卒）がいた。智恵子は光太郎の『智恵子抄』のモデルとして有名なだけでなく、当時の新しい女性ともくされた平塚らいてう等の「青鞜」創刊号の表紙を描いたことでも、その名が知られている。

その智恵子の女学校時代の様子が同窓会発行の『創立百周年記念誌』に級友たちによって語られ詳しかった。一部引いてみる。

「〝何でもできる人〟で、学科の成績はトップ。テニス、図画、裁縫も上手だった。無口でおとなしく、人を近づけない雰囲気を持っていた」
「大声で笑うことは稀で、もの静かで寂しそうな感じがし、非凡な人だという感じが強かった。また数学の問題を聞きに行った時『こんなもの、わからないの？』と言われて、冷たさを感じたという人もいる」

「国語や作文に優れ、『雨月物語』にじっと目をすえていた姿が印象深かった」
「中肉中背で色白、口数が少なく、内気な感じの中に、鋭い強さを秘めている人でした」
「学問の方でもよく出来て驚く程でしたが、運動も万能で一人だけとび抜けて何でもできる天才肌の人でした」

などと、智恵子を語る言葉ではあるが、梅子の優れた成績からしても、また、梅子の性格（後に記す）から推し測っても、これらの言葉は梅子を語るものと錯覚するほど、写し絵のように見えてくるのであった。それに、二人の育った地域性や家庭環境にもまた、かなりの共通点があることも見逃せない要因の一つと考えても良いのではないかと思われたので、もう少し、智恵子に関して拾ってみることにする。

高村智恵子（長沼チヱ。一八八六〜一九三八）。福島県安達郡酒井村添原の裕福な造り酒屋の長女として誕生。五人の妹と二人の弟、また多くの杜氏、男衆を抱えた賑やかな家庭の中で、何不自由なく少女時代を過ごした。酒井尋常小学校をほとんど満点の成績で卒業。補習科に入学。明治三十四年（一九〇一）四月、福島町立福島高等女学校第三学年に編入。親元を離れ、福島市新町の三輪林之助宅に下宿し通学。明治三十六年（一九〇三）三月、優秀な成績で卒業生総代となる。その後、「女子として、婦人として、国民として教育する」という教育方針を掲げる日本女子大学校家政学部へ進学。

進学に際しては難色を示した両親に対して、智恵子は、あくまでも進学を望んだのであった。そこには、〈自らの意志で人生を切り拓き「女」としてよりも「一人の人間」として生きることを望む考え方は女学校で学ぶ中で、無口で聡明な少女の胸の奥で培われたものであった。〉という。

卒業後、日本女子大学校の一年先輩でテニス友だちでもあった平塚らいてう等と関わり、女性雑誌「青鞜」創刊号の表紙絵を描いた。しかし、智恵子は新しい女と目されながらも「青鞜」の社員にはならず距離を置いていた。従って「自分の生涯は自分の意志によってのみ選び取る」といった考えを持っていたものと思われる。やがて、高村光太郎と結婚。しかし、父の死、長沼家の破産等により、精神を病むが、千数百点もの紙絵を作成。昭和十三年（一九三八）、五十三歳で亡くなる。

梅子と智恵子は女学校を卒業してから、歩んだ道は違ってはいるものの、ものの見方や考え方にどこか似たものを感じるのは、地域性や家庭環境が似ているだけでなく、多感な時期を同じ学校で学び、同じような下宿生活を送り、その中で吸収したものが、その後の人生に多少

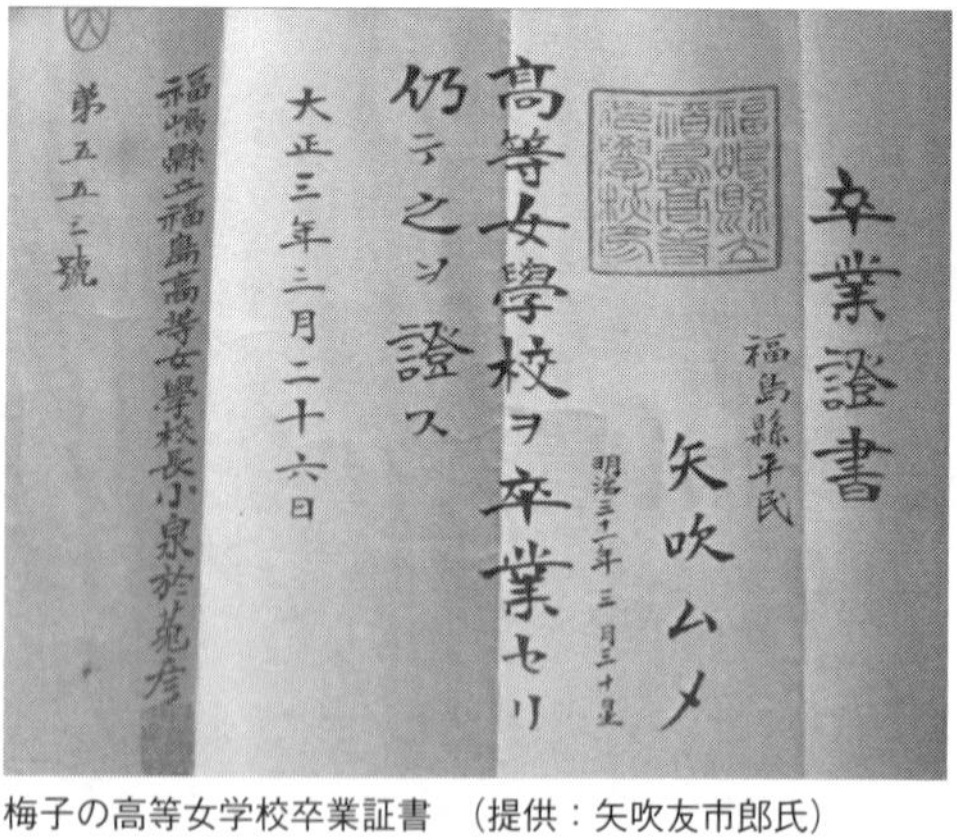

梅子の高等女学校卒業証書　（提供：矢吹友市郎氏）

なりとも左右しているのではないかとも考えられる。

そして私はそこに、芥川龍之介の〈運命は性格のなかにある〉との言葉を二人に当てはめてみたくなるのであった。

それは、前記した二人の共通点である。例えば、白石に嫁いでからの梅子を知る人は「梅子さんが笑ったのを見たことがないので、面白い話をして笑わせようとしたが、笑わなかった」と語る。また、梅子が詩集を出してからのことであると思うが、「私の詩を他人から褒められても少しも嬉しくない」と語ったという。そんなこともあってか、地元白石では「大味」の女将さんとしての梅子を知っていても、梅子が詩人であったことはあまり知られてはいなかった。これは、智恵子がいくら精神を病んでからのことであるとはいえ、切り絵を夫光太郎にだけ見せて、認めてもらったことに似てはいないだろうか。また、梅子は昭和二十四年（一九四九）に当時の町長に対してリコール運動を起こし勝利しているが、引き続いて政治運動を続けていたわけではない。智恵子もまた「青鞜」との関わりを持ちながらも、「青鞜」の社員にはならず、距離を

梅子と母シン　結婚する年（大正３年）
（提供：矢吹友市郎氏）

置いていたということに、どこか共通なものを感じる（「青鞜」に関しては後に譲る）。

そして梅子は、女学校を卒業すると同時に、鈴木家の強い懇願により結婚（智恵子も同じ大正三年結婚）。封建的な商家に嫁ぎながらも「家庭の主婦、商家の女将としてだけで、一生を送りたくない」と、表現者（詩人）としての生き方を貫いた。そのエネルギーの根源は、智恵子と同様に、すでに福島での女学校時代に培われたように思われてならない。

第三章　「大味」の家

梅子の結婚

大正三年（一九一四）三月、梅子が福島県立福島高等女学校を卒業するのを待ち構えていたように、福島県の隣り、宮城県白石町（現・宮城県白石市）で、味噌・醤油醸造から温麺、製糸、電力、運送、郵便、金融に至るまで一手に収め、なおかつ、県、郡、町の議員を親子で務め、政治と経済の両面から町政の中心にいた豪商「大味」の十五代目鈴木清之輔・やゑの長男、十六代目鈴木俊一郎（東大卒の法学士）との縁談が、持ち込まれたのであった。

梅子の生家「成友」矢吹家に残る結納目録、結婚祝儀控台帳から見ると、結納が取り交わされたのは、大正三年十二月十一日で、結婚式はその二週間後の十二月二十四日と慌ただしく執り行われたのであった。

豪壮な土蔵造りの「大味」商店
（『明治 100 年白石風物誌』不忘新聞社、昭和 41 年 1 月）より

梅子が白石駅から大層な行列をなし、「大味」に輿入れして来た時の「花嫁道具とその衣装の豪華さに、人々は眼を見張ったものだった」と、今でも語り草となっている。

ちなみに、鈴木家から矢吹家に差し出された結納目録は次のようなものであった。

目　録

一、打掛　壱枚
一、振袖　壱襲
一、留袖　壱襲
一、小袖　壱襲
一、帯　壱筋
一、櫛、笄　壱箱
一、金時計　だいや入、額附 壱箱
一、綿
一、熨斗
一、末広

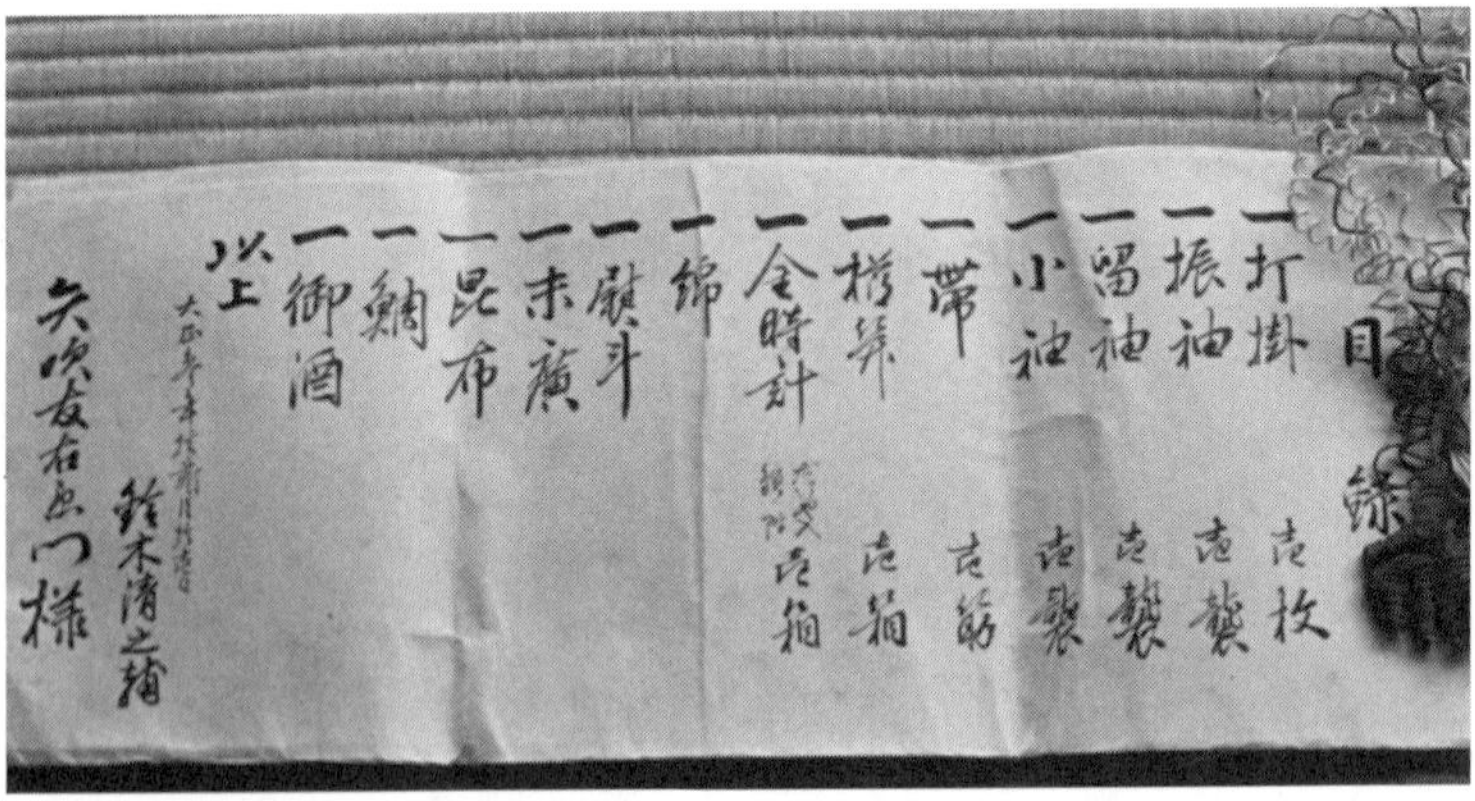
目録
一打掛　壱枚
一振袖　壱襲
一留袖　壱襲
一小袖　壱襲
一帯　壱筋
一櫛笄　壱箱
一金時計　だいや入 額附 壱箱
一綿
一熨斗
一末廣
一昆布
一鯛
一御酒
以上
鈴木清之輔
矢吹友右衛門様

梅子の結納目録（提供：矢吹友市郎氏）

一、昆布
一、鯛
一、御酒
以上
大正三年十二月十一日
鈴木清之輔
矢吹友右衛門　様

このような豪華な結納目録をもってしても、梅子が持参した花嫁道具はいかばかりであったかは、想像を絶するものがあったことと思う。

しかし、豪華絢爛《けんらん》に誂えられた花嫁御寮ではあったが、梅子の胸の内は「嫁ぐ日　又は　殻の口」という詩に見ることができるので引いてみる。

嫁ぐ日　又は　殻の口

をみな子ゆゑに　嫁ぐべき
掟の下に生《あ》れ来しと
誰がわがために教へけん。

その日も雪は深かりき。
紅振ながく肩に懸け
くろ髪束に金銀の
元結蝶にむすびては
われもをんなの使命なりと
微笑むまへに節操の
気高きを身に被りたり。

越ゆる山路に雪降りて
父もいまさず　母見えず
関の越路は　夕ぐれて
降り積む雪の雪明りに
彩《あや》金銀の長ぶりの
袖に忍べば紅の
火炎に燃えて恐しや。

待つ人ありと誰か知る

梅子の花嫁姿（提供：矢吹友市郎氏）

奥の小路に人住むと
思ふよすがもなきものを。
身に嫁御寮の名は被れ
乙女はさても　うなづかぬ
襟の化粧の肌寒く
人間《ひと》はつらしとまづ知りぬ。

（詩集『殼』）

この詩は、梅子が女学校を卒業したその年の十二月末の寒い日に、白石一（宮城県下でも十指に入る）の大金持ちといわれた鈴木家から懇願され、福島から県境を越えて、見知らぬ白石に嫁いで来た時の心境を詠んだものである。

この詩は、梅子の第一詩集『殼』（昭森社、一九五六年）に収められている。詩集の発行は、梅子が五十八歳になってからであるが、詩が作られたのは、梅子が白石に嫁いで来てすぐではなく、少なくとも詩人堀口大學のもとに弟子入りしてから後に、当時を回想して書かれたものと考えられる。いずれにせよ、梅子が結婚生活の出発を〈殼の口〉と言わざるを得なかったのには、次の二つの記述から察することができる。

一つは、梅子は結婚に至った経緯を日立企業PR誌から取材を受けて、次のように語っている。

福島の片田舎に産まれた私は、病弱で、溺愛した祖父が「梅子は嫁にやるな」と遺言して亡くなったほどでした。ところが、梅の香が風にのって流れたものか、白石一の資産と四百年来の歴史を誇る醸造業の見も知らぬ鈴木家から、くれるとの返事をもらうまでは帰らぬと、義父と叔父がみえ数泊。根負けした両親はとうとう鈴木家の申し出を承諾して、私は十七歳で嫁いできました。いくら懇望された嫁でも、来てしまえば嫁は嫁。大ばあさん、中ばあさん、おしゅうとさん夫婦に弟妹*、使用人と三十数人の大家族の中で揉みに揉まれ、毎日が必死の思いのうちに過ぎていきました。

＊弟が七人、妹が一人、後に弟が一人誕生。

（「わが生涯の師と仰ぎまつる堀口大學先生と私――鈴木梅子談」日立ファミリー・マンスリーNo.1969、昭和四十四年）より

※　以後、同様にこのマンスリーから引用時には（「マンスリー、梅子談」）と省略し記載する。

もう一つは、地元発行の地方新聞特別企画、「ある東北人〈けなげに生きた女の殻……詩で自らいたわる苦難の道〉」として、梅子が自ら半生記を語ったもので、要点を拾うと次のようなものであった。

九つ違いの夫は東大出身の法学士。その父は実業家として製糸工場から郵便局、銀行、電

気事業、みそしょうゆ醸造業と、町の経済を一手に収めて、その豊かな財力は、宮城県下でも十指に数えられていた。そのため夫は仙台の花柳界に浮名を流して、美しい花嫁御寮を大きな白壁造りの家に置き捨てることもしばしばであった。（略）

初婚と信じていたのに夫は短い期間ながら結婚生活の経験を持っていた。疑いを知らぬ新妻の心にこの事実は、あまりにも痛烈なショックであった。しかも「自分のどんなところが見込まれて、あなたにもらわれてきたの」と夫にたずねてみたとき、夫は「よごれていない玉をこの手でみがいてみたかったのさ」と事もなげに答えたのである。そのことばが梅子さんの胸に屈辱の針となって突き刺さった。まるで自分を半玉ぐらいにしか考えていないような夫の態度が、梅子さんにはなんとしても許せなかった。男とは、しょせんこうしたものなのであろうか。

（「ある東北人⑾」「河北新報」昭和三十九年三月十五日）

この二つの記述からわかるように、梅子の結婚生活はスタートからして、梅子が思い描いていたものとは、あまりにもかけ離れた現実に打ちのめされたものであった。〈人間《ひと》はつらしとまづ知りぬ〉と、梅子は女の〈殻の口〉に立たされていたのであった。

夫俊一郎の最初の結婚

夫俊一郎の最初の結婚は、明治四十四年（一九一一）であったが、一年余りで先妻春子（旧姓下村）の病死という悲しい結果で終わっていた。このことは、梅子の生涯、特に結婚生活の隘路《あいろ》は、ここにあったと同時に、二人にとっても大きな陰影となったはずである。

梅子の詩はこのこと抜きには語れないと私は思う。

マーガレットという（束髪をくずして後ろにたらし、後ろに大きなリボンで結ぶ髪型）白石では見られない最上流家庭のお嬢さんの髪型で、白石駅に降りたち、駅前より人力車にのって、さっそうと走らせた姿が今でも印象に残っている。すばらしく美しい方であった。

（「明治四十四年」『明治一〇〇年白石風物詩』後編、不忘新聞社、昭和四十二年）

右の文は、写真に付された説明文であった。このように先妻の春子は、写真で紹介されるほど美しく、特に花嫁姿は一段と目を惹いたことと思われる。鈴木家の菩提寺延命寺に春子独自の墓碑があり、次のように刻まれている。

（正　面）曼珠春薫大姉
（右側面）明治四十五年六月十四日　東京府下大井町土佐山別邸で病死
（左側面）下村房次郎次女　鈴木春子　享年十九

＊鈴木家では、十六代当主以後は個別の墓碑は建てず、大層な代々碑に奉られている。

春子は、和歌山藩士で対露貿易の先駆者として知られた、下村房次郎の次女として、明治二十八年（一八九五）生まれ。兄の下村海南（一八七五〜一九五七、本名宏）は、東大卒法学士で官僚。昭和五年（一九三〇）、朝日新聞社副社長を歴任。同十一年に退社。昭和十八年（一九四三）五月に日本放送協会の三代目の会長に就任。さらに二十年四月、鈴木貫太郎内閣に入閣、国務大臣兼情報局総裁として戦争終結に尽力、玉音放送に関わった。また、佐々木信綱門下の歌人であり、書家としても知られる。「大味」の暖簾の書は海南の筆によるものと言われている。

この暖簾をくぐり、梅子は商売に励んだのである。また、下村家では春子亡き後も、鈴木家との交流は続いていたとみられ、梅子の夫俊一郎の葬儀の際には、下村海南が弔問に訪れていたという。

梅子の蔵書の中には、下村宏著とした朝日新聞社刊『朝日常識講座　人口問題講話』や下村海南著として第一書房刊の『動く日本・随筆評論集』などの著書も在った。また、アルス発行合本『アルス文化大講座』5〜7に「新聞の研究」を三回にわたって執筆していた。

梅子は先妻春子の兄下村宏（海南）の著書を読むたびに、その存在とともに複雑な思いを持ったのではないだろうか。また、夫婦間にとって大きな陰となったはずである。

梅子が嫁いだ大正三年（一九一四）頃の鈴木家「大味」は、義父清之輔が実業家として数々の事業を興し、その要職にあり、他の追随を許さない勢いであった。夫俊一郎もまた、早くからその後継者として、義父清之輔を補佐し多忙を極めていた。そんな面からしても、梅子は見知らぬ土地で、大勢の家族（舅、姑、弟妹、使用人など三十数人）といえども、他人同然の中で暮らす不安と、世間のことは何も知らないという不安を抱えての生活だった。そんな中で何よりも、「夫はもしかして再婚ではなかろうか？」という不安を抱えて、胸が塞がれる思いをしていたのだった。そんな心境を次のような詩句で綴った「不安」が、詩集『殻』の中に収められているので引いてみる。

不安

私は自分の不安を着てしまつた。
古綿のやうな呼吸が口中に煙り

歯ごたえの無い堅いものを飲み下してしまった！

そして走りつづける——
白昼のネオンサインのやうな不安が神経を流れる——
そして走りつづける。嗟々。

大空には雲のはし片も浮かんでゐない——
澄明な空気いっぱいに　大写しに
にじんで　自分の裏の顔が見える。

わづかな希望を心臓の内側に彫りつけて
私はいま絹糸のやうに走りつづける。
いつか自分の躰重が霧のやうに
発散してしまひさうだ。

（詩集『殻』）

梅子は晩年になってから心許した知人に、結婚当初の様子を次のように話したという。
「ある夜、夫が酒に酔って帰って来るなり、〝女を買って来た〟と言うので、私は〝あなた、その女の方をどこに置いて来てしまったのですか?〟と尋ねて、夫に笑われてしまったのです。結婚当初、私はそれほどまでに何も知らなかったのですよ」と。

また、前述した『ある東北人』でも語られているように、

夫は仙台の花柳界に浮名を流して、美しい花嫁御寮を大きな白壁造りの家に置き捨てることもしばしばであった。

女学校を卒業すると同時に見知らぬ白石に嫁いで来た梅子にとっては、無理からぬ話であり、どんなにか一人で悩んだことであろう。

このように、梅子は夫俊一郎との結婚生活においては、かなり心労をしたことが窺える。

うーめん発祥の家「大味」

饂麺《うんめん》の孝子の家に嫁ぎ来て梅子は泣きぬ
子の哀れゆゑ

大學

（堀口大學「場合の歌」より）

右の短歌は、堀口大學が愛弟子鈴木梅子に捧げた挽歌四首のうちの冒頭の一首である。この短歌に詠まれているように、梅子が嫁いで来た鈴木家「大味」の歴史の中には、病身の親のため温麺を考案し、その温麺がやがて白石の一大産業へと発展を遂げる基礎を作り上げた祖先がいた。親孝行のその人は、鈴木家六代目浅右衛門（初代味右衛門）である。

「大味」跡地に建つ「白石温麺発祥の地」案内板（撮影：著者）

現在、味右衛門を供養する「白石温麺始祖報恩祭」が、平成二十一年（二〇〇九）から毎年十月に鈴木家の菩提寺延命寺の味右衛門の墓前で行われている。

「大味」の歴史

鈴木家「大味」の歴史は古く、その祖先は遠く伊豆国鈴木郡の鈴木兵庫頭（清和源氏の豪士）の子孫の内匠頭《たくみのかみ》の一子嘉茂左衛門が浪士となって奥州に下り、白石まで来て大畑屋敷に留まって、原野を開拓、周辺の土地を集積し、やがて白石屈指の大地主に成長していく。白石城主片倉小十郎景綱父子が鷹狩の際はよく立ち寄られたという。慶長時代に中町角の藪地を整地して立派な家を造作し、それを諸国大名の宿とした。三代目として片倉家の御台所御出入御用達を務めた岩沢和右衛門の弟久左衛門を婿に迎え、二代にわたって検断役を務めたこともある。

この二代目久左衛門が胃を患い、絶食状態になった時、親思いの息子浅右衛門を心配させた。久左衛門は素麺が好物であったが、素麺は油を使っているので胃病には悪いと医者は食べるのを許さなかった。そこで浅右衛門はうどんを勧めたが、太いので胃もたれすると言って好まなかった。

ある時、浅右衛門は、旅の僧から油を使わずに作る麺があることを聞いて、その製法を習い、塩水で捏《こ》ね素麺を作るのに成功した。早速病床の父親に勧めると、素麺のように細いうえ、塩水で捏ねているので口触りが良く、胃もたれもせず、消化もよいと喜ばれ、食欲も出て、毎日食べているうちに永年の胃病が全快して、元気になった。

浅右衛門は近所に病人が出ると、これを作って食べさせて喜ばれたという。以来、人々は浅右衛門の孝養心を褒めたたえ「大味」創製の素麺を「温麺」と呼ぶようになった。やがて温麺が片倉家の食膳に上がり、片倉家から仙台の伊達家へ献上され、大いに美味しいと褒められた。その後、浅石衛門は「味右衛門と名を改めよ」との御意を受け、帯刀を許され、温麺は「御膳温麺」と名付けられたのである。

それ以来、七代目憲司から代々味右衛門を襲名し、温麺はますます天下に名声を博して、歴代味右衛門はさらに研究を加え、誰でも作られるように、簡単な製造法を考案し、人々にも伝授した。こうして「温麺」は、白石の一大産物にまで発展を遂げたのである。創始者の鈴木家も子々孫々まで温麺作りを家業とし、十五代の清之輔まで味右衛門を襲名した。

鈴木味右衛門考案の「白石温麺」

堀口大學の未発表詩の中に「うんめんの歌」がある。おそらくこの詩は、梅子が師である大學に毎年季節の挨拶の品として、温麺を贈っていたものと思われる。それに対し大學が返礼として贈った詩である。しかし、表現されたそれは、梅子そのものである。

うんめんの歌　　堀口大學

白石なる鈴木梅子に

今年またたまわりし
お礼のこころを
うんめんの
ほそく
ながく
あたたかき
み心を。

（昭和四十年七月作、未発表）

鈴木家「大味」の歴史をもう少し詳しく見てみると、十九世紀後半の頃、白石は商業資本の全盛期であった。その頃、次に挙げる領主の蔵物（米、酒醸造、木綿、和紙、紙布、絹織物などの独占商品）取り引きを務める御用商人たちが大きな力を持つようになった。上西（生酒屋、「本店」）、今井（「鶴見屋」）、米竹（俗称「山崎組」）、菊池（「石津屋」）、鈴木（「大味」「大畑屋」）、渡辺（「井丸」「寿丸」）など。領主に冥加金を上納し、営業の独占権を獲得して、さらに強大な力を持つようになったのである。特に、鈴木家の祖先である味右衛門は「うーめん」の製法の考案者であり、有力な独占商人の一人であった。加えて、町人請負新田という形で、原野を開拓して、土地の集積を進めるようになった。鈴木家でも、大畑屋敷の周辺（現在の大畑、沢目の広大な地域）の土地を集積し、白石では指折りの大地主として大きな力を獲得していった。

明治四年（一八七一）、鈴木家では時代の最先端である郵便事業（郵便、電話、貯金）にいち早く着手した（電話開通は明治四十三年で鈴木家は番号一番）。当時、局長は世襲とされていて俊一郎の代まで局長を務めた。

明治二十年（一八八七）十二月に東北本線白石駅が営業開始、鉄道貨物の引き受けができるようになり小原新道によって、米沢・山形方面への車道が完成。白石は物資の集散地となった。味右衛門は将来を見越して日本鉄道株式会社に出資することによって、白石に新しい産業を興す後押しを図り、自らも白石運送、倉庫業などを興した。

明治三十二年（一八九九）の白石大火後、清之輔は、屋敷に隣接する土地を購入して、郵便局の局舎を建設、事業を拡充させた。大火の翌年に地域の復興を図るため官民一体となって最新鋭の機械が導入された刈田模範製糸工場が設立され、清之輔が社長に就任した。大正八年に社長を引き継いだ俊一郎は、欧米製糸業視察団の一員として渡欧し、八カ月の長期にわたって研修して帰国した。大正十年（一九二一）には規模を拡大し白石製糸機業株式会社に社名を変更。従業員のほかに繭の供給者など地元関係者は二千人以上にのぼったといわれている。

俊一郎が欧米視察の記念にと白石小学校へ舶来のグランドピアノ（千四百円）を寄贈した。当時グランドピアノを備えた小学校は東北はもちろん、全国でもほとんどなかった。その後、老朽化して、いくら調律をくり返しても、正しい音が出ず、昭和三十七年に新しいピアノを購入することになった。この時梅子は「ピアノに捧げて」という詩を学校へ贈った。

ピアノに捧げて　お別れの言葉

鳴るキイの／音にはぐくまれ／のび　育ち／お子ら数しらず／世に起ちぬ／いま老いて／
音も涸れしに／つとめ　終りぬ／いざ　さらば／栄光を過去に／かかげて／消ゆるべし／
けむりの如く／かほりの如く

この詩は、鈴木俊一郎夫妻の功績を長く顕彰するとして、現在も、白石市立白石第一小学校の校長室に掲げられているという。

新しい時代の産業は膨大な電力が必要となり、また、各家庭への電力供給も不可欠となっていた。このため、白石の経済人によって大正九年（一九二〇）、仙南電気工業株式会社が設立、社長は清之輔であった。俊一郎と梅子の実家の父親矢吹友右衛門は監査役として経営に携わった。白石川の上流に横川発電所、渡瀬発電所の二つを建設、本社を仙台に構えた。大工事が完了し、渡瀬発電所は大正十四年、横川発電所は昭和三年に送電可能となった。

白石に新しく産業が興り、資金繰りや為替送金等の必要から、明治二十九年（一八九六）に白石商業銀行が設立された。その後、明治四十年に「大味」鈴木家一族が白石銀行を設立。清之輔が頭取となった。白石銀行は町内の商店主、繭取引業者、製糸業者、土地売買業者などに多く利用された。清之輔は、昭和六年に亡くなるまで宮城県下でも有力な金融界の重鎮として活躍し、東北実業銀行では頭取を務めた。

「大味」鈴木家では事業拡大によって着々と富を築きあげ、大味合名会社を設立、鈴木家の土台を築いた味噌・醬油醸造部門の営業も順調で、製品を自宅の店で小売りもした。

このように「大味」鈴木家は、白石では他の追随を許さない大実業家となった。その一方で、十四代目惇信味右衛門は県会議員、十五代目清之輔は郡会議員、後には夫俊一郎が町長を四期（通算十二年）務めるなど、鈴木家は政治と経済の両面から、地域の発展に寄与してきたのであった。

しかし、夫俊一郎が第一線で活躍し始めた大正時代から昭和初期までの二十年前後の間に、世相は目まぐるしく変貌《へんぼう》を遂げることになる。第一次世界大戦、関東大震災、昭和大恐慌などが次次と襲い、個人の力では解決のできない世相の中で、鈴木家「大味」の事業も、徐々に大手企業に吸収合併、企業の国営化、制度の改革などにより、経営権の放棄、撤退などにより、鈴木家「大味」の手から徐々に離れてゆき、経営不振に陥っていったのである。

奇しくもそんな中にあった「大味」鈴木家に梅子は、大正三年（一九一四）に嫁いで来て、翻《ほん》弄《ろう》されるのであった。


やがて、鈴木家「大味」の事業は、次のような道を辿ることになった。

郵便事業は、戦後、国営となり、鈴木家はこの事業から撤退せざるを得なくなったのである。さらに、戦前の逓信省は郵政省と電気通信省に分割されることとなる。

白石製糸機業株式会社は、何度かの生糸の大暴落により、従業員への賃金不払いによるストライキで休業。また、人絹という新しい繊維が発明されるという要因により、経営不振となる。やがて大手の片倉製糸株式会社に鈴木家の経営権が移管されるのである。

仙南電気工業株式会社は、昭和四年（一九二九）に、国策会社東北振興電力株式会社に吸収され、経営権を譲渡、さらに昭和十三年（一九三八）には、電力国家管理法により、鈴木家の手から完全に離れるのであった。

白石銀行は、昭和初期の金融恐慌により、全国的に中小銀行の倒産や大銀行への吸収合併が進んで、昭和六年（一九三一）、青葉銀行と合併し、宮城銀行となり、さらに昭和十六年（一九四一）には、七十七銀行白石第二支店になり、鈴木家はその経営権を失った。

そして、大味合名会社は、昭和初期の大恐慌により、小作料軽減をめぐって地主と小作人の争議が起こり転換期を迎えていた。

このように清之輔が起業した事業は、次々と鈴木家の手から離れてしまうのである。

そして、昭和六年（一九三一）に「大味」の基盤を揺るぎないものに築き上げた清之輔が亡くなり、夫俊一郎は、親の役職を引き継ぎ、多忙を極めていた。夫の代理を務める梅子に「大味」の暖簾が重く圧し掛かってきたのである。

さらに、太平洋戦争へと突入する。

戦後は農地解放により鈴木家は、不在地主となった広大な田畑が、小作人に解放され、梅子に残されたのは味噌・醤油醸造業だけとなったのである。

戦後風景

みちのくの草間の露を灯にともす
ちさい町　ほんにちさい町
地軸のはげしさから
はね飛ばされて
物忘れした　ちさい町。
城址を護って行儀よく
いっしんにささやき合ひながら
もの忘れした　ちさい町。
時折町中に立って
自分の掌を打ちかへしてみたい
妙に思ひ出せない　ちさい町。
嶽からの生水がいつか流れとなって
小路小路をめぐれば
廂のひくい家並は
つつましく白い障子を張って
うつらうつらとうなづき合ってゐる

ちさい町。
蒼空に散った
紅葉の落葉のやうに
いつか吹かれて消えて行く
ちさい隣組の組、組。
ひとつひとつ灯を消しながら
さびしさをささやき合っても
声に出ない　ちさい町。
私もしょんぼり坐って
膝に手を置きながら
循環を忘れた血のありどころの
さがしやうのない焦躁に
切りさいなまれてゐる。

昭和二十年

（詩集『をんな』）

戦争中、都会から疎開していた学童は、ほとんどが温泉地の旅館に疎開したという。温泉地を抱える白石には、町内に約六百人、鎌先温泉に千人、小原温泉に六百人、遠刈田温泉に千三百人と、宮城県内の三分の一を白石、刈田地区に収容したという。大きな屋敷を持つ梅子の家でも、離れに、学童ではなかったが謡曲の榎本秀雄師一家等（他の家族も居られたとのこと）が疎開していたという。そんな学童や一般の人々が終戦とともに堰を切ったように引き揚げ始めた代わりに、今度は、外地から引き揚げて来た人たちが蔵王山麓に入植し、開拓が始まったのである。

しかし、経営不振に陥った「大味」の火は、一つずつ消え、蔵王山麓から流れてくる水だけが、冷たく、白石城の内堀、外堀に流れ込み、やがて焦燥感が漂う街中へと流れ込んで行ったのである。そんな様子が「戦後風景」の中に写し取られている。特に梅子が住む「大味」の周辺は、それが顕著なところであった。

第四章　「殻」からの脱出

哲学者土田杏村との出会い

梅子は結婚二年後の大正五年（一九一六）、「大味」鈴木家の十七代目となる長男基弘《もとひろ》を出産し、心の大きな支えを得たのであった。そんな中、大正八年（一九一九）二月に、夫俊一郎は絹組合中央会より嘱託され、米国、欧州へと八カ月の視察旅行に出発した。梅子は愛児だけが生き甲斐といっても、広い屋敷に一人取り残されたような形で、夫が留守の生活は、やはり寂しかったと思われる。家族が多かっただけに自分を見失ってしまうのではないかという不安と、大商家の嫁として一生を終えるのでは我が身が不憫《ふびん》であるとの思いで、少女時代から習い覚えた短歌に心の安らぎを求めたのであった。しかし、それだけでは飽き足らなかったようである。その頃の心情は梅子自身が語った次の文に見ることができる。

十九歳で男子をもうけましたが、何もわからぬまゝに嫁となり、母となり、主婦となり、女の生涯は果たしてこれでいゝものであろうかと、疑惑の雲が胸に拡がりはじめたのです。

師・土田杏村（提供：佐渡博物館）

前向きの姿勢で人間らしい生活をしたいと願う私の周囲に封建の壁は厚く、厚ければ厚いほどまた目覚めようとする抵抗の炎もかきたてられて本を読み漁りました。嫁が本を読むなどもってのほかの時代でした。嫁の勤めを全部済まし、家族の寝静まる深夜を待ちかねて本を開くのです。気持ちが張りつめていましたから睡いとも思わず、難解な哲学書も難なく頭に浸み透っていきました。乱読するうちに道標が欲しくなり、京大哲学教授の厨川白村先生にお手紙をさしあげたのは廿歳を越えて間もなくの頃でした。「乱読でもしているうちに自然に読書の道が開けていくものです。それは教えられるものではありません」とのお返事。

（「マンスリー　梅子談」、昭和四十四年）

その厨川白村（一八八〇〜一九二三）とは、英文学者、文芸評論家。京都市生まれ。東京帝国大学英文科卒。大正六年（一九一七）、病没した上田敏の後を受けて京都帝国大学英文科助教授となって、二年後に教授となった人である。この頃、厨川は朝日新聞に『近代の恋愛観』を連載していた。いわゆるこの恋愛至上主義論はベストセラーとなり、当時の知識層の青年たちに大きな影響を与えたと言われている。このような個人の内面の表現や、一般市民の文化活動が開花した大正デモクラシーの到来は、従来の封建的家族制度の崩壊とともに、新しい男女関係の「恋愛」問題を時代の進歩にともなって「高尚なる感情」として扱い、恋愛論ブームを巻き起こすこととなった。この恋愛ブームの幕を開けたのが厨川白村の『近代の恋愛観』であった。

梅子は封建的な大家族の中で、自分を殺したような生活を余儀なくされ、せめて読書の中に自分を取り戻し、外の自由な空気を吸いたいと願ったのである。それは、知的向上心を持つ梅子の自我の現れでもあり、当然な渇望であったとも思われる。

梅子が厨川白村の存在を知ったのは、購読していた朝日新聞によるものと考えられる。後に引く土田杏村発行の「文化」の存在を知ったのも、朝日新聞の出版広告であったと、記していることろから推し測ることができる。この厨川からの返事で梅子は、一応納得したものの、やはり、指針となるものを欲する気持ちには変わりはなかったようである。

息子のためにも、死んだつもりになってこの家の重みに耐え、女の尽きせぬ誠と愛で周囲の殻を溶かしてみせようと迷いの雲を払ったのは廿歳の読書をはじめた当時でした。

（「マンスリー、梅子談」昭和四十四年）

梅子は読書により、世の中の動きを知れば知るほど、強い戸主権のもとに「家」に従属する嫁の「殻」を破りたいと、強く願うようになっていった。その後、土田杏村が発行する「文化」を購読することになったのである。

土田杏村（一八九一～一九三四）とは、哲学者、評論家。新潟県佐渡郡新穂村に父千代吉、母クラの三人兄弟の末弟として生まれる。本名を茂《つとむ》。次兄の金二は日本画家土田麦僊（一八八七～一九三六）。東京高等師範学校で丘浅治郎に生物学を学び、続いて、京都帝国大学で西田幾多郎に哲学を学んだ。卒業後引き続き大学院に進み杏村哲学の要となる『象徴の哲学』を上梓。在学中に雑誌「文化」を創刊。杏村の自然科学、哲学、宗教、教育、歴史、経済、法律、社会、文学、芸術など広汎多岐にわたる評論活動は、終生の地となる京都で展開された。文化学研究を社会教育や生涯教育の場で実践するため、長野県や新潟県で「自由大学運動」を推進。その立場は自由主義的であったが、ヨーロッパの社会主義的文化運動である「プロレットカルト論」の紹介にも努めた。高等師範在学中から死に至るまでの二十年間に公刊した著作は全部で六十一点にのぼる。最晩年は芸術史研究、ことに桃山時代の絵画研究に心血を注いだ。著作活動の後半の十年間は喉頭結核の症状に苦しめられ、発声、呼吸困難などを抱えての活動だった。四十三歳という若さでこの世を去る。杏村没後に、『土田杏村全集』全十五巻（第一書房、昭和十年）が刊行された（収録されたのは彼の著作物の三分の一にも満たないものである）。

月刊雑誌「文化」

日本に理化学研究所があって文化学研究所のないことを嘆いた杏村は、文化学の研究機関として、日本文化学院を設立し「一身ならびに一家の費をできるだけ節約し、単なる衣食のための所謂勤労をできるだけ少なくして、この研究に専念する生涯を送ることを決意した」と記している。杏村が終生教壇に立つことを望まなかった最大の内面的な動機はここにある。以後の杏村の多岐にわたる研究は、すべてこの文化学研究所の一環として行われてきたものである。

月刊雑誌「文化」は、大正九年（一九二〇）一月、杏村が日本文化学院の機関誌として創刊したものであった。第一次世界大戦終結後に、労働運動、社会運動の活発な展開を背景に論壇でもさまざまな社会思想が紛糾をきわめ、多くの雑誌が新しく刊行され始めた。河上肇の個人雑誌「社会問題研究」、長谷川如是閑・大山郁夫らが「我等」、室伏高信が「批評」、山本実彦が「改造」、堺利彦・山川均らが「社会主義研究」、福田徳三・吉野作造ら「黎明会」同人が「解放」などと次々に創刊された。

杏村の「文化」は、このような当時の次から次に登場した思想、文化、社会問題などに関する書物や論文を考察する雑誌として創刊されたのであった。毎号六十頁に及ぶ全編杏村の個人執筆であった。それはあまりにも大きな精神的緊張と肉体の酷使をまねくこととなる。時おり休刊したこともあったが、五年後の大正十四年（一九二五）五月の終刊に至るまでに、総冊数四十六冊を数えた。

今となっては杏村発行の「文化」の存在を知る人は少ないが、当時は各方面で話題を呼び、特に哲学を志す青年たちによく読まれたという。

本多謙三（一八九八〜一九三八）は、杏村に宛てた書簡の中で、〈先生が個人雑誌『文化』を創刊された頃は丁度、私が哲学という新しい学問を発見して驚異に打たれていた時だったので、毎号発行を待ち兼ねてむさぼり読んだものである。『文化』は我々初学者には極めてよい手引きであり啓蒙機関であった。（略）我々は先生の博識と飽くなき知識欲とに驚かされたのである。〉と書いている。

福原麟太郎（一八九四〜一九八二）は、〈クルツールというドイツ語を「文化」という日本語に定着させたには、杏村自身が出していた「文化」という雑誌もおおいに与っていたろうとおもう〉と言っている。

このような杏村の「文化」を梅子は購読し、〈嫁の勤めを全部済まし、家族の寝静まる深夜を待ちかねて本を開くのです。気持ちが張りつめていましたから睡いとも思わず、難解な哲学書も難なく頭に浸み透っていきました。〉と語る梅子の勉学の様子には、杏村も驚いたという。土田杏村の研究家上木敏郎（一九二二～一九八八）は、その著書『若き日の土田杏村』、『土田杏村とその時代』、『土田杏村と自由大学運動』、そして『叢書名著の復興13　象徴の哲学』の解説「土田杏村の生涯」のいずれにも、梅子を紹介する次の文を、省くことなく必ず取り上げて記している。

また、読者の中には例えばみちのくに住む鈴木梅子のように、「台所の七厘の前で」「炭の指紋の実印」を押しながら『文化』のページをめくるといった、知的向上心に富む家庭の主婦もあった。「そんな片隅に居て、自分の仕事を凝視して居る人が他にも随分居るだろうと思ふと」、杏村は「一言一句おろそかに書けない責任を強く感じる」のであった。

上木敏郎著『土田杏村と自由大学運動―教育者としての生涯と業績』（誠文堂新光社、一九八二年）

梅子は杏村に、その存在を認められ、注目されていた。そんな梅子は後に、上木敏郎編集兼発行の「土田杏村とその時代」第四号、ガリ版印刷（昭和四十一年九月十三日発行）に、「杏村先生から得たもの」と題し、次のような文を寄せている。貴重なものなので長くなるが全文を引いてみる。

杏村先生から得たもの　　鈴木梅子

今日になって考へて見ますと、まことに妙な不思議な事のひとつのやうに考へられます。

また偶然が引きおこした何かの御縁でもあるかのやうにも感じられます。

それは私が土田杏村先生を存じ上げるやうになった事でして、多分大正十一年頃だったかと思ひますが、今となってはどうもハッキリ致しません。

ともかく、当時の、みちのくの、ことに古い家族制度の、そのままの大家族の中に生活して居りました私が、当時思想界の鬼才と称せられた杏村先生のお仕事に引き寄せられたといふ其事でした。或は此の極端な相異が私を先生に近づける因となったのではないかとも思はれます。

広汎に亘る各方面への魂の接触とでも申したいやうな、其のご研究とご努力とに対し、おぼろげながらも、このひろがりのやがての結果が、どんなに見事なものに成らうかと、無心にあこがれをもって仰いだものでした。

たしか大正十一年頃の春のやうでしたが、朝日新聞の出版広告で「文化」の文字を見ましたのが病みつきで、以来お著書と申すお著書をかたはしから読みあさりました。

何が何だか私にはとてもむつかしくて、よく理解の出来るものではございませんでしたが、そのくせお読みして居ります中に、何かピチ〳〵と自分の中に生まれるもの、揺れ動くもの、理論づけられるもの等々、湧き上る力を感じて、引き込まれるやうにとびついたものでございました。私がかりにも封建制度全般に対する批判的な自己識見といったやうなものを持つことが出来、かつ又人間としての生活態度に或る根底をもって現実に立ち向ふ事の出来る意志力を持ちつづけ得たのは、およそ先生の御思想にあづかるところが多いことを思ひます。

「文化」についても思ひ浮ぶことはおよそうすれて居りますが、ただ次から次と紹介される世界の新思想といったものの中に、その当時アメリカに設立された労働銀行について書かれたものがあったやうに思ひます。労働者自身が株主となって、といふ事に非常にこころ引かれまして、向後の資本の在り方など、生意気に本気に考へたり致しましたことなど忘れません。それが因となって、第一次モラトリアムの影響下にあった当時の鈴木の家の銀行の整理上に、たいへん私としては役立った事でした。

何分にも生活条件が重かった為、折角御逝去直前まで親しくおみちびき頂きましたにも拘わらず、今になって何ひとつまとまった感想さへ書きえない、記しえない、その事を何とも申し訳なく思ふ許りでございます。ただ自分は自分なりの生き方、考へ方を、いささかでも持たせて頂いて来たことを、深く御恩に着てゐるつもりで居ります。

何か書けとの仰せでございましたが、何ひとつ書けない事だけをおわび申して筆をおきます。

梅子が朝日新聞の出版広告を見て「文化」を知ったのは、大正十一年頃と記しているが、「文化」は大正九年一月創刊なので、この時点ではだいぶ号を重ねていたことと思う。しかし、梅子は、購読していた「文化」に止まらず、杏村の著書は片端から次から次と読んで、ものを見る力や考える力を養っていたのであった。そして、〈自分は自分なりの生き方、考へ方を、いささかでも持たせて頂いて来た〉と語るように〝詩人鈴木梅子〟という一人の女性を形づくり、その後の道すじを与えてくれたのは、まさに土田杏村その人に他ならない。

しかし、今日と違ってファックスもインターネットもなく、もちろん、電話も個人での使用は不可能で（白石に電話が開通したのは明治四十三年末。鈴木家は白石壱番）、通信手段が乏しかった当時、梅子は杏村が京都から発信する「文化」を購読し、書簡での通信により自力で勉学ができたのは、幼い時から培ってきた教養と、並外れた向学心が梅子を支え続けてきたからだと思われる。哲学者土田杏村の広汎にわたる教えを、梅子は貪欲に吸収し、自分の糧としたことには驚かされる。

現に梅子は、杏村の「世界の新思想」の中で、資本の在りかたを学び〝モラトリアム〟の対処に生かしたと語る。また、後になって〝モラトリアム〟を題材にして詩作した「小荷物」（「序にかえて」本書一〇頁参照）を結晶させている。

土田杏村その人の文学については、作家松岡譲が「セルパン」に記した「杏村と文学」にその考えを見ることができる（この随筆はその後「土田杏村とその時代」第一二・一三合併号に転載）。その一部を引いてみる。

箱根の山から西の事は、何でもかんでも知らない事はないと言はれた彼だ。其の言葉には多少揶揄的な響きがあるが、しかし彼は実によく何でも知って居たし、又知るべく勉めても居た。彼の書斎には私の知ってる十年前でもすでに随分本があったが、後日は増築しなければならない程ふえたといへば相当あるであらうし、彼自身随筆の中で本がたまるのを喜んでも居るが、それらの本には鉛筆で細く薄く重要な点にしるしをつけるのが彼の癖らしく、しかも近頃はよく忘れてしまったとかいって人の知識をほめる彼だが、かうしたあらゆる方面に対する知識が文学の方面でもよく働いて、別に表立ってアカデミックな評論なんぞ見せびらかさなくとも、よく彼の全体的立場の所謂位置的評論といふものを自然に権威あるものとして見せて居た。さうしてそれらの広い立場を背景にして、時代意識の上に立った理想主義的なヒューマニズムといったものを信念として、彼の文学批評の標準は出来て居たやうに思はれる。（略）

彼が文学を論じたもののうち、その短歌論は彼の面目を見る上で、非常に特色のあるものだ。彼は古代歌謡の韻律の研究から入って、短歌に於ける自由形式を主張するに至ったやうであるが、それは直ちに文学生産に於ける大衆的立場と結びつくのである。自由詩形式の短歌よりも、五七五七七の旧形式の方が、彼とは反対に単にひろまるといふ点では大衆向きだと私は考へるのであるが、しかし文学に於ける生産と消費といった一つの根本命題を、この短歌論にとって取扱った彼の意図は、充分好意をもって汲むべきであらう。

「セルパン」「杏村と文学」松岡譲（第一書房、昭和九年六月）

松岡譲は第一書房の雑誌「セルパン」誌上で、杏村とは常に一緒で、お互い新潟の出身であったことから、親交は深かったものと思われる。この文章でもわかるように、杏村は「知の巨人」との威名を持つほどに桁外れの知識を持ち、その底に流れる評論家としての目で「私たちにとって本当に価値あるものは何か」、「文化とは何か」との問いに答える作業をした。これは杏村が死に至るまで貫き通した態度であった。

したがって、田中玉堂の影響を受けつつも、そのとりことならず、西田幾多郎を本邦最大の哲学者と認めつつも、そのエピゴーネンとならず、マルクスから多くを学びつつも、その九官鳥となることを潔しとしなかった。また、〈文学を文学たらしめるもの、芸術を芸術たらしめる第一義的なものを尊重しながら前衛的なものを求めた〉杏村である。

杏村は高等小学校時代から短歌や俳句を作り始めて、生涯にわたりかなりの作品を遺している。「杏村」の雅号はその時から用いていたものである。

日本の短歌は、他の文芸とはいささか違った点を持ってゐる。それは、短歌を作るものは特定の職業的文芸者ではなくて、一般社会人であるし、その短歌の中には各人の実生活を盛る、といふ信念が、それに伴ってゐたことであります。随って昔から、どんな軍人、どんな政治家でも、和歌だけは作らねばならなかったし、また実際に、それらの人の中から卓越した歌人が出て居ります。そこが非常に尊いところであった。

土田杏村著『短歌論』（第一書房、昭和七年四月十日）

杏村は右のように述べ、短歌活動の中での民衆性を重んじ、自由形式を主張した『短歌論』を発表した。それは、松岡が記したように〈古代歌謡の韻律の研究から入って、短歌に於ける自由形式を主張するに至った〉という哲学的な考察のもとに立った杏村の論考であった。

梅子は杏村のこのような論考に強い影響を受け、既存の詩のスタイルに自分なりの表現方法を取り入れようと模索し、次のような考えに至ったものと思われる。

詩についても思ひは深い。始め短歌を好み、十代の頃から何とはなしにもてあそんでゐるうち、その定型に矛盾を感じ出すと、俳句も同様の目で見るやうになり、自分のいのちのリズムは自分の形式によるのでなければ、いつはりではないかと、大それた事を考へるやうになり、行きついた所が詩の型式であった。長い過去の伝統を持つ三十一文字、十七文字といふ定型にはぐくまれて来た日本人の自分なのだから、この両者の風趣をあわせ持つ自分の詩が欲しい、そしてその間に外国詩の味さへも何処かに欲しいと、幼な心に念じるやうになり、それにすがったのであった。

鈴木梅子詩集『つづれさせ』「あとがき」（木犀書房、昭和四十一年二月）

梅子は、右のような自分の思いを杏村に話したものと思われる。そこで杏村は、梅子が望む詩風を具え持つ詩人は、堀口大學をおいて他にないと、友人で同郷でもある第一書房の長谷川巳之吉に頼み、外国生活に区切りをつけて帰国して間もない、堀口大學のもとに梅子を弟子入りさせてもらうように取り計らったのであった。このことは自然の成り行きであり、梅子が杏村から学んできた結果であるとは言えないだろうか（大學のもとに弟子入りした経緯は後に詳しく記すことにする）。

また梅子は、杏村の人生観にも大きな影響を受けていたと思われる。あまり知られていない杏村の人柄や思想に関して、手短に理解できる文を「土田杏村とその時代」（第九号）に掲載された、神田竹雄氏の「土田杏村との邂逅」に見ることができるので、その主要な部分だけを引いてみる。

私は生前の杏村に一度も会ったことはないが、偶然の機会に、その著作を通じて、その人柄や思想に触れてきた一人である。最近読んだのは確か、全集第八巻だったかに収められている『結婚論』ではなかったかと思う。その中で杏村は、

人間は学校を出て結婚したりすると、もう生活の慣習に流されてしまって、読書をする時間をもたなくなってしまうものだ。我々は一日三十分でよい。その時間を確保して、読書につとめなければならない。本を読まないと人間は腐ってしまう。自分の頭でものを考えることが大切なのだ。ものを考えるためには、読書によらなければならない。

また、「望ましい女性について」といった題目で、杏村の独自な思想が述べられている。

詩を理解する女性であって欲しい。感覚の貧困は最も致命的だ。

杏村は詩人の一面を持った思想家で、新穂の郷里におられた頃に俳句も作り、その時のペ

ンネームが杏村というのであった。

詩作もし『短歌論』の著書もある。非常に多面的な才能に恵まれた人で、その著作を追っていくにつれ、人間的な幅と深みに私は敬礼しなければならない、という気持ちになった。杏村はその著『宗教論』の中で、難船に瀕した一隻の汽船の中に、翻弄《ほんろう》されている船夫や乗客連の絶望と疲労の状態を描いているが、それをそのままに、分裂し混乱した現代人の表情を描いているのであった。杏村は、その分裂と混乱から救われるためには、

現代人は一つの隔離された一室を持たなければならない。喧騒と不安の中から退いて静かに自らの魂を養う隔離せれた一室を持たなければならない。それは何も空間に位置する建造物を意味しているのではない。我々の精神の中に確立しなければならない休息の場である。

といった。

杏村は数多くの著作を通して「人間とは何であるか。人間の生活とは何であるか。」と問いながら、人間の生きる道や生活の在りかたを執拗に追及し、その指標を確立されたのであった。『人生論』、『人間論』、『宗教論』の三部作は理想主義哲学を根底においた力作であった。

文明批評家としての杏村は、「文化とは何か」を問うにあたり、「文化とは何であったか」を学ぶ必要性を説き、現代社会生活の中にあって、機械文明が人間生活の中にもたらした人間性の抹

殺や人間性の疎外から起こるあらゆる病根を断ち切って、健康な明るい社会を建設しなければならないと説いた。これはまさに今日の社会にとって最も重要視されなければならない課題でもある。

『忘れられた哲学者―土田杏村と文化への問い』（中央公論新社、二〇一三年六月）の著者清水真木氏は、〈今日の平均的な日本人の思考や行動は、歴史的な奥行きを失い、それとともに、現代史もまた、内容の乏しいものになりつつあるように見える。〉と記している。

このような点からしても、土田杏村の思想は簡単に忘れることの許されるようなものではなく、その復権を強く願う声が今も起こるゆえんでもある。

『象徴の哲学』

梅子の蔵書の中で、土田杏村の著書『象徴の哲学』が目を引いた。手に取って頁を開いて見ると、ところどころにアンダーラインが付してあり、熟読の跡が窺えた。

梅子が所有していた『象徴の哲学』（全国書房、昭和二十三年）は、『華厳哲学小論攷』が合本され、杏村が没して十四年経て刊行されたものである。このことから推し測っても、梅子の向学心はこの頃になっても衰えることはなく、大學に〝詩〟を学びながらも、なおも、杏村の難解な哲学書に挑んでいたのがわかる。〈難解な哲学書も難なく頭に浸み透っていきました。〉と梅子は話しているが、『忘れられた哲学者』の著者清水真木氏は、〈『象徴の哲学』の記述は、読者にとり、接近しやすいものではない。むしろ、土田の手になるものとしては特別に錯綜しており、わかりにくいと言うべきである。〉と語る。この言葉からしても、梅子の向学心の強さが窺える。

土田杏村著『象徴の哲学』（新泉社、昭和46年1月26日）より。右前・佐藤出版部1919年、後・全国書房1948年、左・内外出版1921年

杏村の第四著作として大正八年（一九一九）十月刊行された『象徴の哲学』（佐藤出版部）は、『文化学的研究　第一巻』として、現象学の立場から「象徴」の意味を考察したものであった。

では、「象徴」とは何かを『叢書名著の復興13　象徴の哲学』（新泉社、昭和四十六年一月十六日刊）に付された「土田杏村の生涯」上木敏郎の解説から難解ではあるが、要約してみると、次のようなものであるかと思う。

「象徴」とは認識において、第一に、理論的にでなく直接的に把捉すること、第二に、相矛盾するものの合一である。例えば、赤い薔薇が恋を象徴しているという場合に見られるごとくである。そしてこの象徴の根底にあるものは、意味の体験である。これを杏村は神秘とも言っている。この意味的体験の中に「我」が象徴されるとともに、対象が象徴される。よって、世界はすべて「我」の象徴であるといい得るとともに、「あるがままの世界は、そのいかなる一隅においても三千世界を象徴する」というものである。

杏村は、「象徴主義の極致において、全然対象の世界、即ち、自然そのものの上に帰って来ると最後に述べている。そこでは、『我』が没却し、没我の世界が出現する。」という。「対象が対象を見、また同時にその対象が、他の対象を見る」、この事柄を杏村は華厳経に依拠して語っている。「華厳哲学の要旨を現代哲学的に復活して見る」ことが杏村の試みでもあった。

杏村は『華厳哲学小論攷』「序」冒頭で、「宗教は論理の中にないが、併し全く論理と離れたものでない」とし、「大乗起信論と華厳経とを底本として、これに哲学的考察を加へた」と記している。

杏村の『華厳哲学小論攷』の中では「法華経と華厳経」の関係が説かれている。が、梅子は法華経に強い関心を寄せていたと思われる。その現れとしては、「妙法蓮華経観世音菩薩普門品第二十五」の写経を好んで行っていたという。この第二十五品は「観音経」とも呼ばれ、お釈迦さまの説かれたお経の中で最も尊い経典とされている。このお経を念ずればあらゆる苦難から救われ、多くの幸せが授かると説かれ、昔から多くの人々のあつい信仰を得て、臨済宗でも常用されていた。

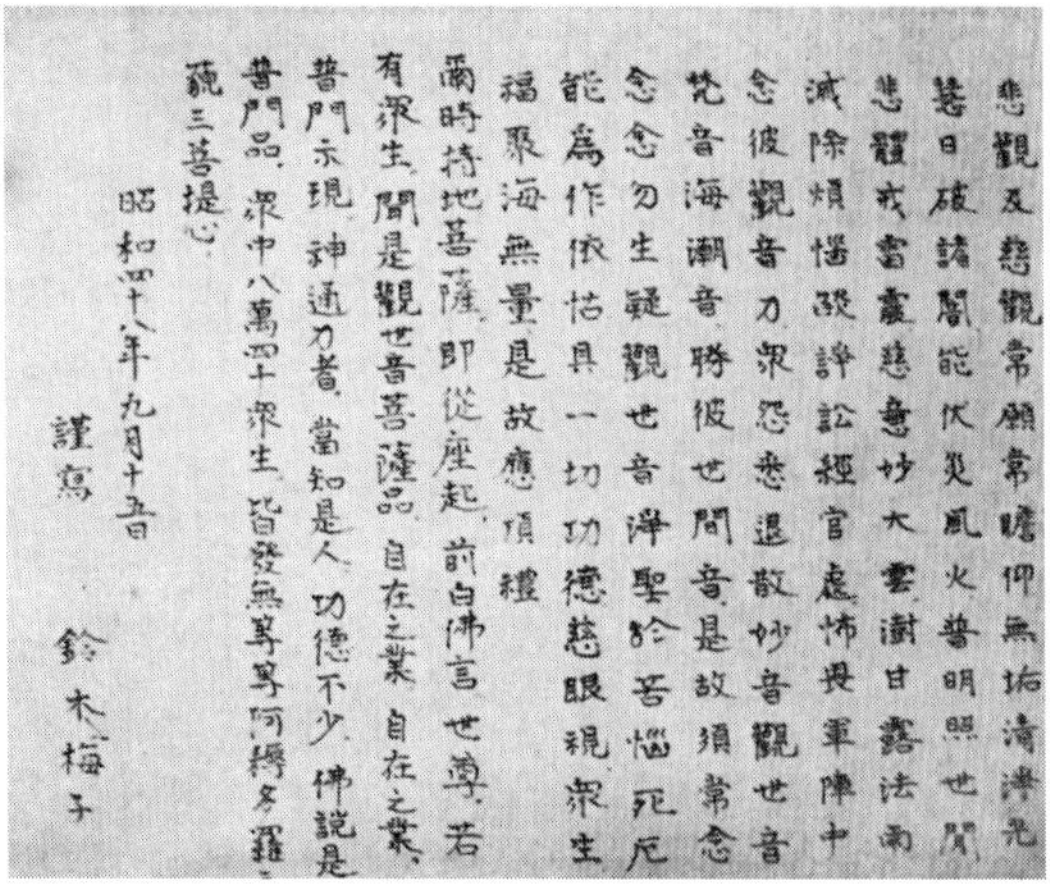

「写経」昭和 48 年 9 月 15 日作　（没 2 カ月前）（提供：矢吹友市郎氏）

梅子の生家矢吹家の菩提寺は曹洞宗円通寺で、矢吹家には仏堂を思わせるほどの荘厳な仏間がある。ここには梅子の両親や兄弟の写真が飾られており、祖先や家族への労わりが感じられる厳かな雰囲気の空間である。そんな空間に梅子は、しばしば帰って来ては、好んで行った「妙法蓮華経観世音菩薩普門品第二十五」の写経が何幅も収められていた。その中に、額装され飾られてあった一幅は、見事な筆のさばきで最後に〈昭和四十八年九月十五日、鈴木梅子〉と記されていた。梅子が亡くなる二カ月前に写経されたものと知り驚かされた。

梅子は、大正末期から自宅を開放して「謡の教室」を開いていたが、昭和十二年の支那事変の頃から終戦直後までの稽古が中断となった期間は、毎朝ラジオ体操後、「般若心経」「観音経」「坐禅和讃」を読誦し、その後三十分、先輩について謡をしたという。当時の不安定な社会に苦悩する情勢でもあったので、宗派に関係なく身近な経典を読誦して、平穏を願い、皆で親しんでいたようである。したがって梅子は、気に入った経典を何度も写経することには、抵抗なく、むしろ歓びのようでもあったとも思われる。

梅子の嫁ぎ先の鈴木家は真言宗であるが、屋敷は取り壊され、現在は白石市消防署が建っているので、仏間はどうであったか定かではない。しかし、鈴木家の菩提寺延命寺の山門を入って直ぐ右手に鈴木家の大きな代々碑が建つ墓所があり、梅子はここに眠っている。

梅子の仏心の現れとしては、梅子と交流があった方が、「お嫁に行く」と梅子に告げると「何事も仏心でね」と話され、餞《はなむけ》として、その場で詩を書いてくれたという。梅子のこの「何事も仏心でね」との言葉は、梅子自身の信条でもあったと思われる。

また、梅子が晩年になってから交流があった、詩友大泉茂基に捧げた追悼の詞に〈私は形骸の死を全面の死とは思っておりません〉と述べているが、これもまた、仏教の教えに根ざしたところから来ているものと推察される。

当時、杏村と親交のあった山村暮鳥は、杏村に宛てた手紙の中で次のようなことを書き送っている。

この頃、自分は華厳経を読んだ。すばらしいものだね。仏教にはおどろくばかりだ。いまは、正法眼蔵を読んでいる。もうもうたまらない。大きなものはみんな隠れているんだね。

正法眼蔵は華厳の影響のもとに書かれたものである。かつてキリスト教の牧師であった暮鳥が、しだいに仏教に惹かれるようになった要因の一つには、杏村の影響があったと言われている。

杏村は万難を排して「文化」を刊行してきたが、大正十三年（一九二四）、ロンドンの一書店の計画する「現代思想叢書」の一冊として、杏村は『日本支那現代思想』の執筆を依頼された。杏村は「日本に対する外人の認識不足を思うと、自分はいかなる苦難に堪えてもこの仕事をなしとげたい」と愛着の深い「文化」を休刊にして英文の著述にとりかかったという。二年後に書き上げた『日本支那現代思想研究』は、日本や中国の現代思想を世界に紹介した最初のものとなった。

杏村は専門の枠を超え、広汎な視野に立って、「文化とは何か」の意味を明らかにする作業を続けた。そして思想、文化、社会問題などに関する書物や論文を考察する役目を担った杏村の雑誌「文化」は、右のような事情と呼吸器疾患の病体による体力的な理由により、大正十四年五月終刊となった。

清水真木著『忘れられた哲学者』中央公論新社、2013年（著者蔵）

その後の杏村は、九年間病床にあったが「自由大学運動」や「国文学の哲学的研究」、「芸術史研究」など、独創的研究に心血を注いだ。

〈土田杏村は、一九二〇年代のわが国の知的世界を代表する人物の一人であり、彼の手になる膨大な著作は、無視することのできない数の読者を知的公衆のあいだに見出していたのである。〉と、『忘れられた哲学者』の著者清水真木氏はその著書の中で語っている。その〈知的公衆〉の中の一人に、鈴木梅子の存在もあったのである。しかし、読まれ継がれるべき杏村の著作の多くを手掛けていた第一書房・長谷川巳之吉が、昭和十九年（一九四四）に版権もろとも講談社に譲り渡して、廃業してしまった。そのため、第一書房から刊行されていた多くの杏村の著書は、書店の店頭から姿を消し、その後、一度も再刊されることなく現在に至っているという。土田杏村が「忘れられた」大きな要因の一つがここにあるとされる。加えて、『土田杏村全集』全十五巻には、肝心の『象徴の哲学』が収録されていなかったということも要因にある。

杏村と同時代の哲学者由良哲次（一八九七～一九七九）は、「杏村のあらゆる論考は、すべてこの哲学を源とし、この核心より発している。『象徴の哲学』は、杏村思想の要石である。全集はこの要石を抜き去っているのである。」と語る。

もう一つ付け加えるならば、杏村は『全集』十五巻をもってしても、全作品の三分の一を収録したに過ぎない。そんな膨大な著書を持つ杏村であるが、一冊の研究書や解説書の類もなく、ましてや一冊の「評伝」すら刊行されなかったことが、杏村を「忘れられた哲学者」に仕立て上げる結果にもなったようでもある。

しかし、杏村は完全に忘れられたわけではなかったのである。前述したが、杏村の初期の代表作『象徴の哲学』（佐藤出版部、一九一九年）と『華厳哲学小論攷』（内外出版、一九二二年）が合本された『象徴の哲学』が一九四八年に全国書房から刊行され、一九七一年には新泉社から土田杏村研究家の上木敏郎の「解説―土田杏村の生涯」が付されて刊行されている。

上木は、〈土田杏村については、従来一冊の伝記も、一冊の研究書もなかった。目下、私は杏村の伝記をまとめるべく、資料の蒐集につとめているものである。〉と語っていた。資料の蒐集の手段として、上木は昭和四十一年（一九六六）に個人誌「土田杏村とその時代」を創刊した。「創刊のことば」は、次のようなものであった。

私は浅学非才をも顧みず、土田杏村の伝記研究を志し、目下資料の蒐集につとめるものでありります。生前、同氏と関係交渉をもたれた方々はもとより、同氏に関心を抱かれる方々の御協力を切にお願い申し上げます。

本誌は蒐集された資料、お寄せいただいた玉稿（場合により、私あての私信の一部公開をおゆるしください）、および私の中間報告等を掲載する小冊子です。

この小冊子が機縁となって、更に新しい資料が発見され、杏村とその時代の姿を少しずつでも明らかにするのに役立つならば望外の幸せであります。

昭和四十一年二月　　上木敏郎

このようにして上木は、杏村の思想を正しく理解するためには、その思想が生まれた時代的、社会的背景、そしてその思想家の人間像を知ることが必要であると、精力的に資料蒐集に努めたのである。梅子のエッセー「杏村先生から得たもの」等はまさに〈知的公衆の間に見出した〉者が語った、貴重な資料であったことと思う。また、梅子の名前はこの「土田杏村とその時代」の各号に付された「御芳志名」の中に何度も登場している。梅子は、上木のこの活動に全面的に協力し、期待もしていたのであった。上木に宛てた手紙にそれを見ることができる。

此度は「土田杏村とその時代」を御恵与いただき、まことにありがたく拝受申上げました。随分たいへんなお仕事になられますことと拝察申上げて居ります。

この後の御研究に御期待申上げます。

漸くみちのくにも春のきざしがみえ初めました。とは申せ、まだ二月が終りましただけの事、これからもなかなかの事と存じます。（略）

（宮城・鈴木梅子）

上木敏郎編著「土田杏村とその時代」第二号（一九六六・四・五発行）

しかし、上木敏郎は「土田杏村とその時代」第一七号（復刊第一号）の原稿校正中の、昭和六十三年（一九八八）十二月、脳内出血のため急死されてしまわれた。念願だった「土田杏村の伝記」は、刊行を見ずに終わってしまったのである。

貴重な資料が満載された「土田杏村とその時代」の小冊子十七冊（一部ガリ版刷、のちにタイプ印刷）は、土田杏村の故郷、新潟県佐渡新穂村教育委員会が「杏村生誕一〇〇年記念事業」の一環として、平成三年（一九九一）七月に、この「土田杏村とその時代」十七冊を編集し直し、合本、補足し、非売品として刊行されたのである。

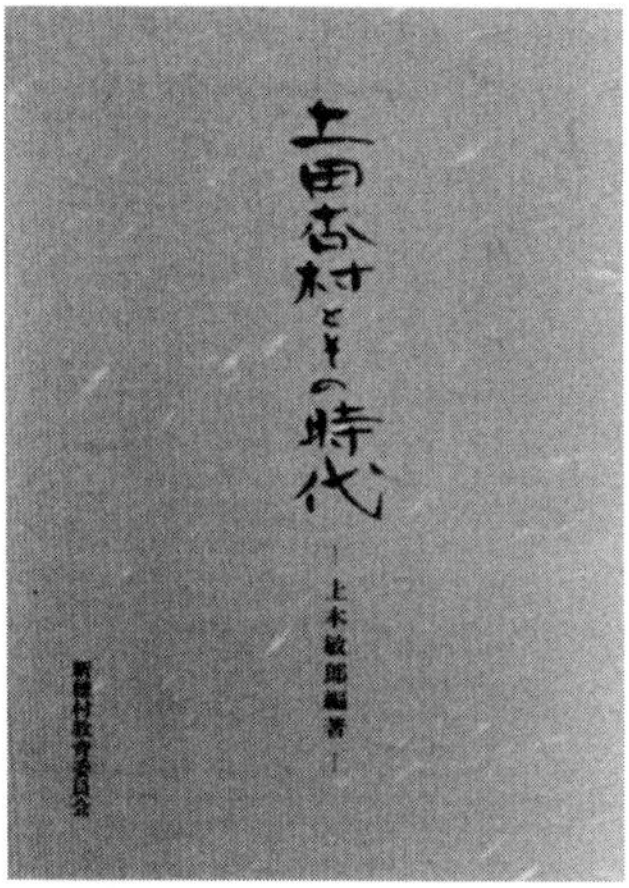

『土田杏村とその時代』佐渡新穂村教育委員会、平成３年７月31日発行（著者蔵）

本の仕様は、B５判、二段組み、カラー写真二十数点、杏村年譜、著書目録等が挿入され、七五〇頁を越える大冊となった。表紙は布張り、ハードカバー、箔押し、箱入り、という豪華本に姿を変えて、上木が蒐集した杏村の姿を後世に残すことができたのである。

私は、この分厚く、ずっしりと重い貴重な『土田杏村とその時代』を、佐渡市教育委員会から譲っていただいた。この本を手にした時は、改めて杏村の偉大さを実感するとともに、「杏村の復権」に命を懸けた上木敏郎の執念と呼ぶにふさわしい熱意が報われたことに、梅子に代わり歓び安堵した。そして、この偉大な哲学者土田杏村から多くを学び、それを糧として、生涯詩作し続けた詩人鈴木梅子を改めて素晴らしい女性であったと痛感させられたのである。

『アルス文化大講座』

「鈴木文庫」（白石市図書館に寄贈された梅子の蔵書）の書架に『アルス文化大講座』という分厚な辞書のような本が「4」から「12」まで並んでいた。「アルス」（ラテン語で「芸術」との意）との語彙が気になりながらも、手に取って開いて見る余裕もなく、過ごしていたが、杏村著書目録の中に、出版社名が「アルス」と記されたものが三点含まれているのに気がついた。調べてみるとアルス出版社とは、北原白秋の弟、北原鐵雄（一八八七〜一九五七）が創立者で、文学書や美術書を出版。戦前・戦後にわたって月刊「カメラ」を発行したことで知られる。また、講座シリーズも刊行したと、あった。

『アルス文化大講座』の「発刊の言葉」は次のような興味を引くものであり、その一部を記してみる。

方今専門教育の施設は極めて多い。而かもその通弊を補ひ、緊急重大なる現代的綜合的活知識を与ふるの機関は皆無である。これ実に現代教育制度の致命的欠陥でなくて何であるか。本講座が茲に本邦朝野学界の最高権威に懇請し、知識の均斉、学術の民衆化を企画し、講堂より街頭への解放的大運動を開始した理由の一つである。

（『アルス文化大講座』内容見本）より

アルスは、講座シリーズとしてすでに『アルス大美術講座』『アルス西洋音楽講座』『アルス建築講座』を刊行し、各専門的分野に貢献していた。『アルス文化大講座』は、「綜合的知識を与ふる」と謳うだけに、多岐多様に対処するため、あらゆる部門を揃え、共同共学の社会的民衆的綜合大学の実現をめざしたのである。

講座のテキストは、第一巻が大正十五年（一九二六）十一月に刊行、以降毎月一巻ずつ、全十二巻が揃ったのが、昭和三年（一九二八）九月であった。テキストは会員に限り配本するもので、一冊売りはしなかった。

執筆者の顔ぶれを見ると、錚々たるメンバーである。目に留まった名前を拾ってみると、

〔第一部　学術篇〕三十四講座

社会科学＝「我等」主幹長谷川如是閑、政治学＝早稲田大学教授大山郁夫、自然科学＝理学博士石原純、美学＝慶應大学教授村松正俊、社会教育＝土田杏村、日本演劇＝岡本綺堂、西洋演劇＝小山内薫、等々

◇特別講座（十六問題）

政治問題＝法学博士吉野作造、文芸問題＝島崎藤村、美術問題＝山本鼎、等々

〔第二部　現代篇〕十九講座

現代の婦人問題＝山川菊榮、現代の詩歌＝北原白秋、現代の両性問題＝山本宣治、等々

〔第三部　生活篇〕家庭、社交、スポーツ、趣味・娯楽、知識、と五分類され、さらにきめ細かな項目に分け優れた教授陣を配している。

杏村の「文化」が終刊になった翌年、『アルス文化大講座』が発刊になった。梅子は『アルス文化大講座』会費、二十七円五十銭（現在の約三万円）を納め会員となり、「文化」に代わってすぐこの講座で勉学する機会を得たことは、田舎に住む梅子にとっては幸いなことだったと思われる。

しかし、「鈴木文庫」にテキストの存在は確認できたものの、この講座に関して書かれた梅子の一行の言葉も見出すことができなかった。しかも、『アルス文化大講座』「1」～「3」までが欠けているのも気になったが、図書館側では、最初から欠けた状態で寄贈されたとのことであった（あるいは、梅子は途中からの入会だったかもしれない）。

梅子の立場に立って特記するなら、やはり〔学術篇〕で、社会教育講座を担った土田杏村の存在が大きい。また、〔知識〕の項で「新聞の研究」に、朝日新聞専務・法学博士下村宏が名前を連ねて執筆していることである。梅子は夫俊一郎の先妻の兄である下村宏（海南）に対して、教授の一人として見ていながら、やはりどこかではわだかまりがあったことと思う。

杏村の「文化」は広汎な問題を杏村一人で担っていたが、『アルス文化大講座』は、ありとあ

らゆる分野に講座を設け、その部署の執筆に一流の専門教授陣を揃え、講座終了後は、テキストを合本し、恩地孝四郎の装幀で吟味した綺麗な百科全書に仕立て上げた。「鈴木文庫」に残されていたのはこの合本であった。

しかし、あまりにも多い講座の数とテキストの分量で、受講者は消化しきれず、テキストはあまり活用されないまま、百科事典に化してしまった人も多かったのではないかと推察される。出版社アルスにとっては、最初から百科事典を作る意図が念頭に入っていたのかもしれない。『アルス文化大講座』の特色として「完了後は文化的百科全書」と謳っている。だから、梅子にしてもこの講座で得た何ものも記してなかったのかもしれない。百科事典などはまだ珍しかった時でもあり、合本されたこの本自体は貴重なものとなったことと思われる。

大學のもとに弟子入り

私が「鈴木梅子さんとはどんな女性だろう?」と、興味を持ったことから〝私の梅子探し〟が始まったのであるが、手掛かりは梅子の三冊の詩集と、白石市図書館に寄贈された「鈴木文庫」の書籍だけだった。その書籍を手掛かりに資料集めに奔走し、いつしか資料は堀口大學に関したものも含め、段ボール箱一杯に貯まってしまった。

そんな資料を基に書き始めた「堀口大學と鈴木梅子」を、断片的に新潟県長岡市から発信されている堀口大學研究誌「月下」に掲載させてもらってきたのであるが、そろそろ纏まった形にしなければと思っていた時に、梅子の哲学の師土田杏村に関する、清水真木著『忘れられた哲学者―土田杏村と文化への問い』という著書に出合った。

梅子を理解するうえで役立つかもしれないと読んでみると、文中に〈杏村が忘れられた一因には、第一書房が昭和十九年(一九四四)に一切の権利を講談社に譲渡して、突然廃業したことにある〉とあり、その全貌は、長谷川郁夫著『美酒と革嚢《かくのう》―第一書房・長谷川巳之吉』に詳しいと記してあった。

この第一書房の長谷川巳之吉こそ、梅子を堀口大學に紹介した人であった。
梅子は「わが生涯の師と仰ぎまつる堀口大學先生と私」の中で、大學のもとに弟子入りした当時のことを次のように語っている。

当時、思想家の土田杏村先生が個人誌として世界の新思想を紹介しておられた「文化」を購読。大いに啓発されるものがありました。廿五歳の時、杏村先生に感想文をあげたところお返事をいただき、やがて、東京麴町にあった第一書房の長谷川さんに紹介され、その長谷川さんが十年にわたる外国生活から帰朝されて間もない堀口大學先生を紹介して下さったのです。私は三十二歳になっていました。

もと〳〵私も十代から歌うことには関心をもち、短歌をもてあそんでいましたが、その定型にあきたらず、ふきあげてくる自分のいのちのリズムは自分の形式によるものでなければ本当の表現は出来ないと思うようになり帰するところは詩だと思ってもいたのです。

ソフトながら何かしら威圧されるものを感じたお目もじの後、数少いお弟子の一人に加えていただきましたが早や四十余年の歳月が流れたのですね。

（「マンスリー、梅子談」昭和四十四年）

梅子が話した中に、大正・昭和期の日本文化の一面を担った重要な人物三人が登場している。思想界の鬼才と言われた哲学者土田杏村。戦前を代表する異色の出版人、第一書房の長谷川巳之吉。そして日本の近代詩壇に新風をもたらした、詩人堀口大學。この三人と梅子が深い関わりを持っていたことがこの時わかった。私はこの本を読むまで、三人のそれぞれの関係について知る由もなかったが『美酒と革囊』を読んでみて、縺れた糸がほぐれるように見事に解き明かされ、梅子が大學のもとに弟子入りした経緯がはっきりと見えてきたのだった。

そしてまた、杏村が佐渡、巳之吉が出雲崎、それに「東京生まれの長岡出身」と自称する大學と、なんと三人とも新潟県人であることに、気づかされたのだった。新潟人は、「鼻を欠いても義理欠くな」と言われるほど義理堅い人たちだと聞いていた。

「セルパン」文化の中で

「鈴木文庫」の中に、杏村や大學の著書はもとより「セルパン」や大田黒元雄訳、ロマン・ローランの『近代音楽の黎明』等、私には初めて目にする本が書架に並んでいた意味がこれでわかった。また、梅子が「東京麹町にあった第一書房の長谷川さん」と語っているが、第一書房が芝高輪南町から麹町に移転したのが、昭和三年（一九二八）の秋で、梅子が大學のもとに弟子入りしたのはこの前年であった。

それは翌年一月発行の「パンテオン」、続く「オルフェオン」に梅子が作品を発表していることとでも符合するからである。私は、「パンテオン」と「オルフェオン」の編集発行人は堀口大學と思っていたのだが、二誌とも長谷川巳之吉であり、発行所はもちろん、第一書房であった。巳之吉もまた詩人で、「セルパン」の創刊号には「生活」と題した詩を発表している。

この「セルパン」創刊号は、昭和六年（一九三一）五月一日発行で、昭和十六年（一九四一）三月まで百二十二冊発行した。創刊号の「編集後記」には、編集発行人である長谷川巳之吉が編

「セルパン」創刊号、第一書房刊（昭和６年５月）

集方針を次のように記している。

此の雑誌は誰でも実力のある方が書きたいものを勝手に書いて発表する雑誌です。頼まれて無理に書きたくないものを書く、そんな雑誌にはしないつもりです。従って門戸開放、力のある人はどんどん引き上げて行きたいと思ってゐます。

長谷川巳之吉は「出版は一片の営利事業ではない」と、採算を度外視した出版もあえて行い、不遇な作家、詩人、学者らを拾い上げるという気骨ある人であった。そんな巳之吉と篤い友情で結ばれた杏村と大學、そしてもう一人同郷の小説家松岡譲《ゆずる》に加えて経済的にも巳之吉を支えた音楽評論家大田黒元雄といった、ブレーンでアウトサイダー的なドル箱著者を揃えた第一書房は、やがて、「詩・小説・美術・音楽・批評」といった文化的活動の紹介をメーンとした雑誌「セルパン」（仏語で蛇の意味）を発行する。定価は十銭と安価で瀟洒な雑誌として話題を呼んだ。「パン屋のパンはとらずとも、このセルパンを召し上がれ」との、キャッチ・コピーを生むほど当時の社会に「セルパン文化」を巻き起こしたのである。

梅子はこの「セルパン」に「秋の月」と「詩」と題した二篇の詩を発表していたことも判明した。このような「セルパン」文化の中にあった梅子もまた、東北の片田舎に居りながら、アウトサイダー的な詩人だったのではないかと思われた。

先に紹介した、〈第一次モラトリアムによる経済異変の余波を受けた当時。〉との詞書《ことばがき》を持つ詩

「小荷物」を読んでもそれがわかる。

梅子はこのようにして大學のもとに弟子入りすると早々に、中央に作品を発表する場を得て、順調に詩人として歩み始めたのであった。杏村はそんな梅子の詩人としての活躍を見届けるかのように、昭和九年（一九三四）四月、喉頭結核のため四十三歳の若さで亡くなったのである。杏村に代わって大學を師に持てたことは、心の支えを得て、詩作の面だけでなく梅子にとっては、どんなにか心強かったことかと思う。

梅子は家業を切り盛りしながら、常に紙と鉛筆を帯に挟んで詩作に励んだのであった。

「青鞜」の女性たち

「土田杏村とその時代」第二号（上木敏郎編著　一九六六年）【編者への私信から──公開をお許し下さい】との頁に『青鞜』を創刊した平塚らいてうの私信も、梅子（前に掲載）と前後して掲載されていた。らいてうも杏村の著書は梅子同様、発行されるたびに読んでいたことが窺える。興味深いのでここに、らいてうの私信をそのまま引いてみる。

土田杏村氏とは、お目にかかった事はありませんが、お書きになるものは、いつも読んでいましたから、只一度ですが、突然に手紙を頂いたときも、知っている方から頂いた気がしていました。それは、新婦人協会（大正八〜十一）の時、治安警察法第五条改正運動を、婦人参政権運動の第一歩として、やっておりましたとき、議会運動で私が精力を消耗しているのを、憐れんで下さったものだったように記憶いたしますが、その手紙は失ってしまいました。御手紙を頂いたのを機会に、協会の機関誌に御寄稿を願ったその掲載誌（「女性同盟」大正十年七月、論文の題は「婦人運動と議会政策其の他」……編者註）が手に入りましたので、別便でお送り

申し上げます。（略）

（東京・平塚らいてう）

平塚らいてう（一八八六〜一九七一）とは、女性運動家、本名、明《はる》。「らいてう」は、雷鳥のカナ書き。東京生まれ、日本女子大学校を卒業。生田長江、森田草平らが講師をつとめた文学講座「閨秀文学会」に参加。ここで出会った森田草平と明治四十一年（一九〇八）三月に塩原事件を起こす。らいてうは一夜にしてスキャンダラスな存在となる。が、これを機に性差別や男尊女卑の社会で抑圧された女性の自我の解放に興味を持つこととなった。この時生田長江の勧めを受けて「女流文学者を養成する目的」で、日本で最初の女性による女性のための文芸誌「青鞜」を明治四十四年（一九一一）九月創刊。この創刊号の表紙を描いたのが、らいてうと日本女子大学校家政学部の一年後輩でテニス友だちであった高村智恵子（長沼チヱ）であり、智恵子は梅子と同じ福島高等女学校卒業の先輩であった。

らいてうはその後も「新しい女」という非難に抗して、婦人参政権運動に尽力し、第二次大戦後も女性解放、反戦平和運動に活躍するなど、女性の真の自立と地位向上に生涯を捧げた。自伝『元始、女性は太陽であった』がある。

「青鞜」が創刊された頃の時代背景を、らいてうの「黎明を行く」に見ることができる。梅子が女学校生活を送り、やがて結婚に至った時代でもあるので、ここに一部引いてみる。

『青鞜』が発刊されたのは、明治も終りに近い明治四十四年(一九一一)、明治維新から始まる日本の近代は、半世紀近いときを経て、政治的には天皇制国家としての明治体制を確立し、また産業革命ののち近代産業も成立し発展、さらには日清・日露戦争によって、台湾、朝鮮などの植民地をも領有する国家となった。明治民法によって確立した近代の「家」制度は、強い戸主権のもとに女性を「家」に従属する存在として位置付けていた。女子教育は「良妻賢母主義」の名によって、この「家」制度を支える従順貞淑な女性を育成することを専らとした。(略)

「良妻賢母」を旨とするとはいえ、高等女学校が次々と設立され、その卒業生が増加するにつれ、女子の高等教育への要望も高まっていた。(略)

『青鞜』との縁の深い日本女子大学校は、校長成瀬仁蔵によって「女子を人間として教育すること」「女子を婦人として教育すること」「女子を国民として教育すること」の三つをモットーとして創立され、知的向上心を持つ若い女性たちに希望を与えていた。

思想・文芸の分野では、欧米の近代思想が次々と輸入され、それに刺激されて、日本でも活発な動きを示した。「明星」の創刊と浪漫主義・自然主義文学、社会主義思想、西欧近代劇と百花繚乱の趣を呈していた。大胆に官能の解放をうたった与謝野晶子の『みだれ髪』は世に衝撃を与えた。こうした状況のなかで「とにかく若い婦人たちは、何かしらはっきり掴めないが、今までの女の生活では満足できない現状を破りたいという在るものを内に感じ、

何かしら望みを求め、そして焦慮していたのです。（「黎明を行く」「婦人之友」一九三六年五月号）

「青鞜」の発起人には日本女子大学校の同窓の保持研子、中野初子、木内錠子、物集和子と、平塚らいてうの五人が当たった。

元始、女性は実に太陽であった。真正の人であった。
今、女性は月である。他に依って生き、他の光りによって輝く、病人のような蒼白い顔の月である。
さてここに「青鞜」は初声を上げた。（略）

らいてうのこの創刊の辞は有名で、女性解放運動の旗印となった。そして、賛同者の一人である歌人与謝野晶子は、巻頭に詩「そぞろごと」を発表し「青鞜」に光を放った。

山の動く日来る。／かく云えども人われを信ぜじ。／山は姑《しば》く眠りしのみ。／
その昔に於て／山は皆火に燃えて動きしものを。／されど、そは信ぜずともよし。／
人よ、ああ、唯これを信ぜよ。／すべて眠りし女今《おなご》ぞ目覚めて動くなる。
（与謝野晶子作「そぞろごと」）

「青鞜」に参加した多くの女性たちは、明治民法によって確立した近代の「家」制度を支える、従順貞淑な女性の現状を破りたいと、何かを求め、焦慮する中で「青鞜」に出合い、そこに自己を表現し、自己を確立するための一つの場を見出したのだった。「青鞜」は単なる文芸誌から、自分たちの生き方と関わらせながら、「貞操」「堕胎」「売買春」など、性の問題を含んで、恋愛、結婚、出産などについても、議論を闘わせた。やがて「婦人問題誌」へと脱皮を遂げ、「青鞜」は、明治四十四年（一九一一）九月の創刊から大正五年（一九一六）二月に無期休刊になるまでの約四年半の間に、三回の発禁処分を受けたものの五十二冊発行された。

「青鞜」は梅子が女学校入学の翌年に創刊されたのである。創刊者の平塚らいてうの名前は「新しい女」としてすでに世間に知られていて「噂のありし青鞜出たり」と注目を集めた。梅子と同年の吉屋信子は女学校時代から「少女世界」「文章世界」などに投稿していて、「青鞜」最後期に入社した人である。また、望月麗も女学校の時から「女子文壇」に投稿し、やがて「青鞜」に詩人として参加した人であった。

梅子は吉屋信子や望月麗のように女学校時代から詩作していたわけではないので、まだその域に達していなかったと見るべきかもしれない。しかし、私はふと、梅子は「青鞜」の存在をどう見ていたのだろうか？　と興味が湧くのであった。

梅子は「青鞜」が廃刊となって四年後に刊行された土田杏村の個人誌「文化」（一九二〇～一九二五）を購読。発行者の杏村は、大正期のアナキストとして知られ「青鞜」とも関わりを持っていた大杉栄と交流があった。杏村は著書『流言』（小西書店、一九二四年）の中で「甘粕事件」と関連し、〈僕は大杉と通信したことで警察の注意ものになった。京都へ来ると間も無く僕には川端署の尾行がつき、下宿でいろいろの事を聞いて行くらしかった。〉と、大杉との思い出を記している。そうした杏村の著書を梅子は片端から読んでいたのである。

そんな梅子が結婚後に封建的な「家」に従属するだけの「嫁」としてのみ生涯を送りたくないと願い、また、社会の不条理に抗して町長リコール運動を起こした背景には「青鞜」の存在が皆無であったとは考えにくい。それは、「新しい女性」から「目覚める女性」へと流れが移って行ったからである。また、「青鞜」創刊号の表紙を描いた高村智恵子は、「青鞜」の社員である田村俊子らとは親しく交流したにもかかわらず、「青鞜」の社員にはならず、距離を置いていた。要因には、パリから帰朝したての高村光太郎の存在が在ったことにもよるが、しかし、もし梅子が智恵子と入れ替わったとしても同様であったろうと思われて仕方がない。そこには、お互いの性格から見えてくることだが、「自分の生涯は自分の意志によってのみ選び取る」との考えがお互いにはあったからである。また、梅子は〈いろいろの本物の言葉を、あっちこっちから拾ひ集めさせた〉として綴った『拾ひ集めた真珠貝』の中で次のような言葉を記している。

身を殺して夫の家のためを思ひ、昼夜つとめるといった封建女性は、さう云ふと古臭くて退屈に思われさうだが、さうゆう女性と云ふものは、ただ忍従から出来てゐるのではなく、激しい個性で生きてゐるからさうなるのであって、さうゆう意志の強さは、深い深い女性の根の母性的愛情から発するのである。

（『拾ひ集めた真珠貝』昭和三十九年）

そしてまた梅子は、次のようにも言いきっている。

今の若い方々はよく御主人のグチなどをこぼしますが、一期一会と時の流れに歯を食いしばって生きてきた私には甘ったるくて聞いていられません。私は筋を通して生きてきた。明治の女で良かったと誇らかに思います。

（「マンスリー、梅子談」昭和四十四年）

これら二つの言葉は、梅子の根底にある信条であり、性格を言い当てているように思える。またそれは、智恵子にも言えることであると思った。

梅子の第二詩集『をんな』の中に「不死鳥」という詩が収められている。書かれたのは昭和三十一年（一九五六）と、梅子晩年になってからではあるが、梅子が捉える〝女性〟の姿が見える詩であると思うので拾ってみる。

不死鳥

弦月は

あらゆる雑草を刈りとって
足の早い雲の流れに託し
はかない生命《いのち》を薫じるやうに
弔ってゐる。
研ぎすまし真冬の夜空に
打ち込むやうに懸って浮かぶ弦月。
むらがる知性に自ら火をはなって
燃やしつづけた殻の
ほのぼのと残る温かみある灰の中に
弦月は不死鳥のやうに
つぶやく、
いのちの火は強いと。

昭和三十一年

梅子の蔵書の中で、佐多稲子『ひとり歩き』や、湯浅芳子『いっぴき狼』などの著書が目を引いた。梅子は、同時代の表現者であった女性たちの生き方や考え方をも、しっかりとみていたのである。

白石の「謡曲」

宮城県白石市は、蔵王の雄大な姿を背に、豊かな伏流水が白石城の堀や街の水路をめぐり、落ち着いた古き面影を留めている城下町で、昔から謡曲の盛んなところであった。

伊達政宗の片腕として重責を担った伊達藩の家老職、初代片倉小十郎景綱は能や謡曲の技量が抜群だったこともあり、能楽を愛好した政宗は小十郎を特に取り立てたという。仙台藩内の能と謡は、主として喜多流であったため、片倉家においても能や謡は喜多流であった。仙台の西公園に在った片倉屋敷には能舞台があったという。また、茶道にも通じていたと伝えられている。

白石市には室内能楽堂「碧水園《へきすいえん》」がある。この能楽堂は、「ふるさと創生事業」を活用して、平成三年（一九九一）に建てられたもので、室内常設とした本格的能楽堂としては東北唯一である。観能するには贅沢な素晴らしい舞台であり、喜多流と観世流の二公演が定期的に催されているほかに、古典芸能の伝承やさまざまな文化振興活動に活用されている。また、大寄せ茶会ができるほどの本格的な茶室も能楽堂の隣に併設されている。

ある日、梅子を最後まで支えていた文谷俊祐・いちさん夫妻を何度目かに訪ねた時、「梅子は謡をやっていて、宝生流だった」と話された。それで、梅子の蔵書の中に白洲正子著『花と幽玄の世界―世阿弥』、真壁仁著『黒川能』といった能楽の本が並んでいたことが納得できた。それにしても〝何でもできた人〟だと、新たな梅子を追うこととなった。

それからほどなくして、白石で梅子を知る方が「私は女学校の時から梅子さんのお宅で開かれていた謡の教室に通っていたのです。梅子さんは仕舞もやられ、発表会で『羽衣』を舞われたこともあり、それは見事でした」と話してくださった。この方は、現在でも碧水園や平泉の野外能楽堂まで出掛けられて能楽を楽しまれている。

このような能楽の伝統を今に伝えている白石の歴史の中に梅子の力が、反映されていることは見逃せないものがあった。

もう少し「梅子と白石の謡曲」を探ってみる。

何といっても梅子が師と仰いだ土田杏村は、佐渡の出身である。佐渡は、能の大成者世阿弥が流された地であり、世阿弥が持参した面も残されている。また、江戸時代の初め、能楽師出身の大久保長安が金山奉行として佐渡に派遣された際に、能太夫を同行、金山の相川で能を奉納した。その後も佐渡に残った能太夫が多くの弟子を指導した。しばらくして、佐渡の本間秀信が宝生流の能太夫になって帰国、個人所有で能舞台を持ち、佐渡宝生流として佐渡能を守り伝えた。こうして、能は佐渡の津々浦々まで広まったという。

佐渡の能は島民が舞い、謡い、観るのが大きな特徴である。現在でも三十ほどの能舞台が現存している。

杏村の芸術に対する視野は、佐渡で培ったと記す一文を拾ってみる。

佐渡は不思議にも芸術の雰囲気の濃厚な土地だ。殊に其処で広く行き亘って居るのは能楽と文弥人形とである。何処かの神社の祭礼だとか正月やお盆だとか、何かの祝賀の日だとかいふ時には、昼は能、夜は文弥人形が催されたのである。勿論其れを演ずる人は農民自身だから、木戸銭を取るなどといふ事が無く、一般に公開せられて居る。子供の鑑賞力に対してそれらの芸術は何れも理解の困難なものだが、子供は子供なりに何かを得たものである。芸術は感じであって説明ではない。芸術は雰囲気を作ることが肝要なのだ。斯くして私は、自分の幼年期の生活の周囲が甚だ芸術的であった事を、この上もなく感謝して居る。如何なる場合にも、私が芸術の空気の無いところに空虚を感じて生活し得ない理由は、この幼年期の生活にあるものと思ふ。私は嘗つて生物学を専攻して居た。この時は文芸から完全に離れようと決心して居たのだが、私はその境遇の中で、却って前よりも熱烈に文芸を愛好した。法律や経済の問題を考へて居ても、私はいつの間にか其等に芸術との結合を要求して居たのである。

「若き日の土田杏村」(1)(上木敏郎著編　一九六六年四月)

杏村の芸術に対する本能的なまでの深い関心は、こうして、すでに幼年期において育まれたものであった。

豊かな芸能に恵まれた佐渡に生まれ育った杏村は、後に『文明は何処へ行く』という著作を発表している。〈機械文明が、現代社会生活の中にあって、人間性を疎外している、あらゆる病根を断ち切って、健康な明るい社会を建設しなければならない〉、また〈都会の喧騒から離れ、市民は一日の労働を終えた後、市民会館などに集って、郷土芸能を鑑賞する〉等が理想と説く。

このような杏村の思想を受け継いだ梅子は、謡曲に並々ならぬ情熱を注ぎ人材の育成に努めたのである。

白石の謡曲の歴史を繙いてみると、明治四十三年頃は中央から当時十七歳の武田喜男師を招いて三年余り指導を受ける。その後、仙台の片桐発作師が五年余り指導。入門許可の免状を得る方も出た。大正末期から昭和初期にかけては、宝生、喜多流とも盛んで競い合った。また、親睦を兼ね「宝生喜多連合謡曲素謡会」が、しばしば開催された。

大正末期に、梅子は、福島の生家の矢吹家で謡を教えていた師範の若松屋履物店主津田治郎兵衛師を白石に招き、週一回、自宅の離れを稽古場にし、夫俊一郎やその子弟、以前から謡をやっていた方々も参加して、津田師から指導を受けた。多い時には六十名を数えた。その後、昭和十二年の日中戦争を境に、社会情勢や交通事情が悪化し、津田師の出張稽古が困難となり、稽古は立ち消えとなった。その後、終戦まではラジオ体操、般若心経、観音経、坐禅和讃を行っていた。

梅子は、終戦まもなく青森に疎開し各地に出稽古していた榎本秀雄師を自宅の離れに疎開させ、素謡、仕舞、太鼓、小太鼓の指導を担ってもらった。それに加え、夫の俊一郎が初代公民館長として、「白石を文化の町」にと音頭をとったこともあり、教室は盛会となった。

昭和二十一年（一九四六）の「白石秀宝会春季大会」では、「竹生島」をシテ鈴木俊一郎、ツレ鈴木ウメとプログラムにその名を見る。また、翌年、「新憲法発布記念謡曲仕舞大会」が、白石町、白石町公民館、白石秀宝会主催で行われ、梅子夫妻が謡、仕舞に名を連ね、当時の宝生流の盛大さを窺わせている。

昭和二十四年（一九四九）暮れ、榎本師が東京に戻られたため、昭和三十二年（一九五七）、梅子を会長に、中央から高橋徳之師を招き「之宝会」が発足した。会員十四、五名で十四年続いた。が、昭和四十五年（一九七〇）五月に幹事の病気のため会は解散となった。梅子も昭和四十八年（一九七三）に亡くなったため、会員の方は白石喜多会のほうに移られた方も多かった。


白石に能楽堂「碧水園」が出来てから、喜多流と観世流それぞれが、中央から能楽師を招いて特別公演を定期的に開催している。私も梅子の研究を始めてから能楽に関心を持ち、能楽師観世流シテ方小島英明氏（一九七〇年生、三世観世喜之に師事。九歳で仕舞『合浦』で初舞台。重要無形文化財総合指定保持者）の能舞台を毎年のように鑑賞している。小島氏のお母さんは白石市小原出身ということもあり、「昔、白石に鈴木梅子さんという方がおられ、謡の教室を開いていて、謡や仕舞の育成に努められていたのだそうですね」と直接お会いする機会があった時に、話してくださった。そんな小島氏は、毎月東京から白石に出向いて「子ども能楽講座」を開き、その育成に精力的に取り組まれるとともに能楽普及にも努められている。〈能の無限に広がる魅力を自分の言葉で伝えたい〉と編まれた、その著書『恋する能楽』（東京堂出版、二〇一五年一月）は、能楽の本は地味で売れないとの定評を覆し、版を重ねるほどの好評で注目されている。この著書は能楽鑑賞の入門書としてだけでなく、前述した、土田杏村が佐渡でいかに能楽に触れてきたか、〈芸術は雰囲気を作ることが肝要なのだ。斯くして私は、自分の幼年期の生活の周囲が甚だ芸術的であった事を、この上もなく感謝して居る。〉と述べているように、小島氏は〈能を楽しむヒントは、実は、私達の日常や周辺に溢れています。何故なら、能は「日本」の舞台芸術、季節や歴史、文芸、様々な事に深くかかわっています。〉と、記している。著書ではこれらに着目させてくれ、伝統芸術の素晴らしさを伝えている。また、「碧水園」能楽堂の隣に設けられている茶室では、本格的な大寄せ茶会が開かれるだけでなく「子ども茶会」なども開かれ、茶道の取り組みもさかんである。

今に見るこのような白石の能楽や茶道の盛んな姿の陰には、梅子の存在があったことを改めて思い知らされた。

リコール運動

戦前、栄華を誇った豪商「大味」は、その大黒柱であった義父清之輔（十五代目）が、昭和六年（一九三一）に六十五歳という働き盛りで亡くなった。夫俊一郎（十六代目）は、昭和二年から町長という要職にあったが、四期務めた昭和十五年（一九四〇）にその職を退いた。その後は、病がちで病院と温泉の間を行き来し、療養に明け暮れていたのである。そんな中「大味」という歴史を誇る商家の、将来を託した我が子基弘（十七代目）は、大戦により心に傷を負って帰還して来たのである。梅子にとってこのことは、母としても、また、「大味」としても、その落胆は大きいものがあった。そのうえ、社会体制の変革で家業は不振となり、ゆるぎもしなかった「大味」は、屋号と味噌・醬油醸造を残すだけとなったのである。それを梅子の細腕で支えるのは精一杯であった。

戦争が終わると、新しい時代を創ろうとする女性の姿も目に付くようになってきた。昭和二十年（一九四五）、市川房枝らは戦後対策婦人委員会を結成し、九月二十四日に女性参政権の要求を政府などに申し入れた。十月十一日には、連合国軍総司令部（ＧＨＱ）は、日本の民主化のために、「参政権付与により女性の解放」を指示した。これによって、女性の参政権獲得は加速化し、十二月十五日に「二十歳以上の男女の選挙権」、「二十五歳以上の男女の被選挙権」が、衆議院議員選挙法の一部改正案として成立し、十二月十七日公布された。明治から参政権を求めてきた長い運動の成果が、ようやく実を結んだのである。「生かそうこの一票」として戦後初の総選挙に向けて、「婦人参政権講座」や「座談会」も開かれた。

昭和二十二年（一九四七）四月三十日の宮城県地方議会議員選挙では、十三人の女性の町村議員が誕生した。女性議員に対して、「身近な町村政に参与するので、これまでの男の気づかぬことを主張する」ことや「ボス的行為の盾」になることが期待された。また、女性の活躍は、女性の公職への進出や政治参加も積極的に促した。

『みやぎの女性史―戦後の女性たちの社会活動―』（宮城県みやぎの女性史研究会刊、一九九九年）の中で、〈また一九四九年（昭和二十四）には、白石町で中学校建設敷地問題が生じ、鈴木梅子らは「白石婦人会」という政治結社をつくり、町長リコール運動をおこした。〉と、その名が記録されている。

梅子は苦難な中でも正しいと信ずる主張は、通さずにはおかない激しい熱情を、内に秘めた女性でもあった。それは、長年町長夫人として町政に対して関心を持ち、特に、教育問題に関しては、絶えず心配りをしていた。この行為も杏村から学んだことかもしれない。それは、夫が重責を退いてからも変わらなかったのである。

戦後、新制中学校ができたが、白石町では中学校の校舎がないため、小学校に間借りをして授業を行っていた。校舎は手狭のうえに、破損して危険な箇所もあり、早期に中学校校舎の建設が待ち望まれていた。ちょうど、昭和二十四年（一九四九）春頃から、白石に在った県営種畜場が廃止されるということで、この跡地を利用して、現在困っている中学校建設ができないものかという案が、子を持つ親たちや婦人たちの間で、話題にのぼっていた。

「懸案となっている寺前敷地への新制中学校校舎建築は、なかなかに進展しないし、町民のうえに多額の負担が掛かる実情からしても、ぜひ、種畜場跡に仮校舎でもよいから、早急に建築して、手狭になっている小学校の実情を解消してほしい」と、白石町婦人会の正副会長、鈴木むめ（梅子）と鈴木貞が、麻生寛道町長と交渉した。その結果、「払い下げが可能であれば賛成」との回答を得る。また、県のほうにも請願陳情した。しかし、その後、「種畜場の払い下げは不可能なものにして、寺前敷地のほうはすでに、議決してあることにて、変更は不可能」と回答。加えて「婦女子は政治に関与すべからず」との弁に、「世論に耳を貸さず、公約を無視して、負担の重圧をあえてし、婦女子は政治に関与すべからずとして、ひたすら自己の政策にのみ生きんとする麻生氏に、もはや町政を託すことはできない。ここにおいて我らは町長麻生寛道氏の解職を希うものである」として、政治結社としての白石町婦人会（後「白石婦人会」と改称）を組織し、保護者らとともに、町長をリコールに追い込むという民主主義運動を実現したのである。

梅子は「麻生さんとは政治上の闘いだけではなく、私は人格上の闘争を行う」と断言。民主主義の完成途上の一つの宿命的闘争が潜んでいたのである。それは、表面的な形式上の民主主義から本質的な真の民主主義への移行にともなう、精神と人格と人間性の闘いが必然的に引き起こされたのであった。

この運動は、町を二分する激しい戦いとなり、賛成三九七一票、反対三六八五票で、梅子の主張は通り、町長はリコールされたのである。

ある夫人は「梅子さんが起こしたリコール運動の時に、私は初めて選挙権を施行したのですよ」と、話してくれた（婦人参政権は昭和二十年（一九四五）十二月に新選挙法により婦人参政権が確立。翌年四月の総選挙で施行された）。

梅子が政治運動を正面切って行動に移したのは、この時だけである。そのリコール運動の原動力になったのは、前述した「杏村先生から得たもの」の中で語られていたように、

私がかりにも封建制度全般に対する批判的な自己見識といったやうなものを持つことが出来、かつ又、人間としての生活態度に或る根底をもって、現実に立ち向ふ事の出来る意志力を持ちつづけ得たのは、およそ先生（杏村）の御思想にあづかるところが多い。

と、杏村から学んだものが大きかったようである。加えて、梅子の理解者であった山田活吉さんが、リコール側で白石婦人会の事務方を担い全面的に協力し、支えてくれたお陰でもあった。

『刈田郡詳鑑』【昭和二十五年版】（刈田郡詳鑑編纂委員会、一九五〇年）に、山田さん執筆の「麻生町長リコール顛末記」として詳細な記録が残されている。その記録の最後に次のような記述をみる。

学校建築を推進したのは町長でも町議会でもない。それは婦人会によって巻き起こされた大衆運動そのものなのです。（略）それから民主主義運動の中原に一歩駒を進めたこと、白石町民に特に婦人層にまで政治意識を高揚させた功績は正に絶大なものである。この一事だけでも即ち白石に新しい時代が来る素地をつくったその功績は白石婦人会の名を不滅なものにすることが出来る。

と、山田さんが説くように、このリコール運動は白石の婦人層を民主主義運動というラインに立たせたことと、町民に特に、婦人層にまで政治意識を高めさせた梅子の功績は大きいものがあった。

しかし、翌年（昭和二十五年）十二月二十四日にリコールによる白石町長再選挙が行われた結果、再び麻生寛道氏が就任することになったのである。

梅子は「詩界」六一号（日本詩人クラブ、一九六〇年七月）に「風車」、「弥生の雨」の二篇の作品を発表している。その「風車」には、リコール運動を起こし勝利しても大して変わらない政治情勢を嘆く梅子の心情が反映されているのではないかと思われる、次のような作品がある。

風車

星が泣いたと言っても
ひとはうけがはない
女が泣いても
政治は浄まらない。
骨をけづって納税しても
とぶ田のどろ鼠が
ふとるだけ、
きのふも　今日も　色あせた
五色の風車が　まわるだけ。

第五章　詩を支えに

詩人堀口大學との出会い

梅子は、これまで短歌や俳句の定型に矛盾を感じていただけに、杏村の唱える、定型によらない自由詩形式の『短歌論』に感銘を受けたものと思われる。そこで、

師・堀口大學（大磯にて　1965 年）
（撮影・濱谷浩　©片野恵介）

自分のいのちのリズムは自分の形式によるのでなければ、いつわりではないかと、大それた事を考へるやうになり、行きついた所が詩の型式であった。長い過去の伝統を持つ三十一文字、十七文字といふ定型にはぐくまれて来た日本人の自分なのだから、この両者の風趣をあわせ持つ、自分の詩が欲しい。そしてその間に外国詩の味さえも何処かに欲しい。

と、このような考えを杏村に相談したと推察される。そこで杏村は、梅子が望むような詩風を具え持つ詩人は堀口大學をおいてほかにないと、大學をよく知る、友人の第一書房長谷川巳

之吉を介して、十四年という長い海外生活を終え帰国して間もない大學のもとに、梅子を弟子入りさせてもらうことにしたのである。

梅子が堀口大學に弟子入りした時期としての記録は、日本詩人クラブ『現代詩選　第二集』(昭和三十四年発行)、鈴木梅子の「密室」「あい引」「うらやましい」三篇の作品の前に付された、次の文に確認できる。

明治卅一年福島県福島市外に生る。大正三年十七歳にて宮城県白石に嫁ぎ、昭和二年堀口大學氏に師事現在に至る。昭和卅一年処女詩集『殻』発行(神田昭森社)。世業味噌醤油。

また、梅子は「日立ファミリー・マンスリー」(昭和四十四年八月)からの取材を受けて、次のように話している。

杏村先生に感想文をあげたところお返事をいただき、やがて、東京麹町にあった第一書房の長谷川さんに紹介され、その長谷川さんが十年にわたる外国生活から帰朝されて間もない堀口大學先生を紹介して下さったのです。(略)

ソフトながら何かしら威圧されるものを感じお目もじの後、数少ないお弟子の一人に加えていただきました。

梅子が大學に師事したとされる昭和二年（一九二七）は、長谷川巳之吉の第一書房はまだ芝高輪南町に在り、その翌年の昭和三年秋に麴町に移転して来ている。したがって、そこには一年の開きが出る。しかし、梅子が大學に師事し、実際に「パンテオン」等で長谷川と交流が持てたのは、多少の時間が経ってからのことと思われる。梅子が晩年になって当時を回想して語る時に「麴町にあった第一書房の長谷川さん」と、表現しても不思議なことではないと思われるので、梅子が大學の弟子となったのは昭和二年とする。この時梅子は二十九歳、大學は三十五歳であった。

ここで、梅子が大學に弟子入りするまでの大學の生い立ちをみてみることにする。

堀口大學は、明治二十五年（一八九二）一月八日、東京市本郷区森川町一番地に父堀口九萬一（二十七歳）、母政（十八歳）の長男として誕生した。父がまだ東京帝国大学法学部の学生であったのと、家が赤門前にあったことから「大學」と命名される。父は、明治二十七年（一八九四）第一回外交官試験に合格し、朝鮮国仁川へ赴任のため、九月初旬、一家は家郷の新潟県長岡に引き揚げる。翌年、母が肺結核のため二十四歳で亡くなり、大學は三歳で喪主を務める。以後、十七歳まで気丈な祖母千代に育てられる。

大學は晩年になって、幼かった当時の祖母千代との生活を、次のように記している。

少年時代の僕の生活の周囲には、文学的なものは何一つなかった。祖母と、二つ年下の妹と自分の三人暮らしの家庭には、父も母もいなかった。外交官を職とした父は、僕が三つの時から常に海外の任地にあって、家にはいない人だった。母は僕が四つの時に（数え齢）、二十四歳の若さでこの世を去った。士分とは名ばかりの下士、八代も続いて代々足軽の身分から抜け出せないでいる堀口の家へ、同じく足軽の家から嫁いで来た祖母は、無学だった。文学や詩歌からは遠いところで一生を過ごした人だった。つまり僕は文字のない家庭でもの心がついたというわけだ。（略）

扶持にも知行にも離れた女手ひとつで、それこそ言葉通り〈夜の目も寝ず〉に糸繰りの内職を続け、長男の九萬一を進学させ、帝大の法科を卒業させるまでの十数年というものは、帯を解いて寝たことがなかったという女傑だけに、僕や妹に対する養育の仕方も、厳格そのものだった。だから僕は自分を、〈三文安くないおばあさん育ち〉だと、思っている。

（『捨菜集』「青春の詩情」一九五七年）より

明治三十二年（一八九九）、父は赴任先ベルギーでベルギー婦人スチナ・ジュッテルルンドと再婚。明治三十七年（一九〇四）、新潟県立長岡中学校に入学する。詩歌、俳諧、小説の類を手当たり次第に読み始める。同級生に後に『法城を護る人々』を書いた松岡譲（妻は漱石の長女筆子）がいた。明治四十二年（一九〇九）、長岡中学校卒業と同時に、感受性豊かな幼少年期の十五年間過ごした長岡の家をたたんで、祖母と妹花枝の三人で上京。取りあえず上野桜木町に住む。桜木町には来日したばかりのバーナード・リーチの借家、歌舞伎役者市川左団次の隠れ家があったりする高級住宅地であった。ここから神田の中央大学の予備校へ通う。松岡譲も一緒であった。同年七月、第一高等学校受験するも失敗する。七月二十七日、祖母が六十四歳で急死する。納骨で長岡に向かう上野駅前の書店で「スバル」に掲載の吉井勇の短歌「松のおもいで」を目にし、魅了される。

祖母亡き後、取り残された兄妹二人は、父の盟友武石貞松の弟弘三郎（彫刻家）がベルギーより帰国したのにともない、後見人となって面倒を見てくれることになる。同年九月、神田駿河台にあった与謝野鉄幹・晶子の「東京新詩社」に父に隠れて入門。鉄幹に『万葉集』と『和泉式部歌集』を、晶子に『源氏物語』を学ぶと同時にほぼ二年間寝食を忘れて短歌づくりに打ちこむ。翌年、同門の佐藤春夫を知り、以後、生涯親交を結ぶことになる。二人は鉄幹の助言で短歌のほかに詩作も始める。春夫とともに第一高等学校を受験するが再び失敗。永井荷風が文学部長を務める慶應義塾予科に鉄幹の推薦を受け入学。「スバル」「三田文学」へ詩歌を発表する。

明治四十四年（一九一一）七月、父の任地メキシコに急遽呼び寄せられたため、慶應予科を中退。以後大正十四年（一九二五）まで、父とともに各国で暮らす。義母スチナがベルギー人だったこともあり家庭ではフランス語を常用。またこの頃、父の手引きでヴェルレーヌの詩を知り、以降フランス詩人の詩を愛読し、密かに翻訳を始める。やがてサンボリスム詩に傾倒、グウルモンから多大な影響を受ける。

大正六年（一九一七）、外交官試験のため一時帰国し受験するも、試験中に喀血し受験を放棄。外交官を断念し、詩や文筆で生きることを決意する。この年「詩人」同人となり、日夏耿之介や

『新篇月下の一群』（第一書房、昭和３年１０月）
（著者蔵）

長谷川潔（版画家）らと交友を深める。翌年、再び特命全権大使となった父に従いブラジルへ。以降五年間滞在。この頃よりアポリネールやジャン・コクトーなどのフランス近代詩や小説を読み、次々と翻訳して日本に紹介する。

大正十四年（一九二五）三月、退官した父とともに帰国して間もない九月に、訳詩集『月下の一群』を長谷川巳之吉の第一書房より刊行。この集は、フランス詩の翻訳に打ちこんだ十年余りの外遊生活の集大成と言っても良いもので、六十六人、三百四十篇を収めて「佐藤春夫におくる」とされた。刊行数カ月で品切れとなるほどの好評で、日本近代詩壇に新風をもたらした。

大學の著書『仏蘭西現代詩の読み方』（第一書房、昭和七年）「序」に次のような大學の訳詩論と言うべき文があるが、これは、そのまま大學の詩論と見てもおかしくはないと私には思える。そして、ひいては、梅子が求めた〈定型にはぐくまれて来た日本人の自分なのだから、この両者の風趣をあわせ持つ、自分の詩が欲しい。そしてその間に外国詩の味さえも何処かに欲しい〉という「詩風を具え持つ詩人は堀口大學をおいてほかにない」と、杏村が言うような大學の姿が見えてくるような気がするのである。

文字によって表現されている詩を味ふ秘訣は、文字に及ぶ限り近づいて、その全表情をとらへることである。正しく読めてこそ、始めて詩もあるといふもの。文字が十分に読めずに、直覚で詩を読むといふ流儀もあるらしいが、これは極めて危険な方法である。由来、直覚といふものほど不確《ふたしか》なものはない。生れた時から住み慣れてゐるこの地球を、われ等の直覚はどうしても、球体だと感じない。地球はまた自転するものだと学説の上からは承知してゐながら、然も吾々は太陽が動くといふ感じしか持ち得ない。これが吾々の直覚だ。甚だ危険な物差《ものさし》だ。詩を読むに際しても、直覚ほど危険な助手はない。然らばどうしたらよいか？ 文字で現はされたものは文字で解け。これが私の不断の心がけだ。この心がけがこの書にも強く働いている。私はこの心がけを正しいと信じている。原作者が、心憎くも隠したその詩の合鍵は、その詩の文字と、字間と行間との余白以外の場所にはない筈だ。ことに字間と行間とは重要だ。自由にして巧みな字間と行間との利用、これも近時の詩技の大きな特徴の一つだと知らう。文字にはおのづからなる制限がある、その表情にも限度がある。然るに余白には制限がない。余白は直ちに無窮に続き虚無に連つてゐる。こんな武器を詩人が利用しなかつたとしたら、それは愚だ。（略）

（一九三二年　春のエキノックス　堀口大學識）

このような翻訳家で詩人の堀口大學に梅子は弟子入りしたのであった。大學は昭和三年（一九二八）三月に、日夏耿之介、西条八十等と「パンテオン」を創刊。梅子は早速、翌年一月の「パンテオン」第一〇号に「月光」と「昼の月」を発表した。しかし、大學と日夏の間に意見の対立が生じ、「パンテオン」はこの第一〇号で終刊となった。

「オルフェオン」創刊号（昭和３年４月）

官学出でない大學がヴェルレーヌやボードレール、それにコクトーやアポリネールなど次々と長谷川巳之吉の第一書房を通して、翻訳・出版したことから、日夏耿之介は、鈴木信太郎や木下杢太郎（漱石門下で東北大教授）など学匠詩人たちに近づき、大學排斥に加担してゆくことになった。さらには、岩波書店が東大仏文科出身者を中心とした、官学派で執筆陣を固めていたのと対照的に、大學の『月下の一群』を出版した長谷川巳之吉の第一書房は「パンテオン」「オルフェオン」さらには「セルパン」という雑誌を刊行し、ヨーロッパの文芸思潮を紹介し、多くの作品の翻訳を掲載した。執筆者には堀口大學、佐藤春夫、松岡譲、土田杏村などで、多くは慶應義塾などの私学出で、しかも新潟出身者の在野陣といった構図であった。

日夏と仲たがいをした大學は、新たに「オルフェオン」を創刊。梅子は「オルフェオン」第五号に「幸福」、「薔薇一輪」の二篇を発表した。が、この詩誌も第九号で終刊となる。

その後、京都老舗十余店を同人とした豪華なＰＲ誌「時世粧」が昭和九年（一九三四）に刊行された。編集発行人は堀口大學であった。

梅子は第四号に「季節の水泳選手」を発表した。「時世粧」には、土田麦僊、里見弴、青柳瑞穂、与謝野晶子、吉井勇、竹中郁、井伏鱒二、三好達治、水原秋櫻子、吉屋信子など錚々たるメンバーが顔をそろえていた。

梅子は「時世粧」に作品を発表する前に、岩佐東一郎と城左門が創刊した「文芸汎論」に「白磁の壺」、「七草のことば」を発表している。昭和七年（一九三二）、第一書房長谷川巳之吉発行の「セルパン」第二二号に発表した「秋の月」は、「目を惹くものがある」と、評価されるほどであった。この作品は、第一詩集『殼』に、形態が整えられ収められている。が、ここではあえて、「セルパン」掲載の初稿の作品を引いてみる。

秋の月

雲のきれめに覗く裏側のまつさをな空
みだれ咲いた萩の花のあたりから雨は降りやんで、
こほろぎ一匹しきりに水分の中の秋を喰つてゐる。

うすものをぬいだ女は、水いろの秋のセルを着て、
栄螺のやうな家屋の中で簾を白い障子に入れかへる。
青い蚊蝍をたたむ。
香爐を置きかへる。
電球の傘を拭く。
秋はみなぎるやうに掃き通つた――

東の出窓の下に立つて、女は炭酸水のやうな自分の
愛情を針の目にとほす。噛みしめた一脈の忍耐が細い
針の目に透る　――

縫ひめの重たさが彼女を現実に引きよせる。

栄螺の壺のやうな家屋の中に組みたてられる食卓。
さはやかな愛情に洗はれたナプキン。
隣りあはせに秋と一緒に坐つた女の瞳はほんとに
黒く澄んでゐる。

大學に師事した梅子は、早々に幾つかの詩誌に作品を発表することができた。また、当時中央で活躍していた詩人たちとの交流も生まれていった。しかし、直接肌をつきあわせての交流ではなかったので詩作するうえでの師は、あくまでも大學に留まっていたようである。しかも、梅子にとっての大學は、詩作をするうえでの師であったばかりでなく、何でも相談できる人として大學の存在は大きく、生きるうえでの大きな支えでもあった。

杏村は、そんな梅子の姿を見届けたかのように、昭和九年（一九三四）四月二十五日、喉頭結核のため四十三歳という若さで亡くなったのである。

梅子は、杏村に代わった大學の励ましを得て、常に着物の帯に、紙と鉛筆を挟んでおいて、懸命に詩作に励んだのである。

やがて、昭和十二年（一九三七）、「四季」六月号に梅子は「銀狐」を、中原中也、立原道造、

「四季」6月号「銀狐」掲載（昭和12年5月20日発行）

井伏鱒二等と一緒に発表している。梅子の「四季」への発表は、この一篇だけであったが、女性の詩人の少ない時代にあって、その存在は注目されたことと思われる。

梅子の詩が「四季」に掲載されているという情報を私に届けてくれたのは、福島県立図書館の当時、資料情報サービス部地域資料チーム副主任司書遠藤豊さんであった。

私がこの朗報を得る数カ月前に、梅子に関する資料が、もしかして福島県立図書館なら、何かあるかもしれないと、福島県立図書館を訪れた時に、最初に応対してくれたのが遠藤さんであった。「堀口大學の愛弟子で福島出身の鈴木梅子という詩人の資料を探しているのですが?」と尋ねると、「地元からそのような詩人が出ておったことすら知りませんでした。お恥ずかしい次第です」と言って、すぐに資料の検索をしてくださったが、その時は、何も出てこなかった。しかし、梅子の生家の矢吹家に関するものは何点かあったので、コピーして持ち帰った。その資料は後日、大いに役立つこととなった。そして、帰り際に「もし梅子に関するものが何か見つかりましたら、ぜひお知らせください」と、厚かましくもお願いして帰って来たのであった。

それから数週間後に、遠藤さんから電話があり「有りました!」、「何に?」、「『四季』に有りました」と、驚くような情報がもたらされた。「それでいつの?」、「はい、昭和十二年の六月号です」、「その後も有りましたか?」、「この号だけでした。総合目次で全部見ましたので!」と、二人は興奮しての電話のやり取りであった。

遠藤さんはあの後、是が非でも何か見つけてあげようと、いろんな手立てを講じて必死に探してくださったのだと思う。ほどなくして「四季」のコピーを入手することができた。目次に梅子の名前を見た時は、私の中で、梅子が一回りも二回りも大きく写った。本格的に詩人鈴木梅子としての全体像を摑むには、中央から刊行された詩誌に目を向けなければ、梅子の本当の姿を見落としてしまうかもしれないと、自覚させられた。今となっては懐かしく思い出される梅子の詩発見の貴重な一コマである。

当時の私は、『日本現代詩辞典』や『詩歌人名事典』などで調べる手立てがあり、事典を通して梅子の情報を得ることができるということすら知らなかったのである。それに加えて、著名な人ならインターネットで検索すれば、ある程度の情報を得ることができるが、そういった手段も当時の私は持ち合わせてはいなかったのである。

土田杏村に、「みちのくにも評論を読む才女がおった」と驚かれ、大學には、その才を愛されて、梅子は詩人として大きく成長していくのであった。

「四季」に掲載された「銀狐」は、後に推敲されて、第一詩集『殼』に収められている。ここでは「四季」に掲載されたままのものを引いておく。

銀狐

みちのくの奥の小路《こみち》に雪ふり積り、
夕べとなれば、燠火焚く爐辺に在りて
薬煮る指の細りもこと侘し。
蒼空の一つ星より言伝ふ
使者にてもあるか自在鉤。
吊りさげられて秋《とき》も古る

その鉤の輪に吊りさげし
湯釜の肌の底びかり、
地金の鉄も歴史経《ふ》り
磨きあげたる艶色も
愛《め》で讃《たた》ふる人もなし。

あはれ思へばことなべて
侘しきままに爐の灰に

書きては消しつ、消してまた
書くは女子《をみな》の煩悩の文字。
言《こと》に告ぐべきこととてもなく、
ただわれひとり生活《なりはひ》のこと、食《た》べること。

あはれ外《と》の面《も》は明日もまた
粉雪降りつみ、降り積り、
裏の小路《こみち》も道絶えん。
去り行く若さ、逝きにしひとびと。
今は月さへ自《おのづ》から
漏るる屋根とも成り果てし、
この大屋根ぞ、これよ世の
巷の辻の草庵か。

歴史の重み背に荷ふ
人も現世《このよ》は女子《をみなご》の
病みやつれたる立ち姿。
夜も更けぬればわれと起ち、

背戸のしをり戸押し開けて
何ともなく佇めば、
頬にも触るる雪の屑。

泣かぬ女《ひと》ゆゑ、降る雪の
女《ひと》に代りて泣くならめ。
いつしか袖もほころびて、
糸も乱れつ、年ふりつ。
さりながら、この唇に紅《くれない》の
色なほ失せで残り居り。……
今は生命《いのち》の果《はた》てなる
極地の雪のただ中に
銀狐と名のり祈念せん。
世に幸《さち》の生れ出でよ、と。
世の人々にうるはしの
歌口ずさむ日の来よ、と。

あはれ世に生れしことぞ侘しけれ。

ああ世に人と生れ来し、
その事ひとつ真実《まこと》なりにし。
女子《をみなご》の化粧落とせる姿こそ、
世の侘しさの極みなりけり。

この作品が「四季」に掲載された当時の梅子は三十九歳で、大學に師事して十年目であった。

宮城野ぶみ

詩人としての梅子は、大學に師事した直後から約十四、五年間は「パンテオン」「オルフェオン」「文芸汎論」「時世粧」「セルパン」そして「四季」などと詩誌への投稿も多く、詩作に没頭できた時期であったようである。ちょうどこの時期は、夫俊一郎が町議会議員互選により、白石町長の重責に就き、初代公民館長も兼任し多忙であった。夫は家業を顧みることなく、昭和二年（一九二七）から昭和十五年（一九四〇）まで、四期十二年という長きにわたって、町政を担っていた時期でもあった。社会情勢や家業は大変だったとはいえ、ある面ではお互い、平穏な時期ではなかったかとさえ思われる。

この時期の梅子の様子を、傍にいた「大味」の番頭文谷俊祐さんは、「梅子は大學先生から、詩の指導を受けていて、赤ペンで直されて戻って来た原稿を、自分が坐っていた後ろの戸棚に、いつも仕舞っていたものだった。また、年に一度か二度は上京して、大學先生から直接指導も受けていた。」と、話してくださった。

梅子自身も、大學のもとに直接出向いて指導を仰いでいた頃の様子を、次のように記している。

通信による御指導のほかに年一回上京しては親しく先生にお目にかゝりお教え願っていました。

西洋《あちら》好みとお思いでしょうが、いつも和服に白足袋姿でうず高い本に埋まっておいでの勉強家でした。難解を排し、明瞭でなにげない詩法の示すとおり先生は純粋、素朴を好まれる方でしたから私のような田舎者をもお見捨てなく変わらぬ御懇情を賜ったのであろうと思います。

（「マンスリー、梅子談」昭和四十四年）

そんな梅子の様子を、大學の詩集『人間の歌』〈謡の章〉（寶文館、昭和二十二年）の冒頭に置かれた「宮城野ぶみ」に見ることができる。

宮城野ぶみ　　堀口大學

宮城野の秋草は、
丈《たけ》のびて、姿《さま》ふけて。
宮城野の月かげは、
夜々《よなく》に澄み冴えて。

宮城野の虫の音は、
細々《ほそぐ》と断《た》えつづき。

宮城野の秋風は、
蹠白《あなうらしろ》う見えてそろ。

宮城野の乙女より、
都《みやこ》なる師《し》の君《きみ》へ、
あらあらかしく。

「宮城野ぶみ」は、最初「少女の友」(第三〇巻第一二号、昭和十二年)に発表された。この雑誌は、実業之日本社発行の少女向け雑誌で、明治四十一年(一九〇八)創刊と古く、特に中原淳一の挿画は人気があり、多くの読者を得ていた。

〝宮城野の乙女〟と詠われた梅子は、この時すでに三十九歳となっており、大學は〝宮城野の秋草〟に梅子を見ていたのであろう。

実はこの「宮城野ぶみ」の存在を私が初めて知ったのは、次に述べる経緯があってのことだった。

梅子に関していろいろと探っていると、不思議なほどに「詩人鈴木梅子」のことがわかってきて〝梅子〟を探究してゆくことが面白くなっていた。そんなことを、誰かに話したくなり、いつも困りごとや文学上で教えてもらいたいことがあると、相談に乗ってもらう友人に電話をした。私より一回り年配の文学に長けたその友人は「物事そうそう巧く行くものではありませんよ。そんなに不思議なほど、あなたに梅子さんが自分を見せてくれるということは、〝あなたが梅子さんを選んだ〟のではなく〝梅子さんがあなたを選んだ〟のよ」と、おっしゃった。また、「そのような梅子さんだとすると、堀口大學のこんな詩は、梅子さんのことを詠んだのではないかしらね」と、電話口で友人が「宮城野ぶみ」をすらすらと諳んじてくれたのである。私が驚いて聴き入っていると、さらに、「もしかして、大學のこの詩もそうかもしれませんね」と三篇の次の詩も、詩集を手にして朗読しているように、電話口から流れて来たのだった。

或る時　　　　堀口大學

あなたは泣いてゐた
(あなたは女だから)

わたしは泣かなかった

（わたしは男だから）
あなたの頰の上の涙が
わたしの心の中を流れた

（詩集『人間の歌』）

鎖

堀口大學

歳月よ
わたしのうしろに鎖が重い、
思ひ出の鎖が重い。
鉄環《かなわ》の一つ一つが、
かなはぬ恋の形見だと、
かなしい証人、歳月よ、
お前ばかりが知つてゐる。

重い、重い、
私のうしろに鎖が重い、
思ひ出の鎖が重い。

（詩集『人間の歌』）

涙の塩

堀口大學

多くの多くのなやみのあとで、
一つの地図がこころに残る。

こころに残る私の地図よ、
涙の塩の白い地図。

迷路《めいろ》と岐路と環状道路、
息は切れるが果《はて》ない道だ。

地図に乾いた涙の塩に、
うすれて残る足の跡よ。

今日《けふ》に続かぬ昨日《きのふ》はないが、
涙の塩が心に苦《にが》い。

（詩集『人間の歌』）

これら三篇の詩は、「宮城野ぶみ」と一緒に、いずれも詩集『人間の歌』に収められていることは後でわかったことだった。しかし、この三篇の詩は、特定のモデルが無くとも、感銘深く受け取ることができる詩であることは確かであった。

とにかく、電話口から流れるように、これらの詩が聴こえて来たのに驚くとともに、私は感動していた。予告なしに電話をしたのであるから、友人が詩集を手にしているわけでないことは明白である。そこで私は、「どうして、そんなに覚えておられ、すらすらと出てくるのですか?」と、尋ねてみた。すると、「私たちの年代の方は皆様そうですよ」と答えられた。そして、「私は二度、全財産を失くしました。一度目は関東大震災で、もう一度は第二次大戦の空襲です。ですから、いくら書き留めておいても、当てにはならないことを、身をもって知りました。とにかく、頭の中に入れておくしかないと思いました。私たちの若い頃は、何もございませんでしたから、気に入った文学書をお布団に入って読むことが、最高の楽しみでした。詩などは、何度も読んでいる内に、自然に暗唱できるようになったのですね」と話され、「今は恵まれ過ぎていますし、映像から手軽に情報が得られますから、楽しいと錯覚してしまいがちでもありますね」と、付け加えられたのだった。

それにしても、これらの詩を立ちどころに口にできるのは、もちろん、友人が優れているからである。しかし、それだけではない。大學の詩は、暗唱するに足り得る詩であり、日本の古典的リズムにのっとっていて、語彙が華麗で軽やかであるから、何度も読んでいる内に、自然に体内に入り込み、無理なく暗唱できるのであった。


私はこの機を境に、大學の詩が好きになった。中でも『人間の歌』が特に好きになっていた。人生の真実を魂ごと温かく摑み取ったような詩篇で綴られた詩集だと思った。時として気に入った詩行が口を衝いて出て来るときもある。

この「宮城野ぶみ」では、もう一つ、次のようなことがあった。


それは、数年前に高橋武雄氏（宇都宮市在住、元宮城県図書館長）から「『宮城野ぶみ』が、昭和二十六年（一九五一）に、『全日本合唱コンクール課題曲』堀口大學・作詞、清水脩・作曲により、歌われていたのだが、ある方が『これはリアリティーに欠ける詩である。作者自身、宮城野に佇んだこともなく、宮城野の乙女も実在したとは思えない』とのことだが、僕は、モデルは居たと思うのですが、ご存知ですか?」との問い合わせの電話があったのである。

私は、「その乙女とは、大學を師とした白石の詩人鈴木梅子さんのことです」と、資料を送って差し上げた。折り返し楽譜が届けられたのであった。実はこの時まで「宮城野ぶみ」に曲が付

「宮城野ぶみ」の楽譜（昭和26年）

けられて歌われていたことは、知らなかったのでとても貴重なものとなった。

先日、梅子に縁のある友人の好意で、ピアノで弾いてテープに録音していただき、聴くことができた。「軽やかな曲ではあったが、やはり合唱が入らないと、本当の味はわからないね」と、感想を語り合った。

この「宮城野ぶみ」が収められた詩集『人間の歌』が出版されたのは、昭和二十二年であるが、「あとがき」が書かれたのは、出版の前年の春で、大學は疎開先の関川にいた時である。その「あとがき」は次のようなものであった。

この集には、一九二五年、詩集『砂の枕』を出してから、一九四五年、終戦にいたるまでの、大約二十年間の作詩から選んで収録した。この永い歳月の間、私が詩集として世に問うたのは、一九三四年の『ヴェニュス生誕』の一小集あるのみであるが、これは自家版に近い小部数の限定出版であった。

勿論、詩集を出版し度いと思ったことは、私の詩のこの窒息時代にも、両三度は、あったのだが、何れも四囲の情況に影響されて、毎回、成就の一歩手前で流産に終わった。(以下略)

一九四六年春の彼岸。妙高山麓関川の仮寓にて　堀口大學

大學は、昭和二十年(一九四五)七月に、妻(マサノ)の実家、新潟県中頸城郡名香山村関川五八三番地に疎開したのである。翌二十一年十一月に高田市南城町に転居し、昭和二十五年六月に神奈川県葉山町に移るまでの約五年間を新潟の地で暮らした。新潟で終戦を迎えた大學は、言論・表現の自由を得て、堰を切ったように次々と作品を世に送り出したのである。大學の著述発表一覧を見ると、昭和二十一年から二十六年に至っては、夥《おびただ》しい作品が刊行されていることでもわかる。

詩人として出発

梅子は、大學のもとに弟子入りし、早々に中央の詩誌に作品の発表の場を得て、意欲的に詩作に励んだのであった。しかも、作品の発表の場は、詩誌ばかりでなく、昭和五年（一九三〇）には、短歌を中心とした雑誌「スバル」*第二巻第一一号（太白社　一九三〇年十一月）（＊吉井勇主宰「相聞」がこの年「スバル」と改題）に「離れて見る故里」を、同じく短歌雑誌「新珠」（新珠社、昭和八年三月）に「町のをんな」と「青根温泉の竹林」の二篇を発表している。双方とも同人の短歌雑誌なのに、梅子は詩を寄稿し、同人名簿には名前が掲載されてないので、どちらも〝招待〟扱いではなかったかと思われた。

この「スバル」第二巻第一一号には、石川啄木、吉井勇、堀口大學、中原綾子、西村勝子といった名前を見ることができた。ここで大學は、ポオル・ヂエラルディの「手紙」という、かなり長い訳詩を発表している。

梅子の詩「離れて見る故里」は、次のようなものである。

離れて見る故里

みちのくの
わがふるさとは
もう夕餉どきでせう

○

和歌をつくる
夫人の
えぷろんのやうな町

○

東北本線
下り急行が駅の小犬に
ビスケットを与へて
通過《すぎ》た時刻です

○

眼を洗ふおばあさん
喪服を着たラヂオ
宮城県地方・明日は南よりの風・

天気は次第によくなるでせう
○
生れた仔猫はみなつぶされて
あん畜生
また子をさがしてゐる
○
畜生！
……あ！あ・
湯がぬるい　火を焚いてくれ

この作品は梅子にしては珍しく、心の中のものを吐き出すように啖呵を切って、自分を解放しようとするようなところがあり、梅子は当時の置かれた環境から立ち上がろうとするかのようでもあった。読者としては一種の心地よさと新鮮さを受け取ることができる。しかし、このような詩は梅子には呼吸が違い、似合わないとみえて、その後このような作品は書かなかったのか、詩集には掲載されなかった。作中の〈和歌をつくる／夫人の〉とは、もちろん、梅子自身であり、梅子は早くから短歌を詠んでいた。が、大學に弟子入りしてからは、短歌から遠のいていたようである。この「スバル」で、私が興味を誘われたのは中原綾子であった。綾子は、「小石に寄せて」とした短歌十首を発表していた。その中から三首だけ抜いてみる。

カムチャツカ南キシカの石ころがわが文机にまろぶ愛《かな》しさ
なによりも多情多恨の気色《けしき》してうち黙《もだ》したる石と思ひぬ
火ならずてつめたき石が抱きたるこの情熱を識る者尠し

中原綾子（一八九八〜一九六九）は歌人で詩人でもあり、梅子と同じ年に生まれ、梅子よりわずか四年早く七十一歳で亡くなっている。短歌は与謝野晶子に師事し「才色兼備」と讃えられた。大學とは新詩社時代から交流があり、親しい間柄であった。詩集『灰の詩』（弥生書房　昭和三十四年）の「序詩」は大學が書いている。綾子は『灰の詩』刊行時点ですでに、四冊の歌集と一冊の詩集『悪魔の貞操』（書物展望社、一九三五年）を持っていた。

梅子との類似点があまりにも多いことに、私は興味をそそられたのである。私が中原綾子の名前を最初に目にしたのは、梅子の蔵書（白石市図書館「鈴木文庫」）の中にあった、綾子の詩集『灰の詩』であった。

書架に並んだ書物の中に、赤い箱に、背文字の部分が黒で「灰の詩　中原綾子」と白抜きされた、洒落た詩集らしきものが目に留まった。当時の私は、中原綾子のことは何もわからずに、その詩集を手に取り、「序詩」が堀口大學で、高村光太郎の「書」が二枚挿入されていたので、これは、ただならぬ詩集らしい？　と思いながら、パラパラと読むでもなしに頁を繰ってみた。そして、一篇が十行にも満たない短い詩がほとんどで、「目次」に並んだそのタイトルの数は、百篇以上あることに驚いた。ちなみに、詩集のタイトルでもある冒頭に置かれた「灰の詩」を読んでみた。

灰の詩　　　　中原綾子

線香の灰の
結ぼれてるのをあなたは見たか
それはかぼそい名香だつたが
ほのかに艶《えん》な匂ひだつたが
心が無ければ気にも止めまい
線香の灰の
結ぼれてるのをあなたは見たか

（詩集『灰の詩』）

このように綾子の詩は、平易な言葉でセンテンスが短いながらも、端的に真実を抉り取るように、人の心の深みまで誘って来る。この人の才に驚き、一篇の詩を一読して惹きつけられ、次々と頁を追い、一気に読んでいた。

次に掲げた「秘事」に至っては、なんとも情熱的な詩であり、四行と短いながらもその表現の豊かさと怪しげな色香に圧倒されていた。

秘事　　中原綾子

丑三つ時に人が来て
百グラムづつ　私は痩せる
一年たつと　私は無に成る
この歓喜《よろこび》は　魔性のものだ

（詩集『灰の詩』）

その後、綾子の第一詩集『悪魔の貞操』に収められていた「忘却」を知って、梅子の「離れて見る故里」と共通の、捨て鉢ともとれるような激しい言葉に出合い、一個人のことではあるが、そこには、自分自身への激しい抵抗のようなものが感じられた。

忘却　　中原綾子

行《い》つちまへ

消えちまへ
すつかり見えなく　なつちまへ

（詩集『悪魔の貞操』）

綾子の熱をおびた情をストレートに、駄々っ子のように訴えている不思議な魅力に、私は惹かれていた。そこが、梅子の東北人らしい湿った大人と感じられる詩風との違いなのかもしれない。また、それは前述したが、綾子と梅子では〝呼吸が違う〟と感じられた。

綾子は、詩集『灰の詩』出版の翌年一月には、第五歌集『閻浮提』（弥生書房　昭和三十五年一月）を刊行するという、女性としては誠に精力的な活躍をなしていた。

当時、綾子は日本詩人クラブの会員であり、女性としては稀な評議員でもあった。会として、歌集『閻浮提』と詩集『灰の詩』の出版を祝って、昭和三十五年五月二十九日に九段会館において、「中原綾子氏著　歌集『閻浮提』、詩集『灰の詩』出版祝賀会」が開催された。堀口大學、矢野峰人、与謝野光、尾山篤二郎、中河幹子など多くの方が出席し、賞賛の詞が贈られた。この時の様子は、「詩界」六二号（昭和三十五年十一月発行）に詳しく掲載されている。

当時の「日本詩人クラブ」の会員数は、二百八十名であった。現在（二〇一八年）の九百十二名という大所帯とは違って、一人ひとりが会員であるという意識は今よりも強かったことが窺える。ちなみに、理事長は西条八十、理事には堀口大學や佐藤春夫などが名を連ねていた。鈴木梅子も会員であり、宮城県では、梅子のほかにもう一名、石巻在住の浅野忠夫という方の二名だけであった。現在は十名が在籍している。

「日本詩人クラブ」とはどんな組織か。規約を見てみると、「本会は、和暢友愛の精神を以て、詩及び詩学の興隆、国語の醇化に努め、日本文化の進歩に寄与すると共に、詩の国際的交流を促して、世界平和の確立に貢献することを目的とする。」と謳い、昭和二十五年（一九五〇）に創立された。この会の発行する会報が「詩界」である。

東北の田舎町に住んでいた梅子は、上京して、日本詩人クラブの会合や会員の出版祝賀会等といった行事に出席することはできなかったが、「詩界」を通して、活躍していたのである。晩年になって相次いで出版した三冊の詩集は、「詩界」の「書評欄」で紹介され、詩作品も何度か掲載された。詳しくは、後の「三冊の詩集と箴言集」の項で述べることにする。

よこ道に逸れるが、大學と交流があった中原綾子を梅子と同じ土俵に立たせて、当時の女性詩人の姿を追ってみたい。

「詩界」六一号に堀口大學の「中原綾子女史の新詩社時代」と題したエッセーが掲載されている。梅子と対比して見るに都合が良いので、その一端を拾ってみる。

私はある時、三、四年歌を見ていただいていた頃、鉄幹先生が、歌よりも今後の若い人は自由な詩をやった方がよいではないかと云われた。それまで、内々詩を書いて、遠慮してお目にかけずにいたので、これは有難いとばかり私は早速詩を発表した。先生は中原さんには詩を書けとは云われなかったらしい。つまり、先生は、私には歌で見込みがないので、詩を書けと云われたのだと思うのである。中原さんの歌には奥床しさ、深さ、重厚なものなどが多分にあるが、それらがどこから来るかと考えてみると、この作家の生活が持っている深さそのままだと思う。短歌だけでなく他の芸事、例えば若い頃から仕舞のけいこをつゞけておられ、観世流の能もやられる。昔から女性は能の舞台に昇れない掟があった。ところがこの掟が除かれるや、最初に家元の舞台に立たれた程の技倆である。小柄な身体のどこにあの情熱が潜んでいるのかと思わせる。この人の詩歌にも、恋愛にも、この事が強く感じられる。又、非常に明敏なお方で、一を聞き十を知る人である。仏教思想に、わけても観音経に造詣があり、それらが日常生活の中にまでしみ込んでいる。芸術家として羨ましい点だと思う。

「詩界」六一号(日本詩人クラブ、昭和三十五年七月発行)

綾子が仕舞や能に精通していたことや、仏教思想にも造詣が深かったという点においては、梅子もまったく同じであった。しかし、綾子は中央の歌壇や詩壇に華やかにその名を馳せていたのに対して、梅子は東北の片田舎で大學だけを頼りに、一人詩作に励んでいた詩人で、「詩人鈴木梅子」の名は、中央の詩壇でも知る人は少なかったかもしれない。

現代のように何かあればその名が、どこまでも瞬時に知れ渡る時代と違い、当時は、地元白石でさえ〝大店「大味」の女将さん〟あるいは、〝町長をリコールに追い込んだ女傑〟としての梅子を知ってはいても、詩人鈴木梅子の存在は、文化人といわれたわずかな人にしか知られてはいなかった。そんな中で、詩集を出してからであろうが、梅子が「私の詩を人に褒められても、ちっとも嬉しくない」と語ったという話が残されている。現在のように情報が発達していて、一般の人にも「詩」を正しく理解する手段があったのなら、受けとめ方は、また違っていたのかもしれない。しかし梅子は東北の片田舎にいて、大學を頼りに一心に詩作し、認められた〝孤高の詩人〟であった。

梅子が大學の弟子としていかに優れた詩人であったか、もう少し探ってみたい。梅子は師である大學の詩業の世間の評価に対して、次のような確固たる自分の意見を述べているので、その一部を抜き出してみる。

哲人であり、詩人、批評家でもあった孤高の人「エロチシズムなしには思考は存在しない」と云うルミ・ド・グールモンとの出会いが、その詩業の方向を決定づけたといわれる先生の詩は、鋭い知性と冴えた機知が光り、典雅なエロチシズムがまろやかな情感のふくらみをみせて、日本詩歌史上特異な存在を占めるものだと思います。ただ、翻訳者としての先生の業績が喧伝されるあまり「月光とピエロ」「水の面に書きて」「新しき小径」「砂の枕」「山嶺の気」「人間の歌」「冬心抄」「夕の虹」「エロチック」「ユモレスク」と続く天性の詩人と信じてあげやまぬその声価が影うすれがちであるのは口惜しい限りですが、昭和三十二年芸術院会員、昭和三十三年詩集「夕の虹」で読売文学賞受賞。昭和四十二年宮中歌会始の召人に選ばれ、同年勲三等瑞宝章受章と続く一連の栄誉は喜ばしいきわみです。

（「マンスリー、梅子談」昭和四十四年）

梅子の、〈ルミ・ド・グールモンとの出会いが、その詩業の方向を決定づけたといわれる先生の詩は、鋭い知性と冴えた機知が光り、典雅なエロチシズムがまろやかな情感のふくらみをみせて、日本詩歌史上特異な存在を占めるものだ〉との鋭い見かたに、梅子の詩に対しての力量が感じられる。

ルミ・ド・グールモン（一八五八〜一九一五）は、象徴主義《サンボリスム》を代表する詩人・批評家で、大學の翻訳に『グウルモン詩抄』、『グウルモンの言葉』等があり、『月下の一群』では彼の詩を多く紹介している。梅子の蔵書にも『グウルモンの言葉』があった。梅子は気に入って愛読し、やがて自分も同じように箴言集『拾ひ集めた真珠貝』を編んだものと思われる（詳細は後に収めた「三冊の詩集と箴言集」に譲る）。

ここでグールモンの短い詩を一篇紹介してみる。

時計　　　　ルミ・ド・グールモン

私の胸にもたれかかり

肉の壁に耳をおあて。
お聴き、これが時計だ。
針と歯車とは、いつまでも、
恋と思ひの時刻を、
示す仕掛になつてゐる。

『月下の一群』（講談社、一九九六年二月十日）

＊「時計」は、初版『月下の一群』には収録されておらず改版の時に補足される。

さらに梅子は、〈天性の詩人と信じてあげやまぬその声価が影うすれがちであるのは口惜しい限りですが〉と、話している。

『日本の詩　堀口大學』（ほるぷ出版、昭和五十年四月）「作品鑑賞」で、大學の詩に関してわかり易い解説がなされているので要約して記してみたい。

大學の詩は、明晳な知的抒情詩で「針金細工の詩」とも言われた。その語法は、柔軟な和文脈にフランス語の語感のうつくしさを綯《な》い合わせた、歯切れのよい、軽快なリズム感にみち、ことばの知的操作によって、日本語に新しい生命を与えた。

巴里《パリ》の気候

東京の気候
行衛《ゆくへ》も知れぬ女たちよ
君等の住所を誰にきかう？

という詩句における「気候」は、本来の意味だけにとどまらず、それが包括し得るあらゆる可能性、例えば、環境風土、そこに住む人間関係が織りなす心情のあやまでもふくめるにいたったのである。またその詩風は、方法的にはウィチシズムを、素材的にはエロチシズムを大胆に取り入れた、明るい優雅なスタイルで、日本近代詩の新生面を切り拓いた。（略）

彼は次のように説く。《ものをその名で呼ぶことは、その持つ魅力の大半を失うことだとは、サムボリズムの詩の理論だが、これはそのままエロチック詩の詩法となる。（略）「隠すより現はるるはなし」はここではパラドックスではなくして本則だ。半裸は全裸より裸体である》

さらに、大學は偉大なヒューマニズムを兼ね備えた詩人でもあった。そこには、「美しいもの人間」という人間愛を踏まえた大學詩があり、しかも宇宙規模にものごとを捉える大學の鋭い感性を見ることができる。

草野心平は、〈詩人はむしろ普通人よりは時代と社会に対して鋭敏な触角と多量の感情をもって、未来に余計に傾いた場で生きている。詩人はその作品のなかで地球から脱出することも出来るが、それは現在生きている時代的環境のなかで鋭く自ら自覚することによってのみ可能なのである。〉と、述べている。が、この言葉を裏付けるような詩人は、堀口大學であり、その作品は「新春　人間に」ではあるまいか。

新春　人間に　　　　堀口大學

分かち合え
譲り合え
そして武器を捨てよ
人間よ

君は原子炉に
太陽を飼いならした
君は見た　月の裏側
表面には降り立った
石までも持って帰った

君は科学の手で

神を殺すことが出来た
おかげで君が頼れるのは
君以外になくなった

君はいま立っている
二〇〇万年の進化の先端
宇宙の断崖に
君はいま立っている
存亡の岐れ目に

原爆をふところに
滅亡の怖れにわななきながら
信じられない自分自身に
おそれわななきながら……

人間よ
分かち合え
譲り合え

そして武器を捨てよ
いまがその決意の時だ

（昭和四十五年十一月作）
（昭和四十六年一月一日「産経新聞・特別版」掲載）

大學が「新春　人間に」を発表したのは、福島第一原子力発電所の炉に「人間がどんなことをしても消すことのできない火」が、入れられ稼働した三カ月前である。そして、大學が、「原子炉に太陽を持ち込んでどうする！」と、危惧したとおり、その四十年後の平成二十三年（二〇一一）三月十一日、東日本大震災で原発事故は起き、炉心溶解により、放射性物質が放出されたまま、今もって、終息の見えない廃炉に追い込まれるという、取り返しのつかない結果となってしまったのである。

大學のお嬢さんの堀口すみれ子さんは、『幸福のパン種』（増補版）の「あとがき」で、次のように記している。

父は「僕は生まれてくるのが五〇年早かった、五〇年経ったら僕の詩は理解されるよ、君はそれを見届けておくれね」と私に言ったことがありました。何気なく聞き流していた言葉ですが「新春　人間に」を読むと、ああ、あの言葉は本当だったのだと実感します。（略）「詩は人が書く、詩はその人だ」と言ってもいた父の詩の根底には人間普遍の真理が一貫して流れているから、いつの時代にも受け入れられるのだと思います。

『幸福のパン種』増補版（かまくら春秋社、平成二十三年十月十一日）

大學が書かずにはいられなかった、原発の恐ろしさや、科学の発達の陰に忍び寄る人間不在、加えて世界各地で起きている紛争を、鋭く突いた詩「新春　人間に」は、今、見直され、高く評価されるべき大切な詩であると思う。

梅子は大學に師事する前に哲学者土田杏村の『文明は何処へ行く』から、機械文明が、現代社会生活の中にあって、人間性を疎外しているあらゆる病根を断ち切って、健康で明るい社会を建設しなければいけない、との教えを受けていた。だからこそ、梅子は師である大學の訳詩ばかりに重きを置いた評価でなく、大學自作の詩と短歌においても高く評価されるべきであり、そこに〈天性の詩人と信じてあげやまぬ〉と評している。

大學は、昭和四十二年（一九六七）、宮中歌会始の召人に選ばれた。その時のお題は「魚」で、大學の「詠進お召歌」、

深海魚光に遠く住むものはつひにまなこも失ふとあり

といったもので、〈坦々と心情を吐露しながら、その用語措辞の妙、格調の高さ、そして犀利な現実凝視をもって、万葉秀歌に匹敵するものがある。〉と評された見事な歌である。

作家野坂昭如は、『特集・思い出の堀口大學』（かまくら春秋社、昭和六十二年）の中で、〈今のかたくなな詩人は、堀口大學をエロティックと思おうが、通俗と云おうが、それを一度やってみるといい。間違いなく大學の才能に気づき、尊敬することになるだろう。言葉が貧しくなったのは、これはもう国家権力の押しつけが原因で軍人言葉、役人言葉による。古典のラベルを貼り、内側に西欧というアルコールをたたえ、その中に知性を混ぜあわせたようなものが大學の詩である。〉と記している。

また、福原麟太郎は、〈オケイジョナル・ポエムに巧みな人（即興詩をつくれる人）こそ本当の詩人である。〉とも言っている。

〝即興詩をつくれる人こそ本当の詩人である〟と言った福原麟太郎の言葉どおり、大學は、少しでも関わりのあった方の冠婚葬祭に際しては、分け隔てなく、温情あふれる詩を即書いて差し上げたという。梅子もまた、即座に詩が詠めた詩人であった。

白石在住の私の友人・知人の中に、梅子と交流が有った方が何人かいる。その中の一人の友人が二十歳になった時に、お祝いに詩をいただいたと見せてくれた。また、別の方も結婚すると梅子に挨拶をしたら、即座に筆を取り餞にと「何事も仏ごころでね」との言葉を添えながら、「春の虹」と題した詩を書いてくださったとのことである。
私は、この話を聞いた時、梅子自身が、「何事も仏ごころ」で、事に当ってきたのではないかという気がしたのであった。

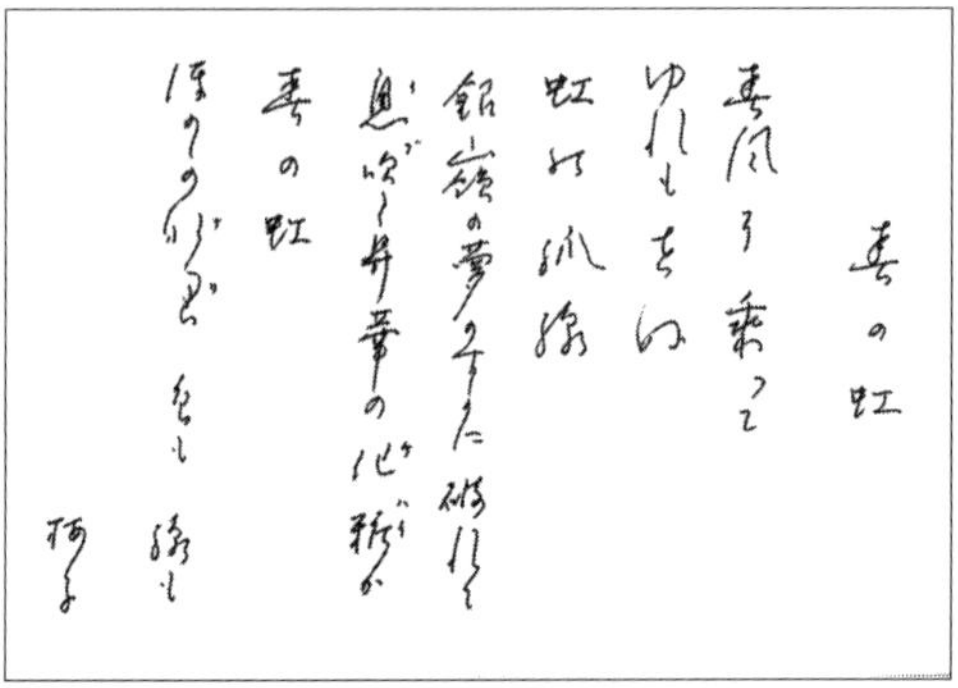

梅子の筆になる「春の虹」

春の虹

春風に乗って
ゆれもせぬ
虹の弧線
銀嶺の夢かすかに破れて
息吹《イブ》く昇華の化粧《ケハイ》か
春の虹
ほのか那里《ナリ》　色も　線も

梅子

梅子の書の腕は見事なもので、昭和三十二年（一九五七）、五十九歳の時に詠まれた歌が、軸になって文谷さんのお宅に残されていた。大學は「心の上に揺曳するのを感ずる時、それを短歌に書き留めて来た」と語るように、梅子もまた、おりおりの感情を託するのには、長年慣れ親しんだ世界であるだけに、短歌により心を詠んだことも多いかと思われる。しかし、作品はまとまった形として残されていないのが残念である。

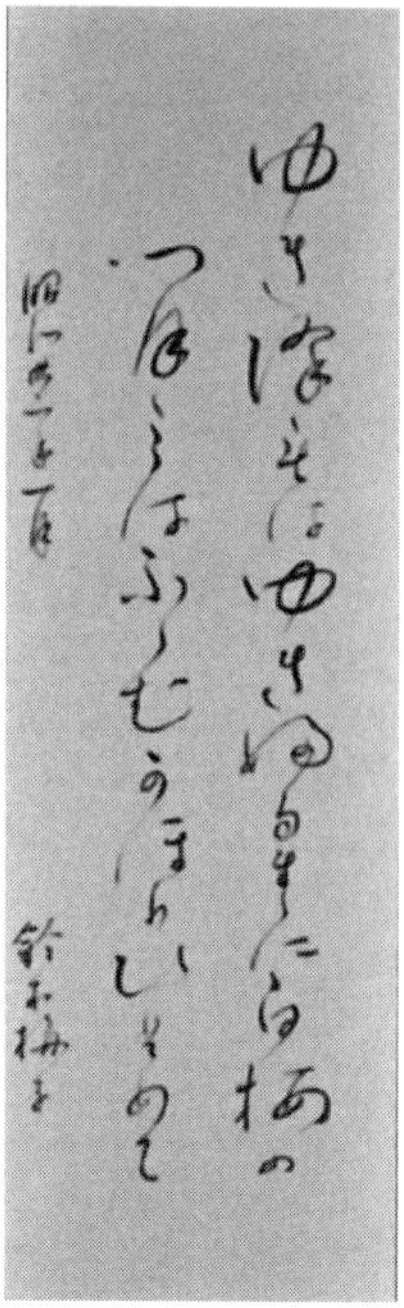
梅子の筆になる軸

ゆき降ればゆき降るまゝに白梅の
　つぼみはふゝむかほりひそめて
昭和廿二年一月　　　　鈴木梅子

この歌は、気高さを内に秘めて、蔵王の厳しい風雪に耐え忍び、懸命に生きるその思いの丈を詠んだ歌であり、最も梅子らしいと思われた。

梅子が、「自分のいのちのリズムは、自分の形式によるものでなければ本当の表現は出来ない」と、それを詩の世界に求めて大學に師事したのだったが、大學もまた、昭和五十二年（一九七七）

に発行した、自選短歌・詩・散文を集めた『水かがみ』の「あとがき」で、〈旧い形式の短歌こそは、日本人の血につながる僕の心の表現に、一番身近な形式であるがためかも知れない。十八歳で鉄幹・晶子両先生の直接の指導で、明星短歌の道に入り、三十歳をすぎる頃まで十数年間、専らこの道にいそしんだ。その後、詩の創作に主力を移した〉と、記している。

まさに梅子は師大學と同じ道を歩み、大學は並々ならぬ愛情をもって梅子の指導に当たったのであった。大學は特別な「詩論」は残してないが〈言葉は浅く／意《こころ》は深く〉と詠った詩「わが詩法」が、そのまま大學の詩論であるとされている。大學は言葉だけでなく、その行動にも深い意を示したのであった。

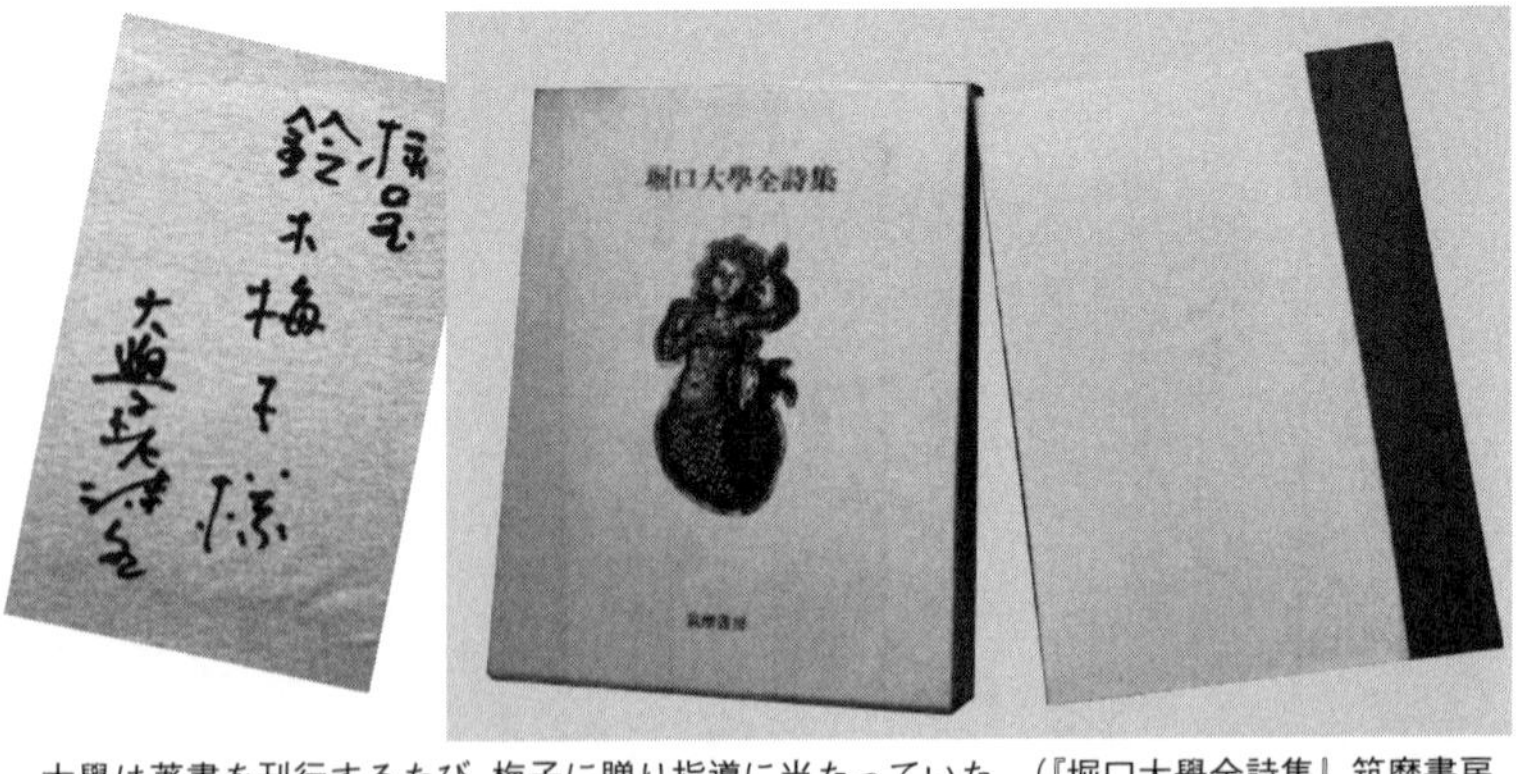

大學は著書を刊行するたび、梅子に贈り指導に当たっていた。（『堀口大學全詩集』筑摩書房、昭和 45 年 3 月）（著者蔵）

よい。

詩「こけし」の誕生

梅子の戦後は、召集された長男基弘が、傷つき病んで帰還して来た時から始まったといってもよい。

豪商「大味」を背負っていた義父清之輔（十五代・昭和六年亡）はすでになく、義母やゑ（大正十三年亡）は早くに没していた。また、夫俊一郎は町長職を退いてからは、病がちで、病院と温泉へと療養に明け暮れていたのである。そんな中「大味」という歴史を誇る商家の十七代目の長男基弘に将来を託していただけに、梅子の落胆は大きかった。そのうえ、社会体制の変革で家業は不振となり、ゆるぎもしなかった「大味」は、屋号と味噌・醤油醸造を残すだけとなり、辛くも梅子の細腕で支えるのに精一杯であった。

梅子と師堀口大學を語るのには欠かせないのが、何といっても大學の詩「こけし」である。大學が草野貞之と一緒に、白石の鈴木梅子を訪ね、詩「こけし」が誕生するに至った経緯を綴った随筆「或る出発」を、『堀口大學全集』八巻（小澤書店、一九八六年）の中に見出した時は、この随筆の存在を私は今まで知らなかっただけに驚いた。それと同時に大學が草野貞之と一緒に鈴木梅子を訪ねた旅行は、当然、前もって二人の間で計画されていたものとばかり思っていた。また、東京から仙台までの列車の本数もそう多くはなかった時代である。それがなんと、前々日に二人で酒を酌み交わしながら急に取り決めたと知り、再度驚いた。しかし、「或る出発」を読んで、大學のその行為が、非常に微笑ましく思われると同時に、大學と梅子の師弟関係の温かさに心打たれたのである。長くなるが全文を引いてみる。

或る出発

堀口大學

大学教授のK氏と銀座の料亭の腰かけで落合った。僕とは駒のよく合う飲み相手だ。明後日の朝発って、仙台へ行くつもりだという。なんでも教え子のひとりが結婚するので、その披露宴に列席するためだとある。

箸と盃を動かしながら聞いているうちに、自分も行ってみたくなった。仙台は僕には未知の土地だ。一度行ってみたいところでもある。同行者はあるのかとK氏に聞いてみる。一人もないそうだ。

「ひとりだから途中がさびしい」とも言う。

「一緒に行ってもよろしいですか?」そっとさぐりを入れてみる。

「それは有難い」との返事だ。

「実は仙台から仙山線の列車で一時間ほど行ったところに作並という温泉があるが、そこを宿にして仙台の結婚式には出席するつもりですが、その日、あなたは宿にいて詩でも作っていてください」

「いや、仙台には、訪ねればよろこんでくれるはずの知合いもあります。だから一緒に仙台へ出て、あなたが祝宴に列席している間、僕はその知合いのところに行っていますよ」

K氏も僕も酒が入っていると至ってもの判りがいい。相談は忽ちまとまってしまった。

いよいよ当日、約束の九時の急行青葉に乗るつもりで上野駅へ来てみたが、遅刻をおそれて加減しすぎたらしく、大分早すぎた。まだ八時半にもなっていない。時間つぶしに構内郵便局へ行ってははがきを一枚書いた。見ると旅客が忙しそうにやって来ては電報を打って行く。見ていると僕も打ちたくなった。どこか打つところはないものかと考えているうちに、白石の鈴木梅子さんに、今日青葉で通過するから駅へ出ていてもらいたいと知らせる気になる。この夫人は三十数年来飽かずに書き続けていられる詩を僕に見せている篤志のひとだ。以前はよく上京されたが、この頃は家業の味噌醤油つくりが忙しいか、めったに来訪されない。丁度いいおりだ、駅頭一分間のあわただしい面会もまた楽しかろう。

はがきを書き、電報を打ってしまうと、あとは何もすることがなくなった。車室へ入ってK氏の来着を待つことにする。

K氏のための席を、向かい合わせに留保した上で、あいの外套の襟に首を埋めて待つ。三月三十日という日付には似つかわしくない気温だ。〈この調子だと東北行にはまだちと季節が早すぎたかも知れないぞ〉なんかと心細い考えが浮ぶ。そのうえK氏は仲々姿を現さない。時計を見るとあと三分で発車の九時だ。〈おや、おや、K氏が来ないで、僕がひとりで発つということにならんとも限らんぞ。それでは主客顚倒も甚だしいではないか。妙なことになりそうだぞ、これは〉発車を知らせるベルが鳴り出した。下車するつもりであみ棚へ手をやりながら一応車内を見廻すと、なんと車室の中央近いところに、モーニングを窮屈そうに着込んだK氏がちゃんと着席しているではないか！　声をかけると、顔を上げ僕を見てびっくりしている、驚きかつはあきれている複雑な表情だ。〈ああは言っていたが、まさか本気で来るものとは思わなかった、失礼、失礼、でも大いに嬉しいです〉という気持がありありと顔面に読みとれる。僕もおかしくなって、声を出して笑ってしまった。いない、いない、ばあをする子供のように。

（昭和三十五年八月「酒」第八巻第八号）

昭和三十三年三月三十日午前八時半頃に、大學は上野駅構内の郵便局から白石の愛弟子鈴木梅子宛てに打った電報の電文は、記されてなかったが、

《ケサ、ウエノクジ、キュウコウアオバニテ、センダイヘタツ、シロイシエキニ、デムカエ、ネガウ》

との電文であったであろうか？（電文は記してなかったので、私が勝手に想定したもの）。

上野発、急行「青葉」は、青森行きで、上野を九時に発つと、白石には六時間後の十五時少し前の到着であった。梅子は師である大學からの、不意の電報を受け取り、戸惑いと嬉しさでいっぱいのまま、白石駅に駆け付け〈駅頭一分間のあわただしい面会〉を果たしたのである。しかし、久しぶりの対面で、いかにも名残惜しく、「せっかく仙台までおいでになられたのですから、明日は、白石でゆっくりなさってください」との約束が交わされたものと推察される。なぜなら梅子は、翌日（三月三十一日）改めて、大學と草野貞之を白石駅に出迎え、鈴木家の親戚が経営する小原温泉鎌倉ホテルに案内、一泊されたのである。

（当時、鎌倉ホテルは文化人の宿泊者も多いことで名が知れた由緒あるホテルであった。昭和二十五年増改築された時、手掛けた建築家が、帝国ホテル建築にも携わった遠藤新であった。現在は、廃業され建物は取り壊され、更地になっている）

小原温泉

小原温泉は蔵王山麓に古くからある山間の小さな温泉郷である。温泉宿のすぐ側には、こけし工房もあり、ここで大學は轆轤《ろくろ》を廻し、こけしの木地を挽くところも見学したのかもしれない。大學が小原温泉で作った詩には、「こけし」のほかに「こけしのふる里」と「むささびの里」がある。

こけしのふる里

堀口大學

わたしはこけし
ふる里は
蔵王のふもと
白石川のほとりです
よそへ売られて行く身です

（昭和三十三年三月作）

（昭和三十三年十二月「Ｓａｎ・ａｉ」第二〇号）

むささびの里

堀口大學

蔵王の裾に湧くいで湯
白石川の河原の湯
山青く　空高く
谷深く　人まれに
切り立ちて岩そびえ

夜にはむささびも飛び交う小原温泉周辺の渓谷
（渓谷に架かるつり橋・白石川の源流）（撮影：著者）

山桜におう月の夜
むささびの飛び交うところ
ここにあり塵の外なる
この里の譜代の主《あるじ》
高橋の君の設営
近代味ゆたかな湯宿
小原温泉《ゆ》のホテル鎌倉

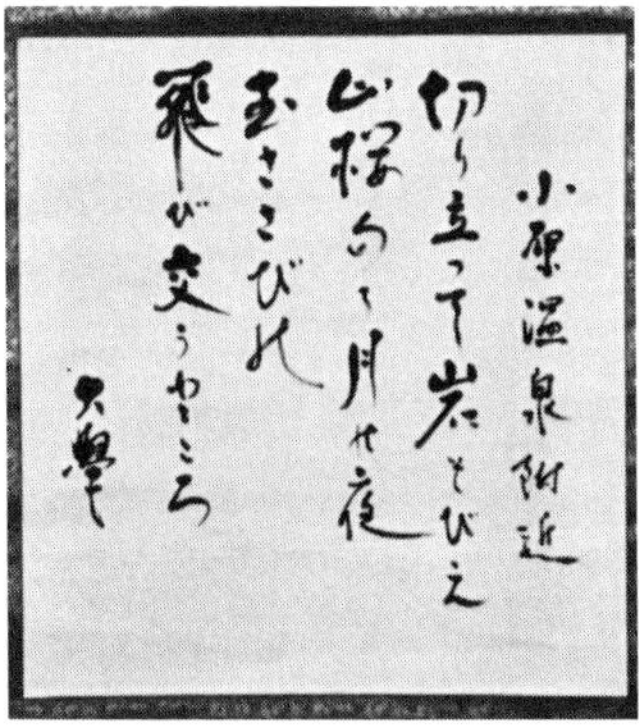
「小原温泉附近」の色紙
（提供：延命寺ご住職疋田正應氏）

（昭和三十四年三月作　未発表）

「むささびの里」は、後に『月かげの虹』（昭和四十六年八月三十日発行）に収められる時に、「小原温泉附近」と改題し、中間の三行から成るものに直されている。

小原温泉附近　　堀口大學

切り立って岩そびえ
山ざくらにおう月の夜
むささびの飛びかうところ

昭和四十七年十月に大學が再び来白した時も、草野貞之と一緒で、前回と同じ鎌倉ホテルに宿泊。「再遊小原温泉」を残している。

再遊小原温泉　　　　　堀口大學

蔵王の裾の小原の湯
今度が二度目の小原の湯
十三年目に立ち寄った

宿は大きくなっていた
湯船《ゆぶね》は広くなっていた
ここも天下の名湯よ
十月のあたりの山は
まだ青い

たが然し
重ねて来る日はもうあるまい

同行の友は変らぬ若さだが
さすがにこの身は老いて来た
なめらかに肌つゝむ
ここのこの湯につかるのも
これが最後になりそうだ

明け方の
ひとりの風呂に思うこと

（昭和四十七年十月作）

註　前回も今回も同行の友は草野貞之君なり

（昭和四十九年十二月「浪曼」第三巻第一二号）

梅子の蔵書（「鈴木文庫」）に北川冬彦詩集『しんかん』（時間社、一九六四年）があった。この詩集は、限定六百部の発行で、扉に大きく〈鈴木梅子様、北川冬彦〉とサインがある。北川が梅子に親しみを込めて贈呈したものと思われる。この詩集の中に「小原温泉」という詩がある。興味が湧くので引いておく。

小原温泉

北川冬彦

あちらの山道の岩間から
こちらの崖の芽生えから
春の水が
雫り落ちる
見知らぬ娘が　鄭重に挨拶する
旅の老人は
パンヤの枕では頭がほてるので
渓川へ降りて
枕になる石を探した

詩集『しんかん』（時間社、一九六四年）

北川冬彦（一九〇〇〜一九九〇）は、詩人、映画評論家。大學や梅子と同時代に活躍し、「オルフェオン」にも作品を何度も発表している。もしかして、梅子が北川に鎌倉ホテルを紹介したとも考えられる。梅子は日記やメモノート等の類はいっさい残していないので何とも言い難いが、仙台の詩人藤一也の『藤一也全詩集』（沖積舎、平成二年）「略年譜」の中に、北川に関する次のような記述を見つけた。

一九五六年（昭和三一）五月二〇日、深尾須磨子に逢う。小原温泉鎌倉ホテルに投泊、北川冬彦も仕事（劇詩）のために来ていた。

北川の右の「小原温泉」の背景は春である。藤一也が記した五月二十日に北川が鎌倉ホテルを訪れていたとすると、この時に詩作されたのかもしれない。

話を戻すと、大學が上野を発つ時、〈あいの外套の襟に首を埋めて待つ。三月三十日という日付には似つかわしくない気温だ。〉と記しているように、宮城もこの時期にしては、大層寒かったものと思われる。大學が作並、仙台で作った「作並早春」「冬の祝婚歌」一連の詩には〝雪〟が登場している。

当時の国鉄の時刻表から推し測ってみると、大學は三月三十日十四時五十四分頃に白石駅で梅子と〈駅頭一分間の〉面会を果たし〝明日改めて白石を訪れる〟との約束を交し、四十分後に仙台に着いた。それから仙台駅で約一時間待ち、仙山線山形行き十六時四十分に乗り換え、さらに一時間後の十七時四十分に作並温泉に到着、宿泊した。

仙台の奥座敷と言われる秋保温泉や作並温泉は、仙台にやって来た人の宿泊地としても有名である。

大學は、作並、仙台、白石で書かれた次の作品も、翌年発行の『現代詩選　第二集』（日本詩人クラブ編）に発表している。前記したほかにも次の作品がある。

作並早春　　堀口大學

ちさと女史に

名ごりの冬の淡雪を
岩の湯ぶねに　頬にあび
宿の美人のマダムから
コケシを貰ってかえります

（昭和三十三年三月作）

＊『堀口大學全集』掲載時に、「ちさと女史に」と挿入

この日作並は淡雪で、雪見をしながら露天風呂に入ったのかもしれない。こけしは、東北の温泉宿にはお土産品としてどこでも置いてある。大學が帰る時に宿の女将さんが差し上げたのであろう。

冬の祝婚歌　　堀口大學

こぼれ松葉は
　寄りそって
こぼれ松葉は
　雪のうえ

シーツの雪に
　ひとふたり、
「こぼれ松葉」か
　抱きあって

＊『月かげの虹』〔エロチック〕に収める

大學は草野貞之が友人の結婚式に列席している間に、会場かまたは、その近くで待ちながら、庭のこぼれ松の葉に式を挙げている二人を重ね、作ったのではないかと思われる。

こけしの墓　堀口大學

白石なる鈴木梅子夫人に

こけしのやうな嫁ご寮
四十五年たちました
白石の黒塚ばなし

梅子の詩集『をんな』の「序に代へて」の最後に、この三行の詩が挿入されている。また、『月かげの虹』に収める時に、次の「女の一生」として、改められている。

女の一生　　堀口大學

こけしのふる里　白石なる鈴木梅子女史に

こけしのような
花よめご
その日から
四十五年
たちました

白石の

黒塚ばなし

「こけし」の詩、誕生の様子を草野貞之が後に、当時の白石市図書館長菅野新一氏宛てに、次のように手紙で知らせている。

大學を白石駅に出迎える（昭和 33 年 3 月 31 日）
左から、鈴木六郎氏、梅子、大學、山田活吉氏

昭和三十三年、やよひ終りの日、仙台にて友人（日本女子大フランス語教授・戸板俊敬《としあき》氏）の結婚式に列席後、白石へ堀口大學先生と参り、鈴木梅子氏にお出迎えを受け、お招きにより小原温泉鎌倉ホテルに一泊。白木こけしを取寄せて、大學先生、梅子様、草野が寄書きしたものです。後年、碑となったこけしの詩は、その夕べうまれたものではないかと思います。大學先生は、ご旅行の折は、常に筆墨はご自分のお使いになるものをご携行で、だから墨痕鮮やかです。

（後藤昭信著『詩人堀口大學とこけし』より）

したがって、梅子は大學と〈駅頭一分間のあわた

『夢のあと』熊谷守一画「こけし」昭和 44 年（著者蔵）

だしい面会〉を果たした翌日（三月三十一日）改めて、大學と草野貞之を白石駅に山田活吉さん、義弟の鈴木六郎さん等と出迎え、小原温泉鎌倉ホテルに案内した。その夜、大學は宿で、白木のこけしの胴に持参した筆墨で、次のような詩を書き梅子に贈ったものである。

こけしはなんで可愛いか
思ふ思ひを言はぬから

このようにして小原温泉で誕生した詩は、翌年（昭和三十四年）、日本詩人クラブ刊行の『現代詩選　第二集』に「言わぬは」とタイトルが附されて発表された。その後、七行の形態に直され「こけし」と改題されたこの詩は、後世に残ることとなったのである。

大學の詩「こけし」は、私が最初に手にした『堀口大學詩集』（白凰社、昭和四十二年）では冒頭に収められていた。そして、十三篇からなる詩画集『夢のあと』（一柿木版社、昭和四十四年）でも、熊谷守一の椿の画が添えられて冒頭を飾っているし、詩集『月かげの虹』（筑摩書房、昭和四十六年）においても同様に冒頭に置かれている。また、堀口すみれ子さんが、お父さんの膨大な詩の中から選び抜かれた『幸福のパン種』（かまくら春秋社、平成五年）にも「こけし」は、しっかりと収められていた。

これほどまでに大切にされた詩は、他に類を見ないと言ってもよいと思われる。

大學が「こけし」を梅子に贈ったのには、将来を託した長男の基弘が戦争で心に傷を負って帰還して来たうえに、家業が窮地に立たされ、苦労を重ねていた。加えて、夫俊一郎が六十五歳で昭和二十九年に亡くなり苦労続きの梅子の心境を察して大學は「思う／思いを／言わぬから」と表したものであった。

しかし、梅子は詩を贈られてから三年後の昭和三十六年（一九六一）に、心を病んでいた長男の基弘を四十五歳で亡くしたのである。そして、大學もまた白馬岳で長男の廣胖さんを、昭和三十九年（一九六四）に二十一歳で亡くすという哀しみに見舞われたのである。

二人には、このような逆縁となり、断腸の思いが胸の内にあっても、「思う／思いを／言わぬ」という、共通の思いがあったのである。それだけに、この詩「こけし」は、贈られた梅子も、贈った大學にとっても、かけがえのない大切な詩となったのではないかと私には思われるのであった。

梅子の原稿見つかる

延命寺から

もう十年前（二〇〇九）のことになるが、梅子の菩提寺延命寺のご住職疋田正應さんから、「梅子の原稿が出て来たのでいらっしゃい」と、驚くような電話をいただいた。

大學の指導の跡が見られるものであったら嬉しいと、欲張った思いを抱いて、早速二日後に延命寺に伺ったのである。そして、目にした原稿用紙は、なんと大學の赤ペンがはっきりと入れられた、B4判、四百字詰め原稿用紙七枚であった。その原稿用紙は二つ折りにされて右肩で綴じられていて、比較的短い詩が十五篇収められていた。

最初の一枚目は「卅五年、七年忌　鈴木梅子」と、記され、夫俊一郎を亡くして七年を経た心情を詠んだものであった。そして左側には「夕明り　又」と、題した詩が書かれていた。

私はその原稿を手にした瞬間、「梅子はまさに大學の弟子である」との事実を目の当たりにした。大學の優しさと愛情が一緒に伝わって来た瞬間でもあった。

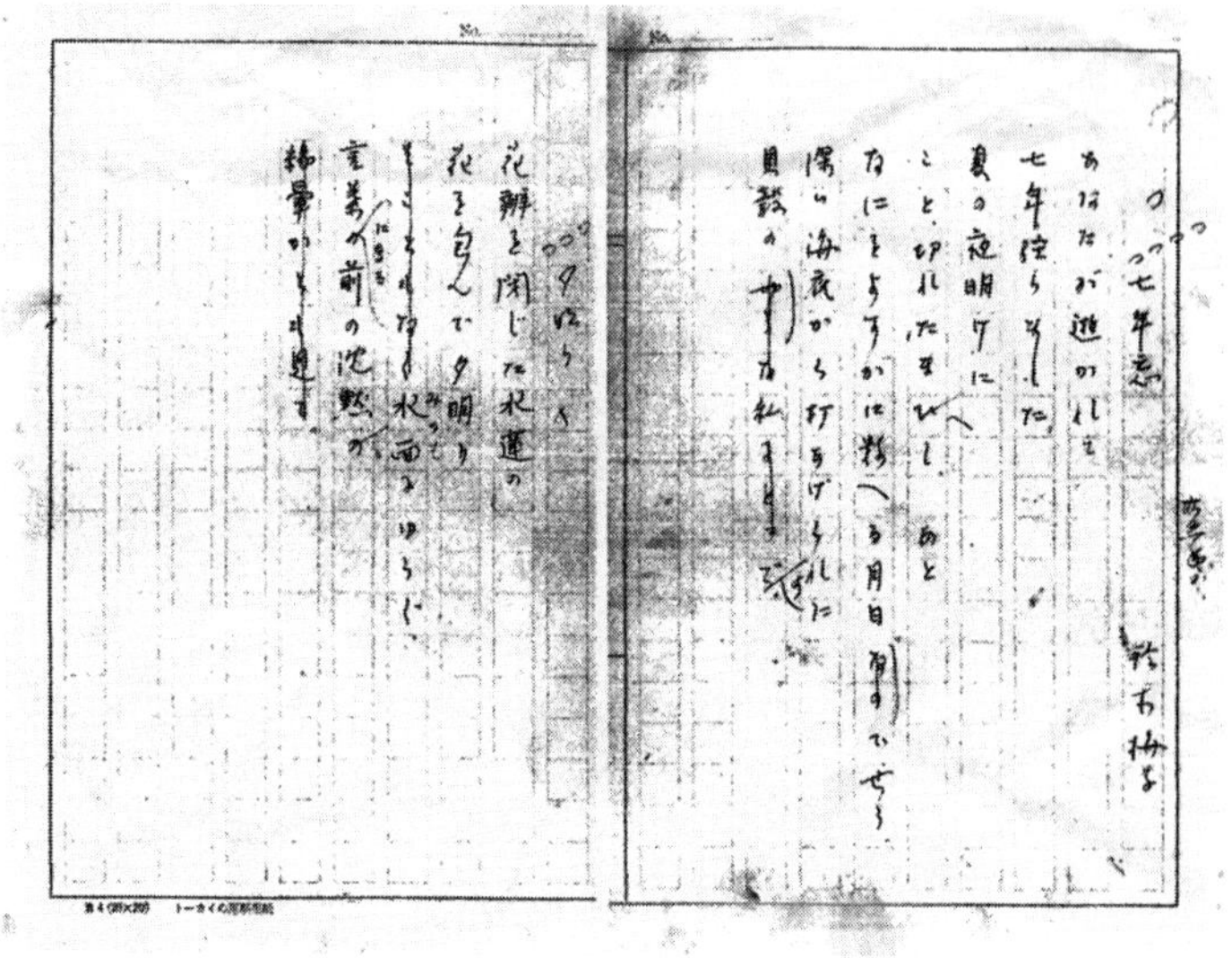

大學の添削を得た梅子の原稿（提供：延命寺ご住職疋田正應氏）

原文

七年忌　　卅五年　鈴木梅子

あなたが逝かれて
七年経ちました
夏の夜明けに
こと切れたまひし　あと
なにをよすがに数へる月日なのでせう
深い海底から打ちあげられた
貝殻のやうな私にとってです

夕明り　又

花瓣を閉じた水蓮の
花を包んで夕明り
そこともなく水面《みのも》にゆらぐ
言葉の前の沈黙の
縁暈かとも見て

直し後

七年忌　　卅五年　鈴木梅子

あなたが逝かれて
七年経ちました
夏の夜明けに
こと切れたまへし　あと
なにをよすがに数へる月日でせう
深い海底から打ちあげられた
貝殻の私です

夕明り　又

花瓣を閉じた水蓮の
花を包んで夕明り
水面《みのも》にゆらぐ
言葉になる前の沈黙。

＊　原文の「七年忌」の最後の行「貝殻のやうな私にとってです」は、「私にとって」と、最初書いたものを後で、「です」を加えたと思われる。

大學の指導の跡が如実に形となって読み取れる貴重な原稿であった。

続いて、「これも一緒に出て来たのです」と言って住職さんが一冊の本を差し出された。それは、日本文学全集の中の『日本文学日記』の束見本をノート代わりにしたものであった。頁を繰ると、達筆な文字で最初の頁に次のように記してあった。

昭和三十四年、第二詩集『をんな』を出版。その後の雑詠、但し、先生の一覧ずみのものをまとめて、写し置く。

後ろのほうには、見つかった七枚の原稿用紙の中にあった三篇の詩が清書されてあった。梅子は大學から添削してもらった作品をきちんとノートに写し、整理していたのである。たぶんこのようなノートや原稿はたくさん有ったことと思われるが残されてはいない。

一年三百六十五日、商家の嫁として荷が重かっただけに、つぶやきも多かったであろう。梅子はそのつぶやきを詩だったと言っているのだから、その数は夥しいものだったと思う。しかし、このように雑詠し、ただのつぶやきでなく、芸術へと高めようと、常に努力した姿をこのノートに、見ることができたと思った。

大泉茂基宅から

梅子が詩人版画家であった大泉茂基とは、ほんの短期間の交流であったが、その大泉茂基の三男大泉讃さんから、「親父の荷物を整理していたら、梅子さんの原稿が出てきたので、お役に立てれば嬉しいのでお送りします」と、電話をいただいた時は驚いた。そして、梅子の詩に対する一途な思いが伝わって来るのを感じた。

当時、梅子の周囲には詩の話をし、わかり合える人は居なかったのかもしれない。「私の詩を褒められても嬉しくない」との話が残されているだけに、師大學以外に詩の話ができる人が現れたことは、梅子にとっては大きな喜びと期待をもたらしたことは計り知れないものがあったと想像できた。

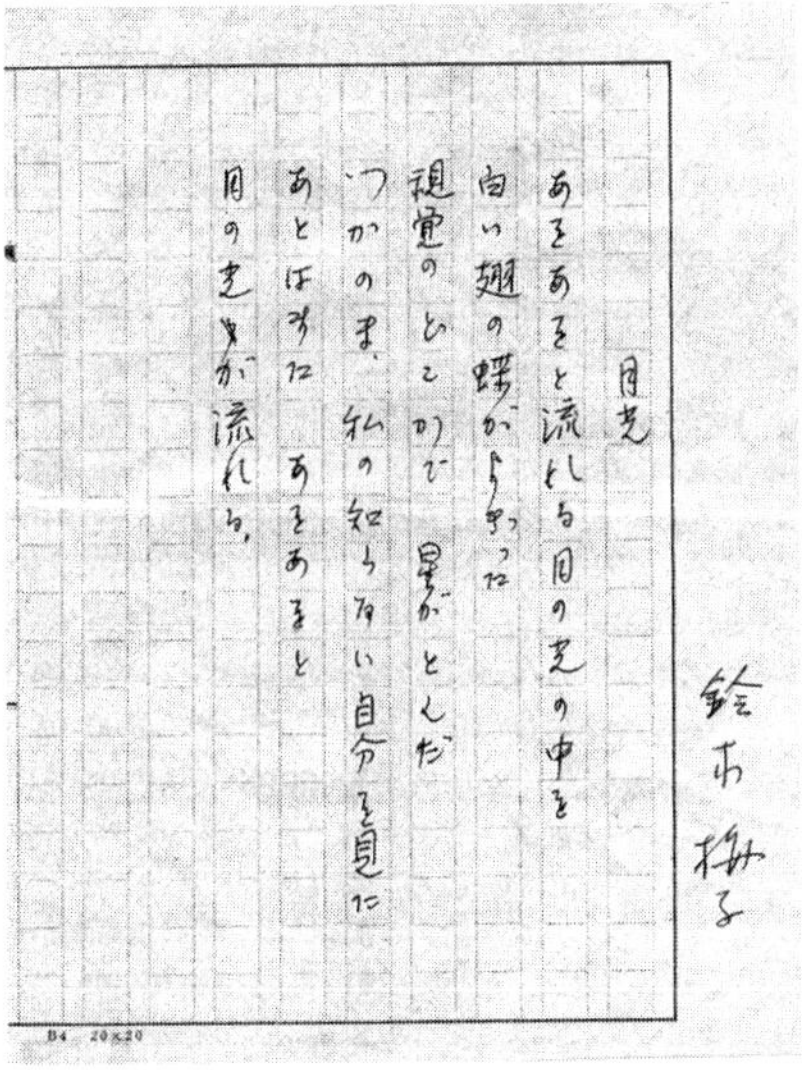

月光

あをあをと流れる月の光の中を
白い翅の蝶がよぎった
視覚のどこかで 星がとんだ
つかのま、私の知らない自分を見た
あとはみな あをあをと
月の光が流れる。

鈴木梅子

B4 20×20

梅子の原稿「月光」（提供：大泉讃氏）

讃さんから届けられた梅子の原稿は、すでに大學の添削済みのものを清書して、第二詩集『をんな』を編むために準備していた詩篇の中から、〈短い作品だけ、わづか書きぬきました。よろしくお願いもうします。〉と、十六篇の詩を手渡していたのは、茂基に作品の選別を依頼したとも考えられる。が、十六篇の中の「花粉」と題した一篇だけ詩集に収録されていないのは、茂基の意向か、大學の意向か、それとも梅子自身が除いたのかは定かではないが、他の作品と比べれば収録しなかったことも肯ける。

いずれにしても、茂基との交流は、残念ながら、一年半にも満たない短いものであった。しかし、茂基のもとに梅子の原稿が在ったことには、心許せる詩友を得ていた証しでもあり、大きな発見であったと見てよいと思う。

三冊の詩集と箴言集

梅子のリコール運動後の年譜を見てみると、昭和二十九年（一九五四）に夫俊一郎を見送った後、大學の指導のもとに三冊の詩集を編んでいる。昭和三十一年に第一詩集『殻』を、続いて昭和三十四年に第二詩集『をんな』を刊行した。この間の六、七年は梅子にとって最も落ち着いて詩に取り組めた時期だったようである。そんな中、昭和三十六年（一九六一）に長男基弘を失い、そのレクイエムとして、昭和四十一年（一九六六）に第三詩集『つづれさせ』を刊行した。これら三冊の詩集のいずれにも、大學が心を込めて序詩を贈っている。ここで三冊の詩集を大まかに見てみることにしたい。

鈴木梅子詩集『殼』（著者蔵）

第一詩集『殻』

昭和三十一年（一九五六）九月十五日発行
発行者・森谷均／発行所・昭森社
定価・二百五十円／B6判、三十五篇収録

大學の「序詩」は、端的であり、梅子の状況がよくわかるものである。なおこの「序詩」は三連からなるものであったが、使用されたのは一連目だけであった。後に大學が「詩学」に「二人の女詩人」の中で全篇を記しているので、後に引いてみる。

序詩　　　堀口大學

蟬の殼？
貝の殼？
否、否、これは
いちにんの
けなげに生きた

女の殻。

この集の冒頭に置かれたのは、表題になった「殻」である。すっきりとして大きく梅子の才が光っている。

殻

秋の中に虫は鳴き
虫の音の中に秋は泣く

過去を映じ
現在を彫り
未来に通ふ

人間の殻の中の
悪夢を　—　。

この詩集は、梅子が幾重にも包まれた封建的な家族制度の殻から脱け出そうと、身悶えしながら終戦まで綴った作品を編んだものである。

「後書」に〈昨夏主人に死別して以来、静かに過去を整理してゐる中に一応詩も終戦までのもの、それもわづかに残ってゐるものだけをまとめて見て驚いたのは、これを詩集に編んで投げ出さずにゐられない心境になった事である。思へばこれが女性としての最後の脱皮でなからうか。自分の過去のぬけ殻を手にとってしみじみ眺めようとする今日の私である。〉と記している。梅子がなぜ晩年になって詩集刊行に至ったかをうかがい知る言葉である。

この集には、「四季」に発表した「銀狐」も、その後推敲されて収められているが、前に記しているのでここでは省略する。

北地の吐息

エプロンのやうな町の
町はづれに立つ鉄筋の線上につり下る
鐘ひとつ　——。
鳴らぬ溜息を落葉に托して
世紀の受難を身ひとつに秘めて

処女のやうに敬虔しい。
ああ空に雲足は早い。
町は落葉の下に眠る小猫の姿をして
うごきをまろめてしまつた。

　紙の家の小さな窓。窓。
　女達はランプを灯して
　奥の炉辺で黒豆を煎る。
　雛壇のやうなエプロンをつけて　——。
　そして古風な鏡
　赤い燠火
　豆の焦げる匂ひ。
　厨の水瓶。

紙の家の窓も煤じみた。
そこはかと　軒に落葉の通り風だ。

ああ空に雲あしは早い、
――高楼の白い窓に頬づえついた
昼の月に乗つて　思いひきつてあの鐘を撃つてみたい。

二連目は、梅子が悩みや苦しみを内に秘めて、何事も無いように振る舞う心情である。四連目は封建的な大きな商家に嫁ぎ、一身にそれらを受け止めながらも、どうにかして心だけでも脱け出して、自分らしく生きようと、深夜独り勉学する梅子だからこそ、周りの風景が古びて活気がなくみえ、大きな家も拉げばすぐに壊れてしまいそうな〈紙の家〉と詠っている。終連の〈昼の月に乗つて　思ひきつてあの鐘を撃つてみたい。〉は、梅子の持って行き場のない気持ちの現れであると思われる。

ある日、文谷さんのお宅に伺った折りに、「私たちは、梅子さんの傍に居りながらも、広い家だったので、わからないことも多かったのです。が、夜中に何か、ガッシャン、ガッシャンと音がすると思って起きて見ると、梅子さんがお皿を庭石目がけて投げつけていたのです。翌朝、だまって割れて粉々になった破片を拾い集めたものでした」と、話してくださった。自分の気持ちを詩にぶつけてみても、時には押さえかねて、このような行動にも出たのかもしれない。痛々しい姿である。

次の「秋の月」は、この第五章の最初に「セルパン」に掲載されたものを引いておいたので、ここでは詩集に収められたものを改めて引いてみる。内容は同じでも行立てを替えただけで、こんなにも違うものか驚かされる。

秋の月

雲の切れ目に覗く　うら側の
まつさをな空　――
乱れ咲いた萩の花のあたりから
雨は降り止んだ　こほろぎ一匹
しきりに自分の中の秋を喰つてゐる。

薄ものをぬいだ女は水色のセルを着て
さざえのやうな家屋の中で
すだれを白い障子に入れかへる
青い蚊帳をたたむ。
香炉を置きかへる。
電球の傘を拭く。

秋はみなぎるやうに滲み透つた。
東の出窓の下に立つて
女は炭酸水のやうな愛情を
針の目に通す――。
嚙みしめた一脈の忍耐が
細い針の目をとほる――。
縫ひ目の重たさが彼女を
現在に引き寄せる。
さざえの壺のやうな家屋の中に
組み立てられる食卓――
さはやかな愛情に洗はれたナプキン。

隣り合せに秋といつしよに坐つた
女の瞳はほんとに黒く澄んでゐる。

この詩は、梅子自身が好きだったのかもしれない。梅子が親しく交流していた山田活吉さんの自宅の玄関に、一連目だけ軸となって飾られていた。

私も、この一連目は最も好きである。特に、最初の二行、

雲の切れ目に覗く　うら側の
まつさをな空　――

梅子の詩に、この〈まつさをな空〉という言葉が多くみられるが、青空は梅子の憧れだったのかもしれない。いつも胸がすっきりするような青空を欲していたのである。

大學は愛弟子の梅子の処女詩集に対して、詩の専門誌である「詩学」に次のような文を寄稿している。大學がどれほど、梅子を大切にしていたかをうかがい知ることができる。また、詩人としての梅子の姿がよくわかる貴重なものである。「西村勝子」に関したところは一部省略して引いてみる。

〔西村勝子、鈴木梅子〕二人の女詩人　　　堀口大學

私の門下で、二十年以上の長きにわたって、詩を学び続けて来た女性は二人しかない。今度偶然にこの二人の詩集が時を同じうして出版された。二人とも二十年以上三十年近くもこつこつと詩を書きつづけているが、新聞や雑誌に出したことは一度もない。時々私からすすめてみるが、二人とも肯んじない。頑固な点ではよく似ている。だが二人の間に交際や交通

があるわけでは決してない。否、それどころか、二人はお互いの存在さえも知らないかも知れない。
一人は南河内の葛城山のふもとに住み、西村勝子と名乗る。未婚の婦人だ。この人は短歌も私のところで学んだ。他に適当な専門の歌人について学ぶようにと私が慫慂してもついに聞きいれなかった。
一人は宮城野は、蔵王山の見えるあたりに住む、昨年未亡人になった鈴木梅子と名乗る婦人だ。（略）

☆

鈴木梅子さんの詩集は『殻』という。これはこの人の処女詩集だ。僅に三十五篇の詩を収めている。私が見て、及第点をつけた二十数年にまたがる期間の作品は、優にこの十倍はある筈なのに、これはまた気前よく間引いたものだ。これがこの人の好みとあればまた止むを得まい。精進されているだけに、どの一篇もみんな立派だ。ここには巻首の二篇を見本にする。

町のをんな

山の生水の流れて来る町。

女の骨が堅くて　色が白くて

瞳が黒くて　何にも知らない
駅の弁当のやうな家庭にこもつて
山の温泉を恋しがつてゐる。

青根温泉の竹林

それは　肌なめらかな
女身の　ひとところ
ふつさり眠るくろ毛のやうな
雪国の竹林です――。
立ち寄つて
うやうやしく愛撫《なで》まほしい
細い葉ごもりです。

実に見事だ。堂々大家の風格があると言っても、人は驚くまい。ただ「偲」の場合に言ったあの面はゆさ*の理由で、これ以上の賛辞はここには連ねない。そしてこの集のために折角書いたが、一部分しか使わなかった私の「序詩」を、次に掲げることにする。梅子さんの詩と人がらを知る多少のよすがとなるかも知れない。

＊「自分のもとで詩歌の堂に入った人の作を、くだくだしく賞めるのも面はゆい思いがする。」

序詩

蟬の殼？
貝の殼？
否、否、それは
いちにんの
けなげに生きた
女《ひと》の殼。

そもこれは
美貌のゆえに望まれて
花乙女、十七の日に
遠くから
みちの奥、白石の
炉のある家に

大きな炉に自在鉤がある梅子の部屋（提供：文谷俊祐氏）

嫁ぎ来て
「殿様」の主《あるじ》につかえ
子をなして
かたむく家を
女手の細きに支え
四十年《よそとせ》を
消えがての炉の火を
守り続けて来た
女《ひと》の殼。

読む人よ
この殼を
耳に当て
心を澄ませ!
貝殻にこもる
海のひびきをさながらに
君は聞くべし、
明治から大正かけて

昭和まで生き続け
もだえ続けた
ひとりの女の尊さを
その哀れさを！

この詩集、昭森社の森谷均君の才覚になる造本は、パリから来た香水のように瀟洒で気がきいている。
（昭和三十一年十二月「詩学」第一一巻第一四号）

この詩集の表紙に挿入されている木版画は、当時フランスで活躍していた銅版画家長谷川潔の「花、空想的」と題した作品である。詩集のどこにも表紙の挿画のことは記されてなかったが、平成十八年（二〇〇六）、横浜美術館で開催されていた「長谷川潔展」の図録中に、偶然にも『殻』に使用されている図版と同じもの（サイズが違うが）を見出した。キャプションには、〈「水甕」一九一六年八月号表紙（「花、空想的」木版）〉と、記されていた。

大學も、森谷均も、長谷川潔とは交流が深かったので、双方の意向で使用されたことと思われる。

梅子が、第二詩集『をんな』の「あとがき」に、〈昭森社の森谷様から、今回も造本上のよきセンスをお頒ち頂きました〉と、記しているように、梅子も『殻』の装幀のセンスの良さを喜んでいたと推察される。当時としては、斬新な装幀であり、現在でも古さを感じさせないセンスの良い、梅子の処女詩集『殻』である。

書評「詩界」四九号（日本詩人クラブ、一九五七年三月二十五日発行）

▲詩集『殻』（鈴木梅子著）

御自分を女の「殻」と見て、この集に名づけられて居る。しかし、白足袋をよごさずに、雪の道を清く寂しく歩いて来られ、白梅のほのかの薫りに、胸をときめかされて、静かに吐かれる呼吸の、あはれにいみじく、人の心をうつことよ。

けしの花のやうな幸福
感覚にちよつと触れた春――
記憶の中をさまよつて来た春――
秘めごとのやうにふるへてゐる春――
うす暗い厨のまんなかで
拾ひ手のない宝石のやうに凍えて
花粉のやうな幸福を敲く。

（「七草の言葉」の中より）

われも女としかつ生きて
紅七色に煩悩寄る

見はてぬ夢の落葉なり
おのれ迷ふとかつ知れど
夢ぞ真実と思ひ寝の
ひとり片敷く女なり

（「落葉」より）

泣かぬ人故降る雪の
女にかはりて泣くならめ
さりながらこの唇に紅の
色なほ失せずのこりをり

（「銀狐」より）

ひそかに春の梅も咲くなり。
花のかをりの　まつはれば
夕月に似し　遠つひと
おもかげ近く　わが抱くを。

（「梅の花」より）

「殻」の中になほ新しい肉が、生動する。されば「青根温泉の竹林」のやうな、読者を微笑させるものもある。（神田神保町一ノ三　昭森社　二五〇円）

第二詩集『をんな』

昭和三十四年（一九五九）三月発行
発行者・森谷均／発行所・昭森社
定価・二百八十円／Ｂ６判、九十篇収録

大學の「序に代へて」は、梅子の置かれた位置がよく詠まれている。そのまま引いてみる。

鈴木梅子詩集『をんな』（著者蔵）

こけしの墓

——序に代へて——　堀口大學

これはそも、美貌のゆゑに望まれて、花乙女、十七の日に、福島の旧家から、みちの奥、蔵王のふもと白石の、大きな炉のある大きな家に嫁ぎ来て、《殿様》の主《あるじ》に仕へ、子をなして、傾く家運を女手の細きに支へ、戦《いくさ》の庭につかはしたたった一人の愛児《めぐしご》は、還ればあはや生ける屍、かくて四十年《よそとせ》に余る歳月を、けなげにも、消えがての炉の火を守り続けて来たをんなの詩《うた》の墓、女《ひと》の墓。

こけしのやうな嫁御寮。
四十五年たちました。
白石の黒塚ばなし。

この詩集は、戦後（昭和二十年〜三十三年まで）の作品を集めたもので、制作年に並べられている。大學が梅子に詩「こけし」を贈った次の年に編まれている。梅子が女六十歳の生命を吐露した集でもある。

この集には、「旧詩篇」として、梅子が大學の弟子となってすぐに、「パンテオン」「オルフェオン」「時世粧」（第四号、昭和十年十月）に発表した四篇の作品が最初に収められている。その中から「時世粧」に収められた「季節の水泳選手」前半だけを引いてみる。

季節の水泳選手

降るやうな虫の音が
美音のクッションとなり

ベッドが銀編の揺り籠となる
人人はその中に明日《あす》を抱いて眠り
秋を染め抜いた小衾《こぶすま》につつまれ
流れる夢のまに虫といっしょに
水泳選手となってゐる。
蚊帳に取り残された孤灯は
白い障子の内に清らかに香り
未亡人の瞳のやうに侘しさうである。
（過去は光に追はれて、蚊帳といっしょにたたまれた）

（昭和十年「時世粧」）

次に、この集の「旧詩稿」として四篇が収められた後に〈大東亜戦争終戦後〉として八十六篇が収められている。その最初に置かれたのが「山河の嘆き」である。

山河の嘆き

炉火を焚き
菊の花煮る　ゐろりべの
はやたそがれつつ　もののけはひ
いとひそやかにして
ひとりわれ　牡丹の枝を折りて焚く
清らかに香木燃ゆる焚火明りに
つり鍋の　なべの中なる菊の花びら
ふくれつつ煮える。
湯気のほのかに
あはれこのつつましき家居や。
今年も秋の暮れんとはすれ
ああ　わが国土　わが山河
破れはてては思ひもむなしく
侘しき軒にそこはかと
吹き寄るものか枯落葉――
ただ身に痛く触るものを。

言さへ今はひびきむなしく
居澄ませど　切れ切れの思ひ出よ。
告げんよしなく在り侘びる。

昭和二十年

この作品は、昭和二十年と記してあるので終戦直後に書かれたものであろう。梅子が大きな囲炉裏の渕に坐り、一人静かに、大きな自在鉤に架かる鍋で食用菊を茹でる情景は、それだけで侘しい景である。

風と瀬戸物のお店
白石のまるや

流れに添った
橋の袂の瀬戸物のお店
蒼空を冠る歩道に
栗の花の匂ひのする風がたたずんで
お店の奥を覗く
清潔な愛情が

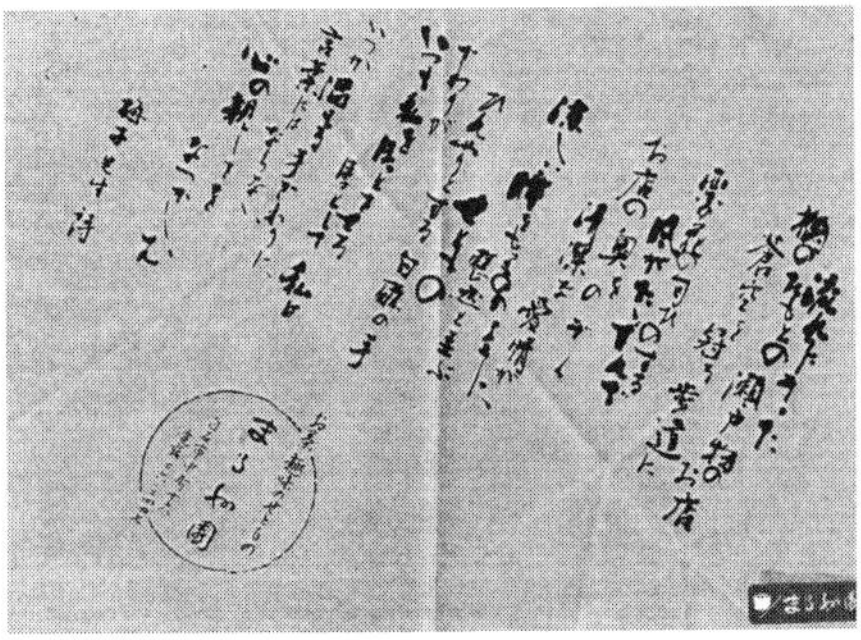
梅子の詩「風と瀬戸物のお店」が刷り込まれた「まるや園」の包装紙

涼しい瞳をもつもののやうに
整然と並ぶ瀬戸物――
ヒンヤリとする白磁の手ざはりが
いつも私をほっとさせる
ほっとして私はいつか温もる手ざはりに
言葉には成らない　こころの親しさを
なつかしむ。

昭和三十二年

この詩は、梅子が地元で最も頼りにし、「全日本こけしコンクール実行委員会」委員長や「こけしの碑建立協賛会」会長を務めた、山田活吉さんの瀬戸物とお茶の店「まるや園」を詠んだものである。

町の中を清流が流れる沢端川の一角に在るこのお店は今も、昔の佇まいを残している。店内にはこの詩が掲げられており、お茶をいただくような、ほっとするこの詩を、お店の包装紙に刷り込んで、毎日何人かのお客さんにさり気なく手渡している。どんな素晴らしいといわれる詩集でも、その中から一篇も心に残らない詩が多い昨今だけに、このような行為こそが本物の文化だと思える。

書評「詩界」五八号（日本詩人クラブ、一九五九年九月三十日発行）
▲詩集『をんな』（鈴木梅子著）
堀口大學氏の序に、十七歳の時美貌を見込まれて福島の旧家から白石の大家に嫁いで殿様のあるじに仕へたが、長年女手の細きを以て一家を支持して来た女性とある。全編、清潔な謙抑な、愛情裕なものである。
「風の瞳の覗く其処には／苦しさに刻まれ悲しさに洗はれ／しかもほのぼのと温い／桜貝のやうな私の心臓が／塵垢を吸ひこんでは清め／吸ひこんでは祈り／はかない夢の織物を織ってゐる。」（「密室」より）
「いつも私はひとりぽっちです。／けれどこの／ひとりぽっちは／みんなと一緒のひとりぽっちです。／人間はみなひとりぽっちです、／ただ知らうとしないだけ／知っても欺されて走りまはるだけです。」（「ひとりぽっち」より）
（千代田区神田神保町一の三　昭森社）（汪）

第三詩集『つづれさせ』
昭和四十一年（一九六六）二月一日発行
発行所・木犀書房
定価・三百五十円／九十八篇収録

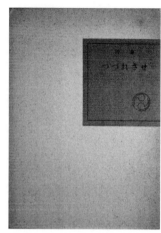

鈴木梅子詩集『つづれさせ』（著者蔵）

この詩集は、「――吾子の霊に――」と記され、四十五歳で亡くなった長男基弘へのレクイエムである。この時、梅子は六十三歳であった。大學の「序詩」は、そんな梅子の生涯を象徴したものである。

序詩　　堀口大學

みちのくの
黒塚ならぬ白石の
大きな家の片すみに
いろりの灰は冷えたまま
老女がひとり住んでいる
たったひとりで生きている

美貌のゆえに望まれて
花もはじろう花嫁御
代々男は「殿様」の
家を支えて五十年
たたかい続けた「梅子さん」

たたかいながら詩を書いた
一生続けて詩を書いた
『殻』
『をんな』
そして最後が
『つづれさせ』
人の世の秋の終りの
虫の音の節のあわれを！

戦争という刃に傷つけられ、そして逆縁となった母の悲痛な叫び、呻き、悔恨、悲哀が全篇を貫いている。そんな中から、代表作とも言える三篇を拾ってみた。

無法の網目

天《あま》が下《もと》に
母とし　子とし生れ逢ひ
生き合うて　いく春秋
そのひと日、ひと夜。
夢路も果てて　いまは亡し
このひとり子。

戦争の無法の網目に
つひに縣《かか》る青落葉――
これがわが子と誰がいふ
ひとりのわれに。

胸裂く叫びよ
仏心に灯《とも》れ。

昭和卅六年　秋

負うた子

泣くだけ泣けば
ひとりで帰る　と
庭にかくれて　泣く子でした
子は子なりに悲しみもあって
しかも母の私を悲しませまいと
さうまでこころくばりをした子でした
その人を失って
負うた子に道教へられ
泣くだけ泣けば　私も私に
かへりますと
自分にかくれて　泣く私。

居場所

子を　うばはれた

手負いの獅子の
咆哮　山に谺して
眠りともない
蔵王山麓――
深夜　寒月を仰いで
生《せい》のありどころを探す。

この集の作品で制作年が記してあるものは、最初に取り上げた「無法の網目」だけである。長男の基弘が亡くなったのが、昭和三十六年十月十九日であるので、この作品はその直後に書かれたものである。戦争に駆り出され、母のもとに病んで還って来た長男であっただけに、梅子の心境は計り知れないものがあったことと思う。

この集は二部構成になっており、第一部は直接長男基弘の死を悼んで書かれたものである。第二部は「死」を受け入れ、我が子も含めた生の延長上に在る死を詠んだものも多く収められている。

書評　「詩界」八四号（日本詩人クラブ、一九六六年五月二十五日発行）

▲詩集『づづれさせ』（鈴木梅子著）

ひとり子を失くして以来、放心にひとしい母の心の、迷いの一瞬々々の呼吸のひとふしを、その度ごとに切れそうな思いで、つづりあわせ歌った詩集である。

その影は光り
その姿は透明です。
これが　吾子であり
私で　ございます。
ですから
何処にでも居て
そして何処にも
居りません。
（「一如」より）

このように次第にさとりの境を開く著者である。堀口大學氏に長い間を導かれた人で、堀口氏の序詩がある。『殼』『をんな』とすでに二つの詩集があり、これは第三詩集で百篇集めた。箱入美本。
（世田谷区深沢町三の七　木犀書房、三五〇円）（宙之介）

梅子は晩年になって続けて三冊の詩集を刊行しているが、その後は、力が尽きたように詩の発表はないようである。やはり長男基弘は梅子の支えであったのだ。
地元で懸命に梅子を支え続けていた「まるや園」のご主人山田活吉さんが、梅子の死の半年前に亡くなった。締めくくりのように梅子は、その心境を詠んだ「こけしの親の死」を「詩学」七月号に発表し、梅子の詩人としての使命は終わったのであった。

箴言集『拾ひ集めた真珠貝』
昭和三十九年（一九六四）五月発行
私家版
B５判／二十五頁／タイプ印刷

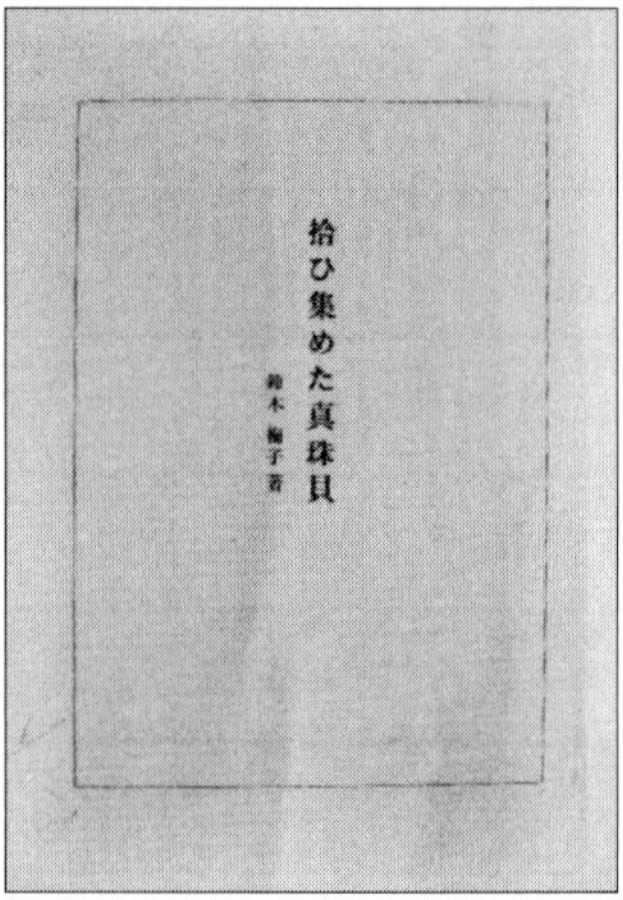

梅子には三冊の詩集のほかに、〈私にいろいろの本物の言葉を、あっちこっちから拾ひ集めさせた〉と、感銘をうけた言葉など、長短さまざまな形で八十三点ほど書き写した『拾ひ集めた真珠貝』とタイトルが附された小冊子が残されている。この冊子はタイプ印刷の印字がやや不鮮明で、けして綺麗で立派なものとは言い難いが、梅子六十六歳の晩年に刊行されたもので、集められた言葉から梅子の姿が垣間見ることのできる貴重なものである。

この『拾ひ集めた真珠貝』は、大學訳で箴言集『グウルモンの言葉』（第一書房、昭和六年九月十七日）から影響を受けたものと思われる。この冊子の作りも似たようなものであった。

大學はベルギーで一人暮らしていた二十一歳頃、ルミ・ド・グウルモンの詩論を読み、強く影響を受け、象徴詩に傾倒するようになったと、言っている。

大學は敬愛するグウルモンの「言葉」を、昭和三年発行の「パンテオン」、続く「オルフェオン」に断続的に発表し、それを纏め『グウルモンの言葉』として、第一書房から昭和六年に刊行している。梅子は当然、「パンテオン」、「オルフェオン」で、大學訳の「グウルモンの言葉」を読んでいたことであろうし、蔵書の中にも『グウルモンの言葉』は所蔵されていた。梅子の『拾ひ集めた真珠貝』の巻頭に置かれた「序言」から最初の数行を引いてみる。

本物の真珠はあまり光らないが、秘めた神秘な虹の光を持っている。私はこよなくその光りを愛すると云うより愛さずにいられない。それはとりもなほさず、人間の心がさうでありたいから。又、自分がその心を持ちたいから。誰にも語らない、見せない。この不断のあこがれが、私にいろいろの本物の言葉を、あっちこっちから拾ひ集めさせた。そして此処に集めて見た。

梅子が最初に拾った言葉は、〈人生は影ある反映のうらにある（ゲーテ）〉、次いで、〈バッハの清らかさ、ヘンデルのおゝらかさ、シューベルトのやさしさ、ブラームスの謙虚さ、そしてベートーベンの情熱〉と続き、〈蓮ゆらぐゆらぐ真夏の真空（土田杏村先生絶句）〉で終わっている。そのなかでも、十九番目に置かれた、〈リュシアン・クートーの画を見たい〉。このいかにも唐突とも思われる言葉に私はなぜか、惹かれたのであった。これは拾った言葉でなく、梅子自身の言葉であろう。そして、梅子のはっきりとした強い意志の現れた言葉にむしろ驚いた。「リュシアン・クートーとは？」と、私には未知の画家だけに、一層興味をそそられたのである。リュシアン・クートーは、どんな画家かと探ってみた。

リュシアン・クートー（一九〇四～一九七七）とは、画家。フランス・メーヌに生まれ、ニースの美術学校、パリの国立装飾美術学校で学ぶ。ジャン・コクトーと出会い、ランボーやロートレアモンを愛読し、その影響でシュールレアリズムに傾倒。サロン・ドートンヌやチュイルリーに出品。パリ美術学校版画科主任教授となる。とげのはえたような独特の形象の人体が現代の荒野を歩むような怪奇と神秘、謎に充ちた超現実主義的な画を描いた。油彩や版画のほかに壁画、建築装飾などでも活躍。

私もクートーに興味をそそられインターネットを開いてみた。「黄昏時の貴婦人」、「海辺のモチーフと女C」等の絵を見て驚いた。描かれた人物は骨格だけで、ガラス、あるいは特殊な樹脂で作られたような透明な人体で、コスチュームを着けロボットのように関節で折れ曲がったりしていた。しかも、それら人物は舞台背景の前に立っているような絵画的というよりむしろ、演劇の世界をみているような感覚であった。

クートーに関する文献を調べて見ると「リュシアン・クートー個展」が、今から六十七年前の昭和二十八年（一九五三）一月一日から二月二十二日までの長期間、神奈川県立近代美術館で開催されていた。この時の様子を、当時の美術評論家瀧口修造が、開催期間中に発行されていた「美術手帖」二月号に次のような批評を書いている。当時の美術界が垣間見えるので、その一部をここに引いてみる。

クトオ偶感

瀧口修造

鎌倉近代美術館のリュシアン・クトオ展はわが国では珍しい展覧会になったと思う。第一にこうした現在活躍中の新人作家の個展がついぞ見られなかったということ。そのためばかりではないが、私はエグゾティックな感じをつよくうけた。クトオの作品はすこしは見ていたはずなのに、こうした個展を見せられると、その効果は強烈で、最近の海外作品展ではあまり感じられない異質な体臭が鮮やかに感じられる。西欧の近代絵画に対して私たちはもう特別にエグゾティックなものを感じないところまできている。（略）しかし私は、クトオの作品が鎌倉八幡宮の杜のなかで展観されているのに、いかにも珍奇な動植物が公開されていて、それを文明開化時代の私たちが見物しているといった奇妙で皮肉な錯覚をふと抱かせられたのである。（略）

右の文は瀧口修造が、クートー展を観て感じたことを記したものであるが、六十七年経た現在でも同じことが言えそうである。とすると、梅子が当時、〈リュシアン・クートーの画を見たい〉と興味を示したことに驚かされる。ゴッホやマチスの本物の画を見たいと言うのなら納得するのだが、東北の片田舎に居て如何して「クートー」を知りえたのだろう？　と。想像をめぐらしてみると、どうも、それは愛読紙「朝日新聞」か、それこそ「美術手帖」によるのかもしれない。梅子は師である大學を〈鋭い知性と冴えた機知が光り〉と評しているが、弟子である梅子自身もまた同じ面を受け継いでいたように見える。そこには、自分の詩に〈外国詩の味さへも何処かに欲しい〉と望む、未知なる物への挑戦とも取れる表現者としての姿を見ることができる。
その梅子の抱いた興味が、いかに素晴らしいものであるかを裏付けるような記事がある。前記した瀧口修造の後に末松正樹が左記のように述べている。

クトー展が日本で開かれることを報じたパリの週刊美術紙「アール」の記事を読むと「日本の近代美術館がクトーを選んだことは決して偶然ではない。クトーは言わば二重の綜合を実現しつつある。具象と抽象の綜合、西欧的なものと東洋的なものの綜合」と書いて居ります。具象と抽象の綜合、西欧的なものと東洋的なものの綜合は、吾々多くのものが希っていることですし、現代絵画の発展の大きな道がそこから開ける筈です。

具象と抽象の融合、西欧的なものと東洋的なものの融合は、絵画に限ったことではない。芸術においてはどの分野においてもこのことは言えることではないだろうか。梅子の詩はそんな拓けた眼に支えられているからこそ、どこか古さを感じさせないのかもしれない。
ところで梅子はクートーの絵を見ることができたのだったろうか？　気になるところであるが、今も、知る手立てが見つからないままである。

クートー「黒い月」（エッチング）
「美術手帖」1953 年 2 月号掲載

第六章　地元詩人との交流

詩人版画家　大泉茂基

梅子の蔵書は梅子没後に遺族により白石市図書館に寄贈され「鈴木文庫」として所蔵されている。その書架に、『大泉茂基君追悼詞』（執筆者が付したタイトルを表紙に掲げ、二〜三人毎に五冊に分けて綴じたもので、昭和三十五年〜昭和三十八年発行。私が便宜上このような表題を付した）と題した、ガリ版刷りの比較的薄い冊子があった。ここには大泉茂基自身の随筆「版画について」や梅子の追悼文「大泉茂基様をおしのび申して」等が掲載され、菅野新一白石市公民館長兼図書館長が、編集・出版したものであった。私は比較的早い時期に、この冊子を認めてはいたが「大泉茂基」が未知の人だったために、気になりながらも読んでみることをしないでいた。

大泉茂基・船岡の生家にて（提供：大泉讃氏）

しかし、だいぶ時間が経ってから、梅子の地元での交友関係を探っていると、仙台を拠点に発行されていた月刊同人雑誌「文芸東北」（昭和三十四年十一月二十五日創刊、主宰大林しげる、平成二十年八月主宰者死去により終刊）に、梅子が所属し、創刊されたばかりの頃に詩を何度か投稿していたことがわかった。そこで、仙台文学館で「文芸東北」の創刊号から読みはじめてみた時に、なんと第三号（昭和三十五年三月十日発行）に、以前「鈴木文庫」で目にした「大泉茂基」という名前が出て来た。しかも誌面の半分以上を割いて【特集・大泉茂基氏をしのぶ】とした企画が組まれていたのである。「追悼文」の執筆者は、佐藤明（美術評論家・大学教授）、藤一也（詩人・牧師）、保坂武義（詩人・NHK）、中原四十二（画家）、加藤正衛（画家）、にしみや・ひろし（当時宮城県副知事・クリスチャン）、伊藤白史（俳人）の七名で、加えて「大泉茂基略歴」と「片山敏彦の手紙」なども掲載されていた。

この企画は、茂基への追悼号としてだけでなく、それぞれの追悼文は優れた美術評や人物評であり、まるで「美術誌」を読んでいるようでもあった。創刊間もない「文芸東北」ではあったが、それだけでも、その雑誌の存在価値の大きさがわかるのではないかと思う。

大泉茂基は当然「文芸東北」の会員であったと考えられるが、創刊時から第三号までに会員名簿は掲載されておらず、その後発行の第七号（昭和三十五年六月十五日発行）には、会員が七百余名という名簿が掲載されていた。鈴木梅子も菅野新一の名前も確認できた。また、現在も宮城で活躍している詩人の名前も多く認められた。特に目を引いたのは、「職場会員の部」として、県庁、市役所、国鉄、郵便局、銀行、放送局、学校、病院等々の職場単位で入会していることであった。

当時は職場に、文芸サークルがたくさんあった。そこには、物不足になやまされながらも、戦争でおさえられていた文化を求める心が一気に吹き上がって、発表の場が待ち望まれていた、そんな気運が強く感じ取れた。

昭和二十二年頃から「東北文學」「群山」「俳句饗宴」「川柳宮城野」などの社誌、少し遅れて「みちのく」「東北作家」「肖像」「仙台文学」「文芸東北」などの同人誌が次々に誕生した。「文芸東北」主宰者の大林しげる氏が創刊号の「あとがき」で次のように記している。

　東北では、どうしてか文芸誌が育たないという、一つの定則のようなものがあって、なんとなしに淋しさを感じて来た。文化は社会を明るくし、芸術は人のこころを豊かにするというのに、(略)自然の産物や景勝に恵まれ、素朴な人情や風俗、数々の古い文化財を伝えているこの土地が決して文芸の土壌でないことはないはずなのに、と考えると実に残念なことであります。そこで私たちは東北と生活に根ざした、東北を愛するすべての文化人が執筆し、読者となって作り上げ育てていく総合誌〝文芸東北〟を出発させることになったのです。

大林しげる氏の、せつなる思いは、早々に豊かな実現を伴って歩き出したのだった。

梅子は「文芸東北」の茂基追悼欄に執筆はしてなかったが、その後、白石で菅野新一の手により発行された『大泉茂基君追悼詞』には執筆している。これを読んで私は、梅子と茂基の接点は

「文芸東北」にあったと推測したのだが、「文芸東北」の創刊は、茂基が亡くなる二カ月前である。それでは時間的にあまりにも短すぎる。他に二人を結ぶ接点がなかったのかと探ってみると、茂基夫人の大泉マサさんが、白石市主催「皇太子御成婚記念　第一回全国こけしコンクール」に出品した「そよ風」で、農林大臣賞を受賞していたことがわかった。こけしコンクールは、昭和三十四年四月十六日から四月二十二日までの一週間行われた。この開催中に梅子と大泉茂基夫妻との交流が生まれても不思議ではない。「文芸東北」の創刊は、コンクールの七カ月後のことであるから、こちらの機会のほうが二人の出会いの場としては自然であると考えたのである。しかし、実は、それ以前に茂基と梅子との交流は生まれていたのであった。それは改めて『大泉茂基君追悼詞』を繙いてみてわかったことである。この中に菅野新一が書いた「大泉茂基君の便り」があった。二、三要約して拾ってみる。

大泉家と菅野家とは小さい時分から親戚でした。（略）初めて会ったのは戦後で、丸善仙台支店の立川武雄さんを通して、自作の手刷りの版画を入れた、活字を使わない詩集を出版したいので、白石産の純楮紙を何とか都合して下さい。とのことで、大張（宮城県伊具郡丸森町大張）の障子紙版を二百枚程贈呈。この和紙で作ったのが一九四九年発行の版画詩『けやき』（限定二十部）でした。これが詩人大泉茂基さんの世に出した、ただ一冊の詩集でした。その後、版画に使う和紙のことで時折り会い、便りのやりとりをするようになった。

（昭和二十八年六月一日）

『けやき』の次は、版画集を出したいと思っています。それから出来たら、この春に個展をしてみたい。人生の大半を歩いて来て、残りわずかになりました。どれだけやれるか、やるだけのことをして死んで行きたいと思います。体力もなし、金もないので、ハガキにしました。昨年末、大病するやら、一文なしになってしまいました。
（昭和三十二年三月十一日）

青麻山が忘れることが出来ない。早春の青麻山と云う実に東洋的な姿でした。あなた様とお友達の方々に心から感謝いたします。只だ、もういい仕事をして見ていただくばかりと思っています。
（昭和三十三年二月十三日）

そのころ茂基君は山を描きたい気持ちで一杯のようでした。茂基君は四人の家族をかかえ、いつもきびしい生活と闘っていました。しかし、製作欲はいかにも旺盛だったことは、前の便りを見てもよく分かります。
（昭和三十三年五月三日）

鈴木梅子様からの南蔵王の絵ハガキを見て、白石がたまらなく懐かしく、あの山のうつくしさに、もっともっとぶちこんでみたいと思いました。
（昭和三十三年九月十三日）

詩人版画家大泉茂基は、大正二年（一九一三）六月十一日、宮城県柴田郡船岡の郡内有数の素

封家大泉宗七郎・初代の長男として誕生した。幼くして母親を失い、祖母と父の手で育てられたが、父はキリスト教徒内村鑑三に私淑した敬虔なクリスチャンであったので、茂基は早くから宗教的な雰囲気に触れて過ごした。また、白石中学校（現・白石高等学校）時代から、詩作と版画に親しみ、山と音楽を愛した。東北学院高等部文科に進むが、この間に、生家の没落と肋膜を患うという不運にみまわれ、学業半ばで中退を余儀なくされる。そんな試練の中で、詩人はダンテ、ヘルマン・ヘッセ、リルケ、ロマン・ロラン、ボードレール、ランボーなどの詩に学び、画は、ゴッホ、ブラック、ルオー、中村彝、長谷川利行などに親しみ、ひたすら版画の研鑽を積んでいた。

昭和十五年、升沢マサと三十歳で結婚。昭和十八年、長男玄、二十一年、次男真、二十二年、三男讃、二十四年、四男恵と四人の男の子に恵まれた。昭和二十四年、我が子のために版画詩集『けやき』を出版。生計のため、NHK仙台放送局でアルバイトをしたり、コーヒー店を開いたり、屋台を引いたりするが、相変わらず生活苦に追われながらも、夫人の理解と励ましに支えられ、版画の制作に没頭する。「母と子」、「笛吹く少女」、「読書」等を制作。ようやく才能が世の注目を集めかけて来た昭和三十一年十二月、胃がんを発病し手術。経過がよく再起する。この年に奈良重穂（一九一〇～一九七四）が主宰する詩誌「氷河」同人となり、詩と同誌の扉には毎号版画を発表した。これを機に、生活のための仕事はせず、「人間生来無一物」と、清貧戒であったかもしれないが、夢と希望を追って、小鳥すら家族の一員とした、心満ち足りた明るい日常であったという。

昭和三十二年、「ケヤキ」「男の顔」「祈り」等制作。個展をラ・メールや丸光画廊、県庁で開くなどして、昭和三十四年九月、がん再発までの三年間は充実した作家活動を過ごした。茂基の詩はヘッセやジャムや暮鳥のような素朴な宗教的心情を持った詩風で、自然との哀歓を共にするところにある。また、版画においても同様で、そのモチーフを貫くキリスト教的な要素は、見逃すことができない。

茂基は、昭和三十五年（一九六〇）一月二十二日、午後七時五十分、入院先の国立仙台病院で四十六歳の生涯を閉じた。茂基は純粋に信仰を求めるあまり、入信には至らなかったが、茂基の遺言によりキリスト教徒として一月三十一日（日曜日）、午後二時から、仙台市北七番丁の神召基督教会で告別式が行われた。

版画詩集『けやき』や抽象版画「最後の日」は、詩誌「氷河」で一緒であったプロレタリア詩人郡山弘史（一九〇二〜一九六六）の高い評価を得た。また、多色木版画「夜」等の多くの作品は、宮城県美術館に所蔵されている。（『大泉茂基君追悼詞』に掲載の「大泉茂基略歴」を基にした）

『大泉茂基君追悼詞』の中に収められている梅子の「大泉茂基様をおしのび申して」は、梅子を理解するうえで重要なものであったことが、読んで見て初めて気づかされた。それに梅子の詩以外に残された文章としても意義があるので、全文をここに引いてみる。

一月二十六日、大泉様御死去の御通知を手にしたまゝ、しばらく茫然としてしまいました程、あまりに寝耳に水の御通知であっただけ、一種の心の爆発事故のようにどやしつけられた思いでございました。

何故お便りがないのだろうと、昨秋の暮頃から折にふれ御案じ申しておりましただけに、自分の多忙にかまけて御むさたを致しておりました事が、何ともとりかへしのつかない申訳のないことをいたしてしまいましたようで、今もって自分に責めを感じないでおられません。どうぞお許し下さい。さて菅野図書館長様より何か書けと仰せ頂きましたけれど、わづか二、三回より親しくお目にかゝっておりませんので、的をはづれて筆にいたしましたらおん霊に相すまない思いが先立ちまして書くすべもないように存じます。

それにしてもお書きしないよりは、なぐさまるのではないかとも思いましたりして、ただ、ありのまゝに書かせて頂きましょう。

どうぞお許し下さいませ。

大泉様のお内部にいつも、たいへん大きい、深い詩の泉が湧いておられましたようで、それが非常に私を引きつけて下さいました。

殻のない、境界のない生命自躰に湧き出るもの、燃えるもの、そうした力が無限に広がろうとする其間の香り、又響き、それを何ということもなくお作品に触れた瞬間、かんじさせられました。それだけお人柄は静かな一見おだやかな温いお方様だとお知り申しました。ダンテの神曲をお好みになったお気持が、よろしくお解り申す気もいたしますけれど、いいあらわしようもございません。

あの「ベアトリチェ」を抽き出さずにはいられなかった「ダンテ」その人のように、きびしさを越えた永遠の清浄さ、永遠に尽きることのない愛情、それらを高く遠く不断に、みつめないではおられなかったお方ではなかったのでしょうか。
必然に宗教におつながりになったと信じ申します。こうした事がほのぼのとおわかり申し初めた矢先ですので、無残に新芽をきりとられたような痛みがつづいております。どういうわけかこれからだと存じ上げておりました。あせることはないと思っておりました。それだけ残念至極に存じます。
しかし私は形骸の死を全面の死だとは思っておりませんので、御在世であられないだけ、一層強く御呼びかけ申してお作品の生きられますことをお祈り申すより外にすべのない現在のこころでございます。

記念に私がかつて頂きましたおたよりの一部を記させて頂き、現実の死別のどうにもならない厳粛さから、せめてのがれさせて頂こうと思います（私の拙書詩集『をんな』について頂きましたおたよりでした）。

あまく、かなしく、つよく、きびしく、さびしく、くるしく……未だ青二才の私の言へる言葉ではありませんが「をんな」の姿が時折々の、あなた様の告白に美事に形成されて、定着されているのではないでしょうか。こゝに集められた詩の一つとして、死と生の前に色あせる作品はないと思いました。二、三度お会いして、お話しされたことから、この詩集と思い合わせてみますと、何時も私の心をささえる内から湧いて来る詩の泉——必然の底から生まれたものと思いました。そしてほんとうに嬉しくなりました。（略）

お話においそがしくておられたとか、あなた様の秘められた泉、詩の炎が尊く思われます。未だ読み果てゝはおりませんが「をんな」の切々たる情感が、ただ、ひしと感ぜられて胸が熱くなるばかりです。これは孤独な夜にもらす「をんな」の告白（モノローグ）ではないでしょうか？　月夜に、星空に、暗夜に（略）

まことの知己というものは、そうざらにあるものではありません。私はこのおたよりを拝した時、千万の味方を得たように力づけられました。こゝろあたたまりました。

人権よりも金が尊く、生命よりも金力が高くあつかはれる世の中に敢然と戦う勇気を頂きました。

生死はただ一枚の
紙
表は生　裏は死
日ごと夜ごとに
ゆき通うわれらの息吹き

絶えれば　死
通ひば　生
あゝただ生死は
一枚の紙

茂基の手紙には梅子の詩集『をんな』の感想が述べられていた。この詩集は、昭和三十四年三月発行である。出版されたばかりの詩集を梅子は茂基に贈り、詩人同士の交流が始まったと考えられる。

梅子は常々周囲の人に、「自分の詩を褒められても、ちっとも嬉しくない」と、漏らしていたというが、茂基からもらった手紙で〈千万の味方を得たように力づけられました。こゝろあたたまりました。〉と記している。

梅子と茂基の間で交流が持たれたのは、「大泉茂基君の便り」に見られるように、〈あなた様とお友達の方々に心から感謝いたします。〉、〈鈴木梅子様からの南蔵王の絵ハガキを見て、白石がたまらなく懐かしく〉と、昭和三十三年に入って茂基は新一へ便りを出している。茂基は生まれ育った船岡から仙台に居を移したのは、昭和二十七年十一月であった。当時の住所は仙台市神明通り十七番地であった。

茂基は制作した版画を新一に託し、販売してもらっていたのである。新一は〈私は微力ではありましたが、出来るだけ自分でも売り、先輩、知人、友人も紹介してあげました。半ば無理押しをして買わせた友人達も何人かいました〉と記している。

そこで茂基は、版画を売ってくれた新一と、版画を買ってくれた新一の友人に、心から感謝していると伝えて来たのである。梅子も版画を購入した一人であったと推察される。

このことを裏付けるような茂基のメモ書きのような手帳が見つかった。提供してくださったのは、現在、岐阜県瑞浪市で陶芸家として活躍している、大泉茂基の三男の大泉讃さんであった。


大泉讃さんとの出会いは、偶然というにはあまりにも不思議な縁のようなものであった。

私は「文芸東北」の大泉茂基追悼文中で、茂基に四人の息子さんが居ることを知り、四人の中のどなたかに出会えないものかと、心ひそかに探していた。

ある日、偶然にも角田市在住の彫刻家の知人が、大泉讃さんをご存知だという。しかも、彼は「僕よりもっと大泉讃さんを知っている方が角田にもう一人いますよ。陶芸をやっている池田匡優さんです」と教えてくださった。池田さんは存じていたので早速訪ねてみた。すると、「知っているどころか、僕が大変お世話になった方です。彼ほどいい奴は今まで見たことがないです」と、すぐに、岐阜県瑞浪市に住む陶芸家大泉讃さんに連絡を取ってくださった。偶然にしても、なんとも幸運なことであった。私が出会うとしたら、長男の玄さんでも、次男の真さんでも、四男の恵さんでもなく、三男の讃さんでなければならなかったからである。それは、讃さんは晩年のお母さんのマサさんを瑞浪に呼び寄せられて一緒に生活され、数年前に見送られたとのことだった。そんなわけで讃さんはご両親の遺品もお持ちだったからである。

その後、讃さんから、「父は日記をつけていたので、梅子さんとの記録が見つかりましたらお送ります」と電話をくださった。しばらくして、「梅子さんと会ったことが記された手帳がみつかったので、その頁をコピーしてお送りします」との連絡があった。

大変遅くなりましたが鈴木うめ子さんと会うと記された日記手帳のコピーを送ります。日時が書いてないのですが、手帳のページから推し測ってみると、一九五八年六〜八月ごろと思います。この手帳は、「ピカソの批評家とはあほうなことを言う物識りだ」（仏文）ではじまり、終わりはゴッホ展へ行った時、片山氏との会食や散歩のことが書かれてました。

手紙と一緒に、小さな手帳の身開き二頁分のコピーが同封されていた。それは小さな手帳に鉛筆で、メモのように書かれており、次のように判読できた。

菅野さんに会ふ。四、五〇〇—（乙二の句）／鈴木うめ子さんと会ふ。初めて話し合ふ。ラジオがやかましくていらいらした。／岡崎一六さんに会ふ。／スケッチ／片倉信光さんと会ふ。／レター・ペーパー買はずに帰る。／曇天で山の色はだめだった。／四かま君のお母さんは亡くなられた。今は彼の奥さんがやっているとのこと。妹さん、お姉さんは元気らしい。

手帳に記された文面から察すると、茂基が白石を訪れ菅野新一が紹介した、梅子を含む何人かのお宅を訪問した時の記録であると思われた。その後、〈鈴木梅子様からの南蔵王の絵ハガキを見て、白石がたまらなく懐かしく〉と、茂基が新一に便りを出したことになる。茂基が梅子宅を訪れた昭和三十三年（一九五八）六〜八月頃から、二人の間で詩や芸術などに関して話を交わすようになったと思われる。

梅子と茂基では親子ほどの年の差があり、梅子には茂基より三歳年下の息子基弘がいたので重ねて見る気持ちもあったのかもしれない。そして、師土田杏村や堀口大學には無い東北人としての資質を茂基に見出し、心を開こうとしていたのではないかとも思える。茂基もまた同じだったようである。それは、讃さんが「おやじは気難しい人で、滅多なことでは、他人には心を開かなかった人です」と話されたからである。また、お互い素封家に生まれ、高い教育を受け、置かれた家庭環境が時代とともに大きく変化したという、共通の背景も見逃すことができないような気がする。

茂基の人となりを詩誌などの中から、もう少し拾ってみると次のようである。

茂基が所属した詩誌「氷河」の主宰者奈良重穂は、茂基について次のように記している。

氷河無頼と仲間がめいめい自嘲している程の、あの荒涼とした生活周辺の中に大泉茂基君の存在は、ひときわ特異なものであった。彼の古武士的な風貌は、その西欧的な思惟方式によって、深く研ぎすまされた高度の芸術素養とはおよそ似つかわしいものではなかった。

詩アナアキーのおろかな信奉者たち、しかも年齢的にはすでに彼を超えている筈の人間たちすら、彼の風格の前には全く迷える猪群にすぎなかったようだ。彼の作品が次ぎ次ぎと〈氷河〉に発表され特に毎号、扉を飾ったその版画作品は、各地の詩人、批評家から激賞をうけた。

（「大泉茂基君と〈氷河〉」三十六年九月二十九日記）

また、「氷河」で最も親しかった郡山弘史も茂基の人と作品を次のように記している。

日本の現代詩がどんな動きをしているかなど、彼にはなんの関わりもないものだったでしょう。彼はただ自分の心の歌がうとうまま詩作していたのです。私は彼の作品以前のもの——彼の人間にしだいに惹かれていきましたので、彼が彼自身の言葉で歌いだしたら、どんなによい詩が生まれるかわからないとゆう希望をすてることができなかったのです。

（郡山弘史「焰と祈り」）

はるはやくさくはなは　いぬふぐりのはな
それは　まるで　るりいろのほしのよう
はるはやくきてなくとりは　むくどり
おおきな　けやきの

まだはだかの　えだからえだへ
あさひをあびて　ふざけ　さわぎ　まわる
むくどりのむれ
そのこえに　あたりの　つちも　いしも
くさも　きも　みんな
ぽつかり　めをさます
もう　はるは　そこまできてゐるのだ　と
ごらん　みなみのそらを
ゆめのような　しろいくもが
ゆめみながら　しづかにながれてゆくのを
ああ　どこかのえだのてんぺで
かわらひわのこえ

（版画詩『けやき』の第一節より、昭和二十四年刊）

大泉茂基の版画詩『けやき』（著者蔵）

茂基は幼い四人の我が子のために手作りの版画詩集『けやき』を制作した。〈活字を使わない詩集を出版したいので、白石産の純楮紙を何とか都合して下さい。〉と茂基は菅野新一に頼み、けやきの画と詩の文字を一字一字彫り、白石和紙に刷り、二十部を出版した。これが彼の残した唯一の詩集である。

茂基が私淑していた片山敏彦（一八九八～一九六一）は、詩人、文学研究者、ドイツ文学者、フランス文学者、ロマン・ロラン、ヘッセ、リルケ、ハイネ、ゲーテの翻訳も多く、『著作集』全十巻がある。そんな彼は、茂基が昭和三十二年（一九五七）九月、仙台の「らめーる」で第一回個展を開催した際に、次のような絶賛の手紙を寄せているので、冒頭の部分だけ引いてみる。

昨日あなたの版画がとどき、私はそれを一枚一枚見ながら、深い、純粋な喜びを感じています。現実生活の試練と悩みとの中から、あなたは何とほんとうの美的感動による人間性の暖かい光と喜びとの夢を、力づよい黒白のリズムで表現されたことでしょう！そのリズムが私の心につたわります。きっとそれはたくさんの人の心につたわると、私は明るい期待の中に信じています。

また、郡山弘史が、〈私は彼の作品以前のもの——彼の人間にしだいに惹かれていきました〉と語るように、梅子もまた茂基の人間性に惹かれたことであろう。梅子と茂基がいかに文学的な繋がりを求めていたかわかる大切な事実が、讃さんによって証明された。それは、梅子が第二詩集『をんな』を刊行したのは、梅子が茂基と出会ってから一年にも満たない昭和三十四年三月である。したがって梅子は出会って間もない茂基に詩集作りに備えていた原稿の一部を手渡していることから推しても明らかである。そして梅子は詩集が出来るとすぐ茂基に贈ったものと思われる。

梅子に宛てた茂基の手紙では、〈未だ読み果て、はおりませんが〉と記されているが、茂基はこの年には、胃がんの再発により、仙台の幾つかの病院を入退院していたのだった。そんな中で茂基は、梅子の詩集を読み、途中ではあったが感想を書き送ったのである。そして、翌年の一月二十二日、入院先の病院で、四十六歳という若さで亡くなったのである。

梅子はやっと心開いて詩や文学、美術等の話ができる友人を身近に得たと喜んだのも束の間、交流が始まって一年半にも満たない短い期間で、茂基を失ってしまったのである。あまりにも早くかけがえのない友を失った梅子の落胆は大きなものがあった。本当に残念なことであった。茂基の早い死は、梅子ばかりでなく多くの人に惜しまれたのである。

〈私は形骸の死を全面の死だとは思っておりませんので、御在世であられないだけ、一層強く御呼びかけ申してお作品の生きられますことをお祈り申すより外にすべのない現在のこころでございます。〉と、梅子は記している。が、その願いは、平成十六年十二月、茂基夫人大泉マサさんと三男大泉讃さんの手によって、茂基の唯一の版画詩集『けやき』が復刻出版されたことにより、新たな読者を得、読み継がれている。

茂基の作品は生きている。まさに、――〈人生は短く、芸術は永遠の生命なり〉

福島の詩人　高橋新二

メモ詩集『小さい　別れの手』

孫《まご》は去《い》ってしまった。
古《ふる》い境内《けいだい》で　いつも　一緒《いっしょ》に遊《あそ》んでいたのに
小《こ》鳥《とり》のように、孫《まご》は　遠《とお》く　小《ちい》さく　影《かげ》を
隠《かく》してしまった。

おじいちゃんは空《から》っぽになった。
おばァちゃんは　鼠《ねずみ》に入歯《いれば》を盗《と》られたように
がっくり、話《はなし》もできない。

メモ詩集『小さい別れの手』（21頁）より

私は鈴木梅子を調べ始めて間もない頃、高橋新二（一九〇六〜一九九七）のメモ詩集『小さい別れの手』（エリア、昭和四十七年七月三十日）を、白石市図書館の「鈴木文庫」の中で見ていた。作りは、はがき判の可愛いもので、右のような孫への愛情たっぷりの情景を詠んだ詩に孫が描いた絵（二種）を全篇に附して編んだ詩集であった。「おじいちゃんと孫」その姿の美しさに心うたれ、数頁のコピーを持ち帰っていたのだった。

当初は、新二が堀口大學と交流のあった詩人であったと知らず、梅子との繋がりも、同じ福島県出身（新二・伊達郡掛田村、梅子・信夫郡鳥川村）との接点で生じたものくらいにしか考えていなかった。しかし、もう少し新二のことを知りたいと思って、福島県立図書館で高橋新二関連資料を調べてみたら、『高橋新二詩碑』（エリア、一九七四発行）に出合い、その中には、左記のような大學と新二との交流を示す頁があることがわかった。

そこには、大學が新二から贈られたメモ詩集『小さい　別れの手』に対して、大學が自分の訳詩集『アポリネール遺稿詩篇』の扉に、お礼の言葉を書き添えて新二に贈っていたことにも触れていた。そして、大學を紹介する新二の文も添えられていた。

大學を紹介する文は、次のようなものであった。

堀口さんは現日本詩壇の超大家です。著名な自作詩集・訳詩集など幾十冊も書かれました。高橋が孫の敏邦のため、このメモ詩集を出刊した際に、大學さんは御自分の訳詩集に書き載

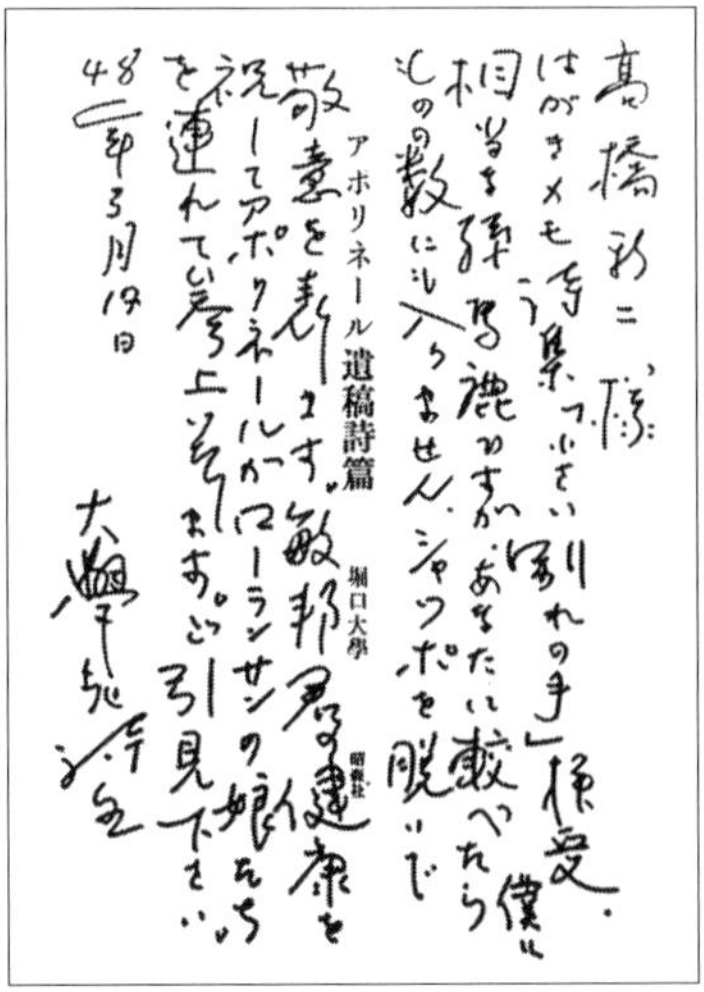

堀口大學訳『アポリネール遺稿詩篇』の扉に書かれたもの

高橋新二様
はがきメモ詩集『小さい別れの手』拝受。僕も相当な孫馬鹿ですが、あなたに較べたらものの数にも入りません。シャッポを脱いで敬意を表します。敏邦君の健康を祝してアポリネールがローランサンの娘たちを連れて参上いたします。ご引見下さい。
48年3月19日
大學老詩生

せて、次のような御言葉を頂き敏邦へローランサンの娘を連れ下さったのです。

メモ詩集『小さい　別れの手』の最後には「小記」として、発行に当たっての思いを次のように記している。

敏邦《としくに》（昭和四十年九月十三日生まれ）は、私の末娘《ばっち》吟子《ぎんこ》の一人児です。父親の青木敏哉さんが、環境庁へ転勤となり、昨年、七月二十日、三人は福島市から相模原市へ移りました。東京の方へ、あまり、足を向けたがらない私も、とうとう七年ぶりに上京し、一月三日から十三日まで、すすきの町の正月を孫たちと暮らしました。

それまでにも、孫からたくさんはがき通信など貰っていたものですから、その

大學（左）と懇談する高橋新二、奥・梅子（提供：高橋重義氏）

　思出にもと、形もはがき大にし、名もはがきメモ詩集としたわけです。

大學のお礼の言葉には、昭和四十八年三月十九日と記してあるので、新二は詩集を刊行し、大學にすぐ贈ったのではなく、翌年になってから贈ったものと思われる。

新二は梅子のように、大學から直接指導を受けていたわけではないが、大學を敬愛し、師と仰いで『月下の一群』を片時も離さず、その愛蔵書を通して間接的に教えを受けていたのであった。それだけに、大學が白石に建った「こけしの詩碑」除幕式の昭和四十七年五月一日に都合で出席できなかったので、同年十月五日に「こけしの詩碑」を見ることも兼ねて梅子のもとを訪れると知って、新二は喜んで馳せ参じたのであった。

その日、新二は大學とは初対面ながら梅子宅で意気投合し、膝をまじえて談笑する様子を写した三枚の写真を、新二のご子息の高橋重義氏が送ってくださった。

新二は尊敬する大學に直接会うことができて、それまでより一層の親しみと敬愛を持って、大學にメモ詩集『小さい　別れの手』を贈ったものと思われる。大學はどなたでも分け隔てなく

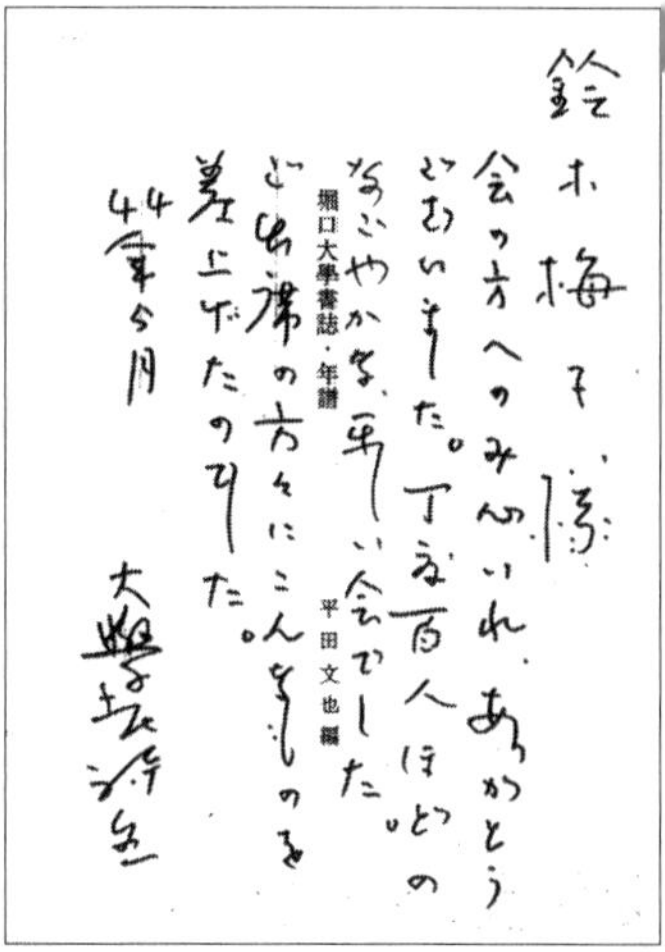

『堀口大學書誌・年譜』の扉に書かれたもの

鈴木梅子様
会の方へのみ心いれ、ありがとう
ございました。丁度百人ほどの
なごやかな楽しい会でした。
ご出席の方々にこんなものを
差上げたのでした。
44年5月
大學老詩生

接するだけに、優しい文面に、それがよく現れている。

　大學が自分の著書の扉に直接お礼の言葉等を書き載せて贈るということは、珍しいことではなかったようである。梅子所有の『堀口大學書誌・年譜』にもそれを見ることができる。

　昭和四十四年五月、大學の喜寿を祝う会が持たれ、その記念として出版された『堀口大學書誌・年譜』を参列者に配られた。梅子は出席できず、お祝いだけ送ったので、大學はその著書にお礼の言葉を書き載せて梅子に贈っている。

　大學はいつも、分け隔てなく礼を尽くした人であった。大學を師と仰いだ人たちは、そんな人柄にも惹かれたことであろう。

高橋重義氏より写真と一緒に、御尊父の詩人高橋新二の半生を追って、沢正宏氏（福島大学教授）が地元の新聞「福島民報」に執筆した「ふくしま人」が同封されていた。これは、平成二十五年七月十三日から八月十日までの毎土曜日、新聞二分の一頁を占める分量で五回にわたり、詳細に掲載されたものであった。

ここで、詩人高橋新二の人と詩作の姿を知るのにふさわしい記述をその「ふくしま人」から引いてみることにする。

高橋新二の年譜から主なものを拾ってみる。

明治三十九年二月二十三日　伊達郡掛田村に、乾物商を営む父高橋新之介、母カクの長男として生まれる。

昭和　二　年　福島師範学校を卒業、茂庭小の代用教員となり、キミと結婚。その後、早稲田大学進学のため上京。

昭和　八　年　「新検改組」で早稲田大学記念論文賞を受賞する。

昭和　九　年　早稲田大学法学部を卒業し、本県の小学校教員となる。

昭和 十四 年　脚本「太陽学校」で映画原作賞（東京発声）を受賞。

昭和 三十 年　県教育庁を辞し古書店「文洋社」を経営。

昭和四十七年　堀口大學を鈴木梅子らと共に出迎え懇談。

昭和四十九年　郷里、霊山町掛田の茶臼山に詩碑が建つ。
　山の山／山のかなた／山こえて／山の果てに／うみ　ありと
　（新二の自筆で彫られた五行詩）
昭和五十三年　福島県現代詩人会が発足し名誉会員に推挙。
平成九年九月二十七日　死去。享年九十二歳。

新二の詩作と詩論を、沢氏は次のように捉えている。

　新二が実際の親交を通して詩作に影響を受けた人物は二人いる。一人は早稲田大の同期で一番の親友だった関川左木夫（左経）である。英国十九世紀末の詩人・アーネスト・ダウスンの名訳で知られ、『ダウスン詩集Ⅳ』（大雅洞、一九七〇年二月）の献本もある。もう一人は、日本の翻訳詩の頂点を極めた『月下の一群』（大正十四年九月）の作者の堀口大學だ。新二は生涯、昭和二年刊行の普及版（第一書房）を愛蔵書にしていた。
　新二の実際の詩を見ると、共に「笑嘲詩」（象徴詩を掛ける）と題された作品がある。この中には「風も通らない暗がりで／ひそかに吸血をねらっている／手足《てあし》糸のような　デザイン美しい都会の縞蚊！」（「福島詩人協会報」第七号、昭和三十四年、月は不詳）とか、「詩を生むことは大きい虚飾／小さい冠肉《とさか》を頭にのせ／大きい羽根を尻尾《しっぽ》に張って／孔雀が詩人の空真似《そらまね》しているⅠ（同前、第八号、昭和三十五年五月）という表現がある。新二が人間の生命を奪う「都会」

の虚飾の批判、自己批判を含めた詩人の虚飾の批判という、社会、人間をリアルな目で捉える境地に進み出ていることが分かる。

詩論では、「エリア」第一集から第四集まで（昭和三十八年十月～翌年十月）で、「生体詩論」を展開している。これら詩の一切の対象を溌剌《はつらつ》とした生命感あるものとして捉えるという論（大學の翻訳詩の影響もある）である。特に「対位」（物事を対置する考え方）という方法で性差（ジェンダー）に注目、一切の男性性が女性性に移行し、その究極にある深い共通性（つながり）があるとする独自の論は、心理学者ユングの母型の考え方への接近を思わせる。

しかし、新二は人生の後半期で試みた、リアルな批判精神の詩作と、一切を女性性に向かう生命感で捉える宇宙論的な詩論とを結合させることはなかった。壮大過ぎて人生の時間が足りなかったのである。

（「福島民報」「ふくしま人・高橋新二」平成二十五年八月十日発行）

新二の主な詩集に次の四冊がある。

第一詩集『桑の実』（麗日詩社、大正十三年）

第二詩集『鬱悒の山を行く』（共働社書店、昭和四年十月）

第三詩集『氷河を横ぎる蟬』（昭和書院、昭和三十二年六月）（福島県文学賞）

第四詩集『小さい　別れの手』（エリア、昭和四十七年七月）

新二に関してもう少し記してみることにする。

梅子の蔵書「鈴木文庫」の中に、新二の詩集『小さい　別れの手』が在った（その時は気づかなかったが、新二の詩集は『小さい　別れの手』以前のものは無かった）。高橋重義詩集『第二ミレエネ　哀歌』、『みずの季』、『ミレエネ　翳』と同じ著者の三冊の詩集が目に留まった。この段階で高橋新二と高橋重義氏とは親子であるとは知らなかった。ただ、三冊の詩集はいずれも昭和四十一年から昭和四十七年と続けて刊行されたものであった。詩集の奥付の簡単なプロフィールから、昭和十九年生まれ、日本詩人クラブに属していることがわかり、梅子が最晩年になってからの若い詩人からの献本であることに興味が湧いた。梅子との接点が知りたくてお手紙を差し上げた。後日、お会いすることができ、「梅子さんには、一度もお会いしたことがないのですが、親父が白石の鈴木梅子さんは素晴らしい詩人だから詩集をお贈りしておくようにと言われたので」と、話してくださった。この時になって、新二と重義氏は親子であったことが初めてわかった。重義氏は梅子とお父さんの高橋新二の接点が何処にあったかご存知なかった。

そこで、お互いの詩集の献本の状態から推し測ると、仙台を拠点に昭和三十四年十一月に創刊された「文芸東北」を通してお互いの存在を知り、交流が生まれたものと推測した。「文芸東北」創刊翌年発行の「会員名簿」には、梅子と新二の名前が確認できた。二人の作品の掲載も何度かあった。そしてまた、昭和三十九年五月十日発行の第六巻第四、五号には、高橋新二「珊瑚樹」、高橋重義「庭」と、親子の作品が見開きの頁上下に揃って掲載された号もあった。当時、重義氏は二十歳で大学生であったはずだが、すでに昭和三十八年に詩集『死んだ風景』を刊行していた。

作品「庭」は、その詩集から採ったものであることがわかった。

梅子が高橋親子の詩集をどのように受け取っていたかなどを重義氏にいつかゆっくりお尋ねしてみようとは思っていたが、その機会を逃してしまった。重義氏が、平成三十年二月十六日急逝されたとの報がもたらされたのには驚いた。

重義氏から「詩人高橋新二回顧展」（平成二十九年四月十三日～十八日、ふくしんギャラリー）の案内をいただき、出掛けて行ったのは四月十四日であった。会場には、昭和四十七年十月四日、大學が「こけしの詩碑」を見に来白した折り、新二も馳せ参じて梅子宅で大學と歓談している様子を写した三枚の写真も展示してあった。梅子、新二、大學の姿から、この時どんな話がなされたのだろうと、興味津々であったが、話が聞けないのが残念であった。が、梅子にとってはきっと幸せな時間だったろうと思うと同時に、人との出会いの不思議を思うのであった。

それと同時に、時間とチャンスはその時摑まないと逃げてしまうことも痛感させられた。まさか、重義氏がその後間もなく亡くなられるとは思いもよらなかった。

新二は、梅子から詩集『つづれさせ』の贈呈を受けた後の、昭和四十一年（一九六六）四月二十九日に、吉野いさ緒さんと大津弘子さんの二人を伴って、梅子宅を訪ねていた。この時の様子は、新二が主宰する詩誌「エリア」第七集（昭和四十一年七月発行）に、「詩集『つづれさせ』の鈴木梅子さんを訪ねる」として、同伴者であった二人が書いている。新二が書いてないのが非常に残念であった。

当時の梅子の様子が伺えるので、二人の感想を少し拾ってみる。

Ⅰ

白石の鈴木梅子さんを訪ねようという話は、昨年の秋ころからあった。七十数歳の今日まで詩一筋に生きて来た高い《ママ》詩人である。福島の出身、私と大津弘子さんのふるさと越河に近い白石市内にお住いされているので、何か親近感があり、それに、春早い日、新二先生宅で梅子さんの詩集『つづれさせ』を見てから私は性急に、その実現を思うようになった。
四月二十九日――まさに私にとっては、ゴールデンホリディ。新二先生と私は越河行きのバスで、りんごの花盛りの四号国道を北に向かう。お天気は良し、バスの中は半田山行きの若い人達の体臭でむせかえる。窓外を見ると、国道筋は、既に滄桑の変である。工場が立ち、住宅がならんでいる。（略）

（吉野いさ緒）

Ⅱ

（略）越河からバスに乗り斎川の馬牛沼を見、甲冑堂の側を通り白石へ出る。新二先生の美しい思い出話に耳をかたむけながら、駅前で食事をする。
焼けつく陽をうけた町並みの続いているところに、鈴木梅子さんを訪れた。旧い大きなお屋敷の、小鳥の鳴いている部屋で初対面の挨拶をする。そこには堀口大學先生が〝少年の詩《ママ》〟を書いてあった。これを見ていると、息子の小さかった頃を思い出すと話された。
精魂こめた詩集『つづれさせ』を纏めたこと、十七歳で嫁がれ苦労なさったこと等々、話はつきなかった。お願いして庭で写真を撮らせていただく。あでやかに緋ぼたんの花が咲いていた。

五十年間も詩でつらぬかれた鈴木さんの人柄に接しているうちに、胸の中から湧き出る思いをどうすることもできなかった。これからの私の何かのささえをつくってくれることだろう。またの日の挨拶を交わしながら、三人はお別れする。

（大津弘子）

Ⅲ

門を出ると、表は街いっぱいに陽光、すでに夏のもの、三人は上気した顔にハンカチをあてながら、道々梅子さんの印象などを語りあった。新二先生は「お若いですネ」と感嘆すれば、弘子さんは「ただもう感激だけ」と、感動をふくらます。（略）

詩集『つづれさせ』が私の心を衝いたのは、母の影響が多分にあろう。醸造元として、梅子さんの家は昔から近在に響いていた。亡くなった母が、よく聞かせてくれた。梅子さんは、不幸な息子さんにそれはそれは、よく尽くされたという。母は同じ名前にあやかって、梅子さんを自分の手本とも、励みともしていたようであった。

城下町の古い重圧の中にあって、純粋に詩作を貫きとおし、ひたすら自分の諧調を守られ、第三詩集『つづれさせ』となった。名を求める世の詩人とは大変違う。蔵王嶺のように高く仰がれる女性詩人である。

私達は「鈴木梅子さん、いつまでもお若く」と、祈りながら、白石市を離れた。

（吉野いさ緒）

新二はこの訪問から六年後の大學が「こけしの詩碑」を見に白石を訪れた時は、駆けつけている。この時の来白は二度目であった。それだけに、梅子とは打ち解けていたので、大學との歓談も盛り上がったものと思われる。大學を師とする二人だけに晩年に出会うことになったのは残念であった。

「訪問記」の中に出ている〈そこには堀口大學先生が〝少年の詩〟を書いてあった。〉とは、もしかして、文の前後からして、「そこには堀口大學先生の〝少年〟の詩が掲げられてあった。」が正しいと思われた。その詩「少年」とは、次のようなものである。

少年　　堀口大學

大人さびたり腰はりて
青竹の弓ひく太郎
(ルヰ王が侍童《パージュ》もかくや
熨斗目《のしめ》の小袖藹たけて
見目《みめ》すがし)
七宝の歯並びゆゆしく
笑み割れし梢の柘榴

金的に
白羽の破魔矢引きしぼり
ひょうと放てば
紫の十月の空覆ひ
散乱《ちりば》ふよ
ルビーと真珠
けざやかに
朝の日に栄え

（堀口大學詩集『夕の虹』）

この詩を見ていると、息子基弘の「小さかった頃を思い出す」と話した梅子だが、梅子は詩「少年」を毎日特別な想いを持って読んでいたことだろう。
新二は堀口大學に深く傾倒し、訳詩集『月下の一群』を座右の書として片時も離さずに手元に置いていたという。詩作にもそれが色濃く現れている。昭和三十二年に刊行した第三詩集『氷河を横ぎる蟬』の中に、大學に捧げた詩「月日」があるので引いておく。

月日

堀口大學氏へ。「月下の一群」その他　数多の名訳詩集をもって、フランス詩の神音《しんおん》と秘業《ひめわざ》を　わが貧しい魂と拙ない作品へ生命づけられた。

木立の残葉《のこりば》を枝は春になつて落す。
恋の死を人は後《のち》になつて悲しむ。
一日一日《ひとひひとひ》が　私の身近《みぢか》にあるのに　いつか今日が昔となる。
昔の今日へ時を探しに帰つた私だが
明日は判《わか》るだろう、月日の経《た》つたのを！

瑠璃鳥の優影《やさかげ》が飛んで消えたのは　古くなつたこの障子だつたか、
花色だつた青春を翳し合つたのは　茨《いばら》の茂るこの窓だつたか、
一日一日《ひとひひとひ》が　私に添つて離れないのに　やがて今日が昔となる。
昔の今日へ罪を戻しに来た私だが
月日の経つたのを明日は判るだろう。

（三連・四連略）

恋は死に　一日《ひとひ》が過ぎて　俤はなおも去らない。
今となつて　むしろ悲しみが生姿《いきすがた》を寄せて来る。

一日《ひとひ》よ　私を捨てないで呉れ　昔となつては何《なに》も彼《か》も切《せつ》ないから……。
昔の今日よ　昔のままになりたい私だが
明日は判るだろう、月日の経《た》つたのを！

（高橋新二詩集『氷河を横ぎる蟬』昭和三十二年）

新二の右の詩を読んでいると「ミラボー橋」が連想させられる。もちろん、「ミラボー橋」を書いたのはギョーム・アポリネールであり、この詩の訳は福永武彦や飯島耕一、窪田般彌など多くの人が訳している。しかし、新二には堀口大學訳の「ミラボー橋」きりなかったことと思う。大學の随筆『季節と詩心』の中に「巴里の橋の下」がある。その中に、アポリネールの「ミラボー橋」に関して記した次の一節がある。

作者が多分、朝夕の散歩の折などに、この橋の上に佇んで、セエヌ河の流れを眺め、そのリズムに聞き入ってゐるうちに生れた作であらう。巴里も場末のあの辺の澱んださびしい人生と空気とが如実に感じられるいい詩である。

新二もまた、人生の岐路という橋の上に立って、時間の流れる音を聞きながら、その時間の中に恋と青春の残像を見ながら、人生を謳いあげた作であると思われる。そして、慣れ親しんだ大學訳の「ミラボー橋」の旋律が流れてもいたことと思われる。

新二は「月日」あるいは「日月」という、語彙に拘りを持ち、好んで用いた詩人であった。その拘りは、墓碑銘にも現れている。

新二の高橋家の墓は故郷の掛田の三乗院に在る。が、その墓碑中央には新二が筆を執った「日　月」との文字が大きく刻まれているという。建立は昭和四十九年で、新二が生前に建てたものである。

万年童女　中大貴美子

梅子を介して堀口大學に詩の指導を受けていた、中大《なかひろ》貴美子の処女詩集『黒の祝祭』（中央公論事業出版、昭和五十五年四月二十日）の巻頭を飾った大學の「序に代えて」は、梅子と中大貴美子との関係を知るのに貴重なものなので、その主要な箇所を引いてみる。

詩集『黒の祝祭』の著者、仙台の中大《なかひろ》貴美子さんの詩を、僕が拝見するようになったのは、五十余年来の古い門人、白石在住の鈴木梅子女史の紹介で来訪された、昭和四十五年以来の事だ。（略）

四十八年には、梅子さんの逝去のことがあったりして、仰山な鈴木家の墓所への、忌日々々の参拝の報告や、代参や献花のごめんどうをおかけしたりして来た。（略）

この貴美子さん、自らを語るに極めてやぶさかで、お訊ねしても、〈昭和某年、仙台市の

詩集『黒の祝祭』中大貴美子著（著者蔵）

一小市民の末っ子として生れる〉と、だけで、生年月日さえ、明《あか》してはくださらない。

親子ほど年齢差のある外科医の後添えとして結婚されたが、このご主人、貴美子さんがペンをとるお仕事をなさるのに反対で、反発さえなさっておられた由、にもかかわらず、必要あって、或る月刊のPR誌の仕事をアルバイトになさっていた由、白石の女詩人鈴木梅子女史をインタービュー記事の取材で訪問されたのも、このお仕事の一端だった由、この梅子女史との出会いで、〈堀口老師にたぐり寄せられたが、これもやはりミューズのなせるアヤか〉と、書いていられる。貴美子さんの折々の詩稿が郵送されて、僕がこれを拝見するようになってから、まだ日も浅く、十年にも満たないが、その間、貴美子さんご一身上にも、ご夫君ご逝去という一大事があり、貴美子さんとの間にお子さんがおありにならなかった事なぞもあって、この若い未亡人、これまでの、人生経験には無かったような、荒い風浪の歳月に、いやおうなしに鍛えられる結果となったもののようで、早速これが詩作の上に反映、急に長足の進歩をもたらしたものと僕は見ている。ご苦労、ご難儀も無駄ではなかった、それでよかった。

以上を以って、僕のいわゆる万年童女、詩歴十余年に及ぶおひとの処女詩集『黒の祝祭』の序に代える。

昭和五十四年秋の彼岸
葉山森戸川のほとりにて
虹の屋主人　大學老詩生

大學は愛弟子であった梅子が亡くなってからも中大貴美子に、〈四十八年には、梅子さんの逝去のことがあったりして、仰山な鈴木家の墓所への、忌日々々の参拝の報告や、代参や献花のごめんどうをおかけしたりしたりして来た。〉と記している。この一文からみても大學という詩人の人情深い面を読み取ることができる。

貴美子は仕事上で梅子と出会ったとはいえ、やがて大學のもとを訪れることになったのに対し、〈堀口老師にたぐり寄せられたが、これもやはりミューズのなせるアヤか〉と記し、〈梅子刀自は何故か気にかかる存在であった。私の未来の姿をそこに見る思いもあって〉と、梅子の姿に自分の未来を重ねる貴美子に、大學は「もう、弟子はとらない」と語っていたが、そんな貴美子を放っておけない心境になったのかもしれない。詩作の指導をすることとなったのである。

詩人の家　　　中大貴美子

詩人の家には太陽《ひ》がさして
詩人の家には分厚いじゅうたん
詩人の家には森閑と
　拭き清められた雑多な典雅が
　一つの色によどんでみえた

緑の底には赤、青、黄、緑
くるくるくるくる風車
かつての日々の恋車かとも
　色即是空
　空即是色
童心に還るよ

御主人様《おんあるじさま》のお出ましにて候
和服の裾の足袋の純白《ましろ》さ

泰然と山のよう
いまの話に瞳かがやき
遥かな思いに瞳は夢みる

ここにも人の歓びがあり
ここにも人の情があった

耳にやわらかなお声
やさしく包みこむ大いさ
大きなお顔がほころんで
おとぼけとユーモアと
だが、きびしく律するまなざし

（略）

四五・一〇・七

葉山堀口大學老師邸初訪問

〈梅子刀自のご紹介で葉山に老師をお訪ねした私は感激して前述「詩人の家」を書いた。〉と、詩集『黒の祝祭』に「ミューズのいざない」として、この詩「詩人の家」とそれに纏わるエッセーを収めている。そのエッセーの中から貴美子が梅子と大學の二人に出会った時のことを記しているので、その箇所を抜き出してみる。

白石温麺草創の家第十六代目の妻にあたる鈴木梅子刀自を私が初めて白石市にお訪ねした時、刀自は長い入院生活から退院してまだ間もないと話された。昭和四十四年六月のことである。うすぐらい旧家の大きな囲炉裏の前に逆光を背にしてキッチリと坐る刀自の小さなお姿は、語らずともその生涯を告げているように思われた。私が刀自をお訪ねした目的は、当時アルバイトでお手伝いした某小月刊ＰＲ誌の取材の為であった。刀自の語りは重かったが何とか目的を果たすことが出来た。題は「わが生涯の師と仰ぎまつる堀口大學先生と私」となった。（略）

老師の作品や業績を辿っていくうちに是非ホンモノの詩人にお目にかかってみたくなったのである。夫から漸く許可をもらい梅子刀自のご紹介で葉山に老師をお訪ねした私は感激して前述の「詩人の家」を書いた。

ホンモノの詩人とはどういうものか、緊張に身を硬くして待つ私の視界の裾にサラリと襖が開いて純白の足袋がとび込んできた。あの時の鮮烈な印象は私の生涯忘れることの出来ないものの一つであろう。舞台上の能役者のような華やぎと敬虔な緊張感があたりを払った。そして老師はこの私を始終一人の客人《まろうど》としておもてなしくださったのであった。（略）

梅子刀自は何故か気にかかる存在であった。私の未来の姿をそこに見る思いもあって私は年に一、二度お慰めするつもりで訪問した。淋しみを身に沁み込ませたような刀自であったが昭和四十八年末に世を去られた。

五二・八・一八

私が梅子を追い求めることができたのは、中大貴美子が梅子にインタビュー取材し、梅子のやや半生記に近い話を「わが生涯の師と仰ぎまつる堀口大學先生と私」と題した記事にまとめ「日立ファミリーマンスリー」という月刊ＰＲ誌に掲載して、残してくれたお陰であった。もし、私がこの小冊子に出合うことができなかったら、おそらく梅子のことをここまで書き進めることができなかったと思われる。インタビューで直接自分のことと、師である大學の詩業のことを語った記事は、とても貴重なものであった。

私は、この記事を頼りに、幅広く追跡してゆくことができたのであった。梅子の資料が乏しかっただけに、本当にありがたい資料となったのである。

中大貴美子を理解する手立てとして、詩集『黒の祝祭』の跋文に注目したい。

跋文「思い出に寄せて」を書かれた川上行蔵氏は、昭和三十四年（一九五九）、NHK仙台中央放送局長として赴任。二年後の昭和三十六年にNHK放送総局総務へ転任。昭和四十年には理事に就任。昭和四十三年に専務理事兼総局長を歴任。昭和四十六年（一九七一）にNHKを退任。教育テレビ開局に深くかかわった人で、俳人でもあった。

貴美子は川上行蔵氏が仙台放送局長であった当時、その部下で庶務課に勤務していたのである。貴美子がいつNHKを退職し、いつ結婚したかは知る由もないが、梅子を取材に白石を訪れたのは、昭和四十四年（一九六九）であり、翌年、葉山に大學を訪ねたことになる。それにしても、貴美子の詩集『黒の祝祭』を梅子は読むことはできなかったのである。

川上氏が『黒の祝祭』の跋文を書いたのは、NHKを退任して九年後のことである。が、跋文の中で次のように記している。

仙台放送局の有志の俳句、短歌の吟行会が松島でありました。その時、中大さんの短歌が第一席を占めました。

「幾年《いくとせ》の潮の満干《みちひ》にそがれたりや島さまざまの貌《かたち》に黙《もだ》す」

中大さんが詩を作っているということは、かねて誰かに教えられていました。しかし、この短歌を見て、私は、むしろ、俳句に進まれたらと思ったのでした。大景を的確に三十一文字に集約されている力は、俳句でこそ生きるかと思ったからでした。もっとも、こうした文学面に弱い私の、素人判断ですから、所謂名伯楽になれる訳もありません。只、何となくそう感じただけでなく、台所俳句が女流の間に普及しそうな気配を予感したこと、と、東北人らしい自己顕示のない性格は、主観よりも、客観を述べることに優るのではないか、と思ったからでした。（略）

幾年かの後、彼女が結婚されたとの噂を聞きました。しかも、彼女から、その経緯を書いた長い手紙を頂きました。そこには、かつての彼女の面影はありませんでした。（略）

お手紙への返事に、いつも、ペンを捨てず、俳句でも、短歌でも、詩でも、書かれるように勧めたことを忘れません。それは、東北人は皆詩人になれる、という言葉を聞いておったからです。寡黙の性質は、それだけで表現欲を心底に圧縮し、言葉の代わりに、ある瞬間、文字となって奔り出るということらしいです。（略）

『黒の祝祭』という題名から懸念される虚無と皮肉に陥ち入ることなく、逞しく、しかも、生来の細心な気配りを忘れず、多くの友情に支えられ、次の詩集を生み出して見せて下さい

——ということです。

（五五・三・二五）

川上氏は貴美子の中に陰りを見て、大學が梅子を励ましたように、川上氏も貴美子に「ペンを捨てずに」と、励まし続けた師であったことは、その存在だけでも貴美子にとってはありがたかったことと思われる。

詩集『黒の祝祭』を刊行した後の貴美子の消息を、「仙台文学」主宰の牛島富美二氏が知らせてくださった。貴美子は「仙台文学」の同人で、昭和五十九年（一九八四）から昭和六十三年（一九八八）までの五年間「仙台文学」に籍を置いていたのである。その当時は埼玉県在住であったが、その後、住所はわからなくなり、平成十九年（二〇〇七）頃に、仙台に戻って来られたようであるとのことだった。いずれにしても「ペンを捨てずに」いたことは幸いである。

第七章　多難な晩年

私のお店

梅子は夫俊一郎が、昭和二十九年（一九五四）七月二十八日に六十五歳で亡くなった後も、生活の糧として、番頭の文谷俊祐・いちさん夫妻に支えられて味噌・醤油醸造業だけは細々と営業し、屋敷の片隅に建っていた別棟の店で小売りをし、土蔵造りの母屋を、表具業「おおつき表具店」に間貸しして、生計を立てていたのだった。

この頃の梅子は、「私は、あなたたちに面倒をみていただくほかないの」と、文谷さん夫妻に哀願し、すっかり頼りにしていたという。

文谷俊祐さんは大河原町出身で、昭和十年（一九三五）、十六歳で「大味」に勤め、昭和十七年三月に「大味」の台所に勤めたばかりの毛利いちさんと、梅子の勧めで同年十月に結婚した。いちさんは蔵王山麓の三住の出身で、近くに兄姉も居り、晩年になってからもなにかと手助けをしてくれていたという。文谷さんは、母一人子一人で、「大味」の屋敷裏の道を隔てた真向かい

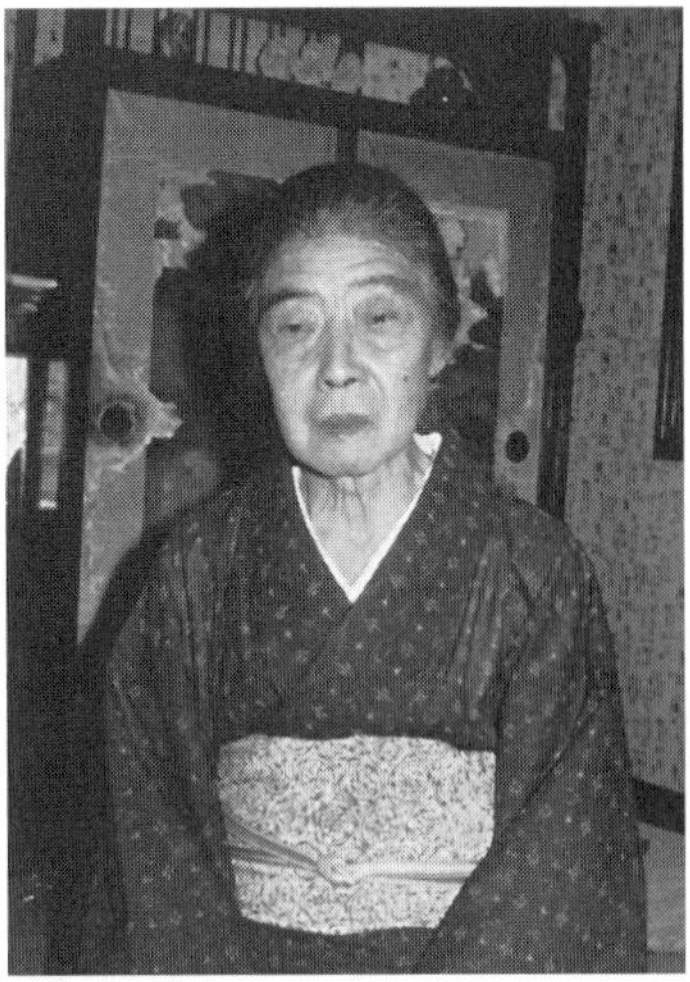

晩年の梅子（75歳）自宅で
（提供：文谷俊祐氏）

に、お母さんと一緒に住んでいた。いちさんと結婚後もお母さんと一緒で、四人の子育てをしながら「大味」にそのまま二人で勤めていたのだった。

律儀な文谷さん夫妻は結婚以来、梅子には使用人として以上に、最後まで尽くしてきたのだった。

昭和十六年十二月に始まった太平洋戦争は激しさを増し、文谷さんも結婚間もなく徴兵検査を受けるが、身長が満たず不合格となっていた。しかし、昭和十九年に最後となった徴兵検査で合格し、三月に召集され第三十一部隊に配属になった。中国で戦い、翌年十二月に帰還した。梅子の長男基弘は、文谷さんより二年も早い昭和十七年二月に徴兵され、敗戦とともに帰還して来たものの、心身ともに傷つき病んで還って来たのである。それだけに、文谷さんの無事の帰還は梅子をどんなにか安堵させたことだろう。

やがて梅子が夫や息子を亡くして独りになると、文谷さん夫妻は住まいを味噌・醬油の小売りをしている店の続きに構えて、昼夜を問わずに梅子の支えになってきたのだった。

そんな文谷さん夫妻の協力を得て、梅子がいくら頑張っても、生活はますます苦しくなり、いくらソロバンをはじいても商売は赤字に追い込まれて行ったのである。

そんな生活を詠んだ「借金」という詩がある。このような息苦しい、重いモチーフを、巧みに詩で表現して見せる梅子の力量は高く評価されるものと思われる。

その作品「借金」は次のようなものである。

借金

刈り取った夏草を入れた
籠を背負ふやうに
わが借金を背負ふ。
　かるいやうで重い
　重いやうでかるい
露滴らせる夏草ではなく
眼に浮かんで散乱する　札たばの
無言の圧迫が　私を静座させる。
静座して、しみじみ私は
人間であることを教へられる。
そしてかたはらの
ソロバン玉が　蕭然として
時間《とき》を数へる。

昭和三十二年

（詩集『をんな』）

また、こんな時期の「大味」の様子を詩にした「私のお店」が、「文芸東北」（第二巻第六号、昭和三十五年六月）に掲載されているので引いてみる。

私のお店

蔵王の嶽《ヤマ》から
風が走り走って
来ては佇む町角の
ささやかな　お店
青葉が覗き見をし
霧雨が流れては寄る
町角の　小さなお店　私のお店
みちのくの渋い空の碧さの沁みる
お味噌。
枡目の泡の紫に滴る一合五合
目盛り　リットル又はキロ
時代の波がゆさりと揺れる――

揺れる波間の生活《ナリハヒ》のお舟
舵のか細い　私のお舟。

梅子は夫俊一郎が亡くなり、相続税が払えず、屋敷の一部を残してほとんどを物納するという事態にまで追い込まれたのである。屋敷の庭樹や庭石も、白石市に寄贈された。
この時の様子を詠んだ詩「愛着」が日本詩人クラブ発行の「詩界」（五四号、一九五八年）に掲載され、後に、梅子の第二詩集『をんな』（昭森社、昭和三十四年）に収められた。

愛着

解体されて行く
林泉の　樹木を、石を
瞳《め》で愛撫する——
庭、古い家の、古い庭。
さよならもいへない樹木よ、石よ。
全身の神経が
瞳《め》にあつまって、こころは
瞳《ひとみ》をぬけ出して、

泣きながら愛撫する。
しかも噴き出ない泪は
こころの中を
しづかに泣き泣き
流れて行く。

昭和三十三年五月廿日

この詩の最後に「昭和三十三年五月廿日」と付されているのは、庭の樹木や次に見る「べこ石」などの庭石が運ばれて行った日であると思われる。また、同じく「転換迷路　昭和三十三年五月廿五日」と記されたものは、「愛着」が書かれた五日後の作である。詩作された日を明確に記しておくほどに、耐え難い日々であったのだろうと梅子の心情を推し測ってみた。

転換迷路

五月の空の
流れるやうな蒼さの下に
工場の移転の
基礎工事は成る。

移転、動き、時が虹のやうに
くづれては　もりあがり
くづれては　もりあがる中に
建設の灯が　昬のやうにともるけれど
私のこころは、古い工場の隅に
いつまで　じっと眼をつぶって
ゐようとするのか？

昭和三十三年五月廿五日

「大味」の屋敷の庭に「べこ石」と呼ばれた、牛が足を折って臥しているように見える自然石の庭石があった。子どもたちが表通りから裏通りに抜ける時は、近道をして「大味」の屋敷の中を通り抜けることもあった。そんな時は、庭にあった「べこ石」の背中にまたがって、しばらく遊んで行くこともあったという。そんな子どもたちを見ても梅子は、けして咎めることはしなかったと、当時を知る人が話してくれた。やがてこの「べこ石」は、庭の樹木と一緒に昭和三十三年に白石市に寄贈され、現在は白石市立幼稚園の園庭に設置されている。

園児たちがこの「べこ石」の背中に乗って、気持ちよさそうにボーッとしているのよと、元園長さんが話してくださった。

「べこ石」の側面には、梅子の次の「詩」が刻まれている。

べこの　せなかは
あたたかい
のって　なでれば
よろこんで
せなかで　おうたを
うたいます

梅子

隆盛を誇った豪商「大味」は、このように削り取られて、無くなっていくのであった。
今日、「大味」の所在を訪ねても、現在は白石市消防署、白石市水道事業所、地域コミュニティセンターなどの公共施設が在り、当時の面影を偲ぶことはできないが、消防署駐車場の端に「うーめん発祥の地」の標識と、その由来を記した案内板が建っている（73頁の写真参照）。また、裏通りへと廻ってみると、瓦葺の土塀を廻した裏門が残されており、わずかながら当時の「大味」の姿を残している。

長男基弘の死

前述の「詩『こけし』の誕生」の項で、大學の随筆「或る出発」を引いたが、文中に梅子の様子が左記のように紹介されているので、もう一度その部分だけ抜いてみる。

この夫人は三十数年来飽かずに書き続けていられる詩を僕に見せている篤志のひとだ。以前はよく上京されたが、この頃は家業の味噌醤油つくりが忙しいか、めったに来訪されない。

と、大學が記すように梅子は通信による指導のほかにも年に一度か二度は上京して、大學に直接指導を受けていたのであった。梅子は上京する時には、一時であっても家業から解き放されて、どんなにか嬉しく、楽しいことだったか想像できるようであった。しかし、晩年には家庭的にも経済的にも次第にそれが困難になってきて、上京することもままならなくなってしまったようである。

また、私が大學のお嬢さんの堀口すみれ子さんからいただいた手紙の中でも、「梅子さんのお名前は、父母の会話の中によく聞いておりましたので、私自身大変親しい方のような気がします。大変な苦労をされている方と聞いておりました。」と、記されており、また、実際にお会いになられたこともあると伺った。

私は、文谷さん宅を何度となく訪ねては、梅子に関して教えていただいてきたのであるが、文谷俊祐さんは、実に記憶の良い方で、どんな話になっても記録らしいものも見ずに話されるのには、いつも驚かされた。次の話もそうであった。

梅子が先生の元に出向かれた時は、葉山の「かぎや旅館」を常宿にされていたが、それも六十歳過ぎ頃までだったと思う。でも旅館には、昭和三十九年（一九六四）から十年間、三カ月に一度、味噌を八十キロ送り続けていた。

＊（この期間は、梅子が上京できなくなってから亡くなるまでの十年間であるが、お互いの商売上の取引であったと思われる）

昭和三十三年（一九五八）三月に、思いもかけない大學の来訪を受け、至福の時を得た梅子だった。その後、先立たれた夫俊一郎の七回忌も済ませ、ホッとするのであったが、それは一時のことで、今度は、長男基弘を昭和三十六年（一九六一）十月十九日に失うことになったのである。基弘は四十五歳という若さであった。

基弘は東大在学中の昭和十七年二月に軍隊に召集され、理不尽な軍人によって傷つけられ、心を病んで還って来たのであった。

そんな息子の虚ろな姿を見るにつけ、梅子は戦争で傷つけられた我が子を思い、〝人のいのち〟を思い、嘆き悲しまずにはいられなかったのである。

基弘・隆　入隊記念撮影、昭和 17 年 2 月 1 日。
前列　左・隆（26 歳）、右・基弘（27 歳）
2 列目　左から 3 人目・梅子（44 歳）
3 列目　左から 2 人目・俊一郎（53 歳）、右隣・文谷俊祐（22 歳）
（提供：矢吹友市郎氏）

いくら虚ろな姿だけを見せていた息子とはいえ、我が子は我が子、失ってみれば、梅子の心には大きな空洞が出来て、無念さを抱く日々が続くばかりであった。そんな心境を詠んだ詩を収めたのが、第三詩集『つづれさせ』（木犀書房、昭和四十一年二月）である。

前述の「三冊の詩集と箴言集」の項『つづれさせ』の中では「無法の網目」「負うた子」「居場所」の三篇を紹介したが、ここでは、軍隊生活の愚かな行為で、傷を負わされた我が子は、〈時どき悪魔がやって来て／瞬の間　あなたに／狂ひを見せた――それさへ私は／いとほしかった〉と、母としての耐え難いほど、せつない心境を詠んだ「いのちの根」と、その子を亡くした母の哀しみを詠んだ「断腸」を引いてみる。

いのちの根

お早うございます　と朝が来て
暑い寒いの　挨拶で
四季は流れた、十幾年。
よかれあしかれ母と子が
ただひっそりと　三百六十五日。
根は壊れも見せないで
礼儀正しくあたたかだった――
母にはもとより　人にさへ。
時どき悪魔がやって来て
瞬の間　あなたに
狂ひを見せた――それさへ私は
いとほしかった
辛からう　と。

あの星階級の旧軍隊の
星にもの言ひ愚者さながらの
軍曹とやらが賢者ぶって
土足の軍靴で眉間を蹴って
蹴られたあなたは一兵卒ゆゑ
歯を喰ひしばって堪へたといふ。
蹴られた兵卒、愚者のあなたは
男の子のいのちを賭けて国を思ひ
蹴った賢者は国を売った——
もぬけの殻の条文が
名のみの神国のただ中に坐り
神国即地獄と化した。
そしてあなたも遂に逝った。
いまは何をか曰はん。
愛の居どころ　在りどころ
いのちを賭けて私は守る。
胸を張って　私は叫ぶ。
慈悲なくて

何のいのち　と。

（詩集『つづれさせ』）

断腸

呼吸《いき》は絶えた。
冷却《ひえ》るわが子を
かき抱き　頰ずりをして
又　わが呼吸のともに　絶えよ　と。

母ひとり、子ひとり
いまは娑婆明暗の表裏となって
呼び合ふか？
声なき　きづな
身もだえて
空に　もつれる。

（詩集『つづれさせ』）

大學は梅子が長男基弘を亡くしたのに対して、〈断腸　寂寥　無限のご心中と拝察。（略）何とぞ気丈にしのぎ給うべし。〉との「慰問の詩」を贈り、励まし、慰めるほかになす術がなかった。

この大學からの励ましの言葉は、基弘の四十九日法要の折りに列席者に配られ、大學の温かな心の在り様は関係者に知られていた。

この言葉は、やがて詩の形に整えられ、「慰問の詩」とのタイトルが付され残されている。

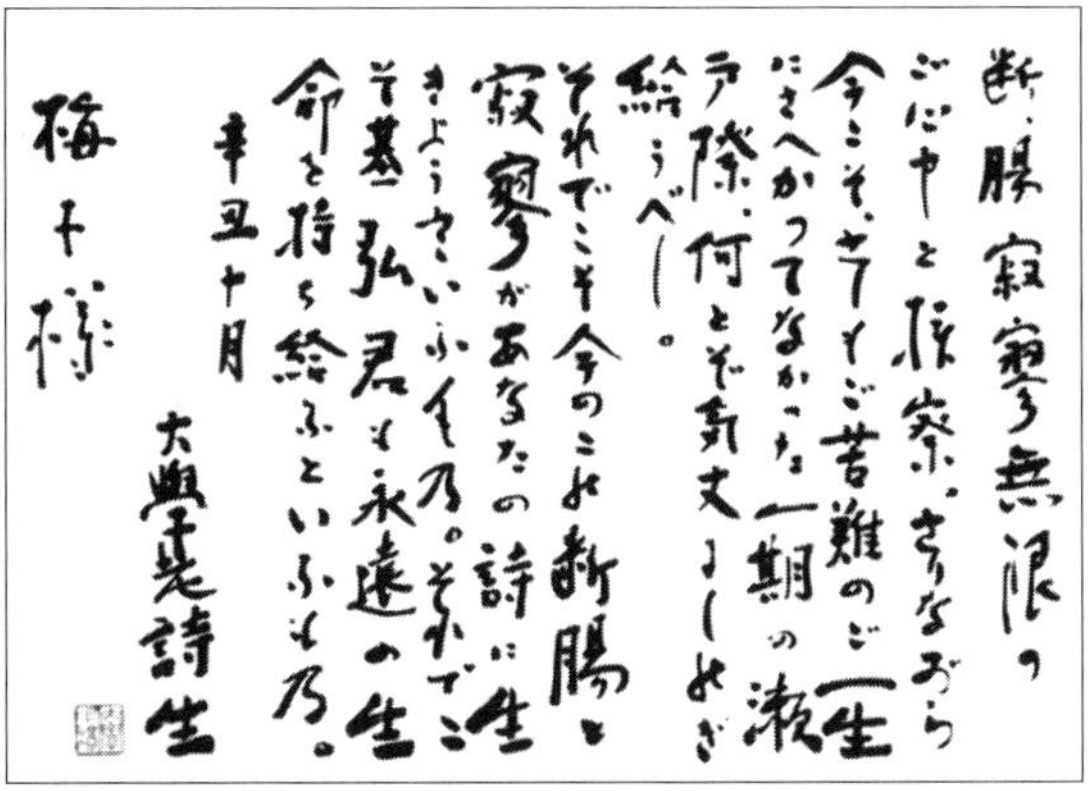
断腸寂寥無限の
ご心中と拝察。さりながら
今こそ、さしもご苦難のご一生
にさへかつてなかった一期の瀬
戸際。何とぞ気丈にしのぎ
給うべし。
それでこそ今のこの断腸と
寂寥があなたの詩に生
きようといふものそれでこ
そ基弘君も永遠の生
命を持ち給ふといふもの。
辛丑十月
大學詩生
梅子様

大學が梅子に贈った慰めの言葉（提供：文谷俊祐氏）

慰問の詩
——辛丑十月　鈴木梅子様

断腸　寂寥　無限の
ご心中と拝察。さりながら
今こそさしもご苦難のご一生にさえ
かつてなかった一期の瀬戸際。
何とぞ気丈にしのぎ給うべし。
それでも今のこの断腸と寂寥が
あなたの詩に生きようというもの。
それでこそ基弘君も永遠の生命を
持ち給うというもの

（昭和三十六年十月作、未発表）

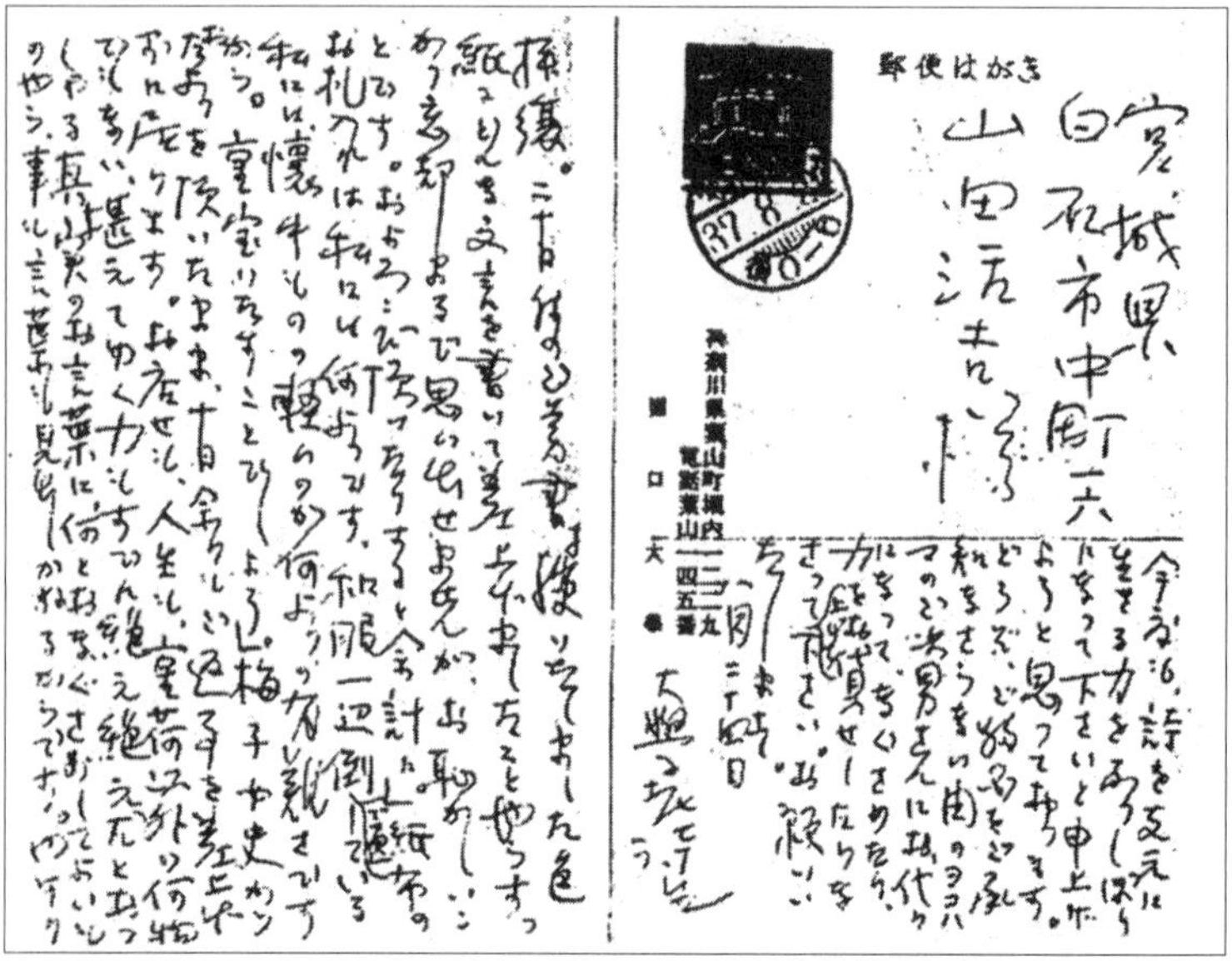

大學が山田活吉さんに宛てた葉書　昭和 37 年 8 月 24 日消印（提供：山田ゆみさん）

しかし、梅子は大學から励ましの言葉を贈られても、いくら詩を支えに生きようとしても、心の空洞を大きくするばかりで、容易には埋めることができなかった。このことは、梅子が昵懇にし、大學とも交流があった「まるや園」の主人山田活吉さん宛に、大學が寄せた葉書でも伺い知ることができる。

宮城県白石市中町一六

山田　活吉　様

拝復、二十日付のご葉書を授りいたしました。色紙[*1]にどんな文言を書いて差上げましたことやらすっかり忘却まるで思い出せませんが、お恥かしいことです。およろこび頂いたりすると余計に。紙布のお札入れ[*2]は私には何よりです。和服一辺倒で通している私には懐中ものの軽いのが何よりの有難さですから。重宝いたすことでしょう。梅子女史からおたよりを頂いたまま、十日余りもご返事を差上げずに居ります。お店も、人生も、重荷以外の何物でもない、堪えてゆく力もすでに絶え絶えだとおっしゃる真実のお言葉に、何とおなぐさめしてよいものやら、事も言葉も見出しかねるからです。やはり、今度も、詩を支えに生きる力をふりしぼりになって下さいと申上げようと思っております。どうぞご帰国をご承知なさらない由のヨコハマのご次男さん[*3]にお代りになって、なぐさめたり、力をお貸ししたりなさって上げて下さい。お願いいたします。

八月二十四日　　大學老詩生

＊1　色紙には「花は色、こけしはこころ」と書いてあった。

＊2　白石和紙は有名で、品質に優れ、特に紙布のお財布は革と違って軽くて滑らないため、和服を着られる方には重宝がられた。

＊3　夫俊一郎の末の弟隆さんのこと。戸籍上基弘の弟で次男に当たる。

一枚の葉書の裏表に、梅子を気遣い心配する大學の心がびっしりと認められていた。その中で、今までわからなかった多くのことが見えてきた。また梅子が大學に訴えている苦悩もつぶさに読み取ることができ、梅子は何度もこのような悩みを大學に打ち明けていたことも推察されるし、傍にいた山田活吉さんも梅子の理解者であり、温かな手を差し伸べていた一人であったことも確認できるものであった。

大學が長男基弘を亡くした梅子へ「慰問の詩」を贈り、その後も立ち直れないでいる梅子を気遣い、梅子の傍に居る山田活吉さんに、〈なぐさめたり、力をお貸せしたりなさって上げて下さい。〉と、葉書で頼んでいるのであった。このような行為は、そうそうできるものではないと思う。ここに大學の人間としての心のありようを見る思いがして胸を打たれる。

梅子を励まし続けた大學も、その三年後の昭和三十九年（一九六四）三月十九日に、長男廣胖《こうはん》さん二十一歳を白馬岳で亡くすという不幸に見舞われた。しかも、その翌月の五日に、親交のあった詩人三好達治が六十三歳で亡くなり、五月六日には生涯の友であった佐藤春夫が七十二歳で亡くなった。大學はこの三カ月の間に、最も大切な人が急死するという予想もしなかった哀しい事態に直面した。特に長男廣胖さんの死は「断腸」の思いを強いられたのである。このことは、すみれ子さんの『虹の館 ―父・堀口大學の想い出―』（かまくら春秋社、昭和六十二年三月二十七日）の中で、〈父は一生逆縁の悲しみを引きずっていました〉と、記している。また、この著書の中には、大學が我が子に捧げた詩「わが山」「享年二十一」が収められているので引いてみたい。

わが山

山を見る

じっと目を閉じ
犀星が越後の山か
紀の国の春夫の山か

あらず　わがまぶたの山は
冴えかえる月の光に
峨々として雪にかがやく
神城《かみしろ》の安曇《あずみ》の山は
子の眠る白馬岳《しろうまだけ》は

享年二十一

君　若くしてなさけを解し
このよなき人と命を絶つ
恍惚なんぞすぎん
羨望す　黄半公子！

このような詩を書かざるを得なかった大學の心情は、いかばかりだったことかと思いやっても余りある。が、大學は信条として「詩は一生の長い道」と掲げ、詩「こけし」にみられるように、そこには〈思う／おもいを／言わぬから〉との〝意《こころ》は深く〟があることに気づかされた。

その後の梅子は、次のように書き残している。

詩があったから、詩が支えてくれたから、そして雲の彼方に先生のお励ましの眼差しがあったから私は己を保ち、このがらんどうな家を守って独りで生き続けることが出来たのだとしみじみ思います。

苦難な人生を歩むことを強いられた梅子に対して、大學は並々ならぬ愛情を注いで詩の指導にあたったのである。それは梅子が〝たたかいながら詩を書いた、一生続けて詩を書いた〟と、大學の信条に応えている。

このような経緯から、大學の詩「こけし」は、贈られた梅子と贈った大學にとっても大切な詩となったのではないかと思われた。

大學は梅子を励ましながらも、自分をも励ましていたのかもしれないと思われる。

類焼の追い討ち

長男基弘を亡くした四年後の昭和四十年（一九六五）四月一日、夕方に「大味」の屋敷裏の民家から出火して起きた火災は、梅子が護る「大味」の木造平屋建ての原料処理場、分解室、物置き等を全焼。土蔵一棟を半焼した。

「倉庫など六むね全半焼」白石

一日夕、白石市内で火事があり、住宅、倉庫、土蔵など六むね、計三百三十九平方メートルを全半焼した。

同日午後六時三十五分ころ、同市外北小路八、額ぶち製造業山崎勇治さん方から出火、二十メートルほどの風にあおられて、塗料をとかすシンナーが燃え、あっという間に火の手があがった。火は山崎さん方の木造平屋建ての住宅兼作業場一むね四十三平方メートルと、物置き一むね十七平方メートルを全焼、さらに隣の大味醸造会社（鈴木ムメ社長）所有の、木造平屋建て原料処理場（百七十平方メートル）、同分解室（十二平方メートル）、同物置き（十七平方メートル）が焼け落ち、土蔵一むね八十平方《メートル》を半焼した。

一時は大火の心配もあったが、半焼の土蔵と第二醸造に回っている高さ二《メートル》の土べいが防火壁となり、出火と同時に出動したポンプ車三台、二百余人の消防団員の消火活動で、午後七時半消し止めた。近くには白石郵便局、白石営林署、病院があって、現場は一時混乱した。白石署は山崎さんから出火原因を聞くとともに、損害などを調べている。


（昭和四十年四月二日（金曜日）「河北新報」より）


火災が起きた翌日の地元の新聞は、このように報じていた。

当時「大味」では、相続税を物納で削り取られたとはいえ、まだ幾つもの土蔵や作業場などがあり、中に石炭小屋もあった。もし、この石炭小屋に燃え移っていたら、明治三十二年（一八九九）五月十四日に起きた「白石町大火」のような火災になりかねなかったかもしれないと、当時の大火を伝え聞いていた人の話が印象的だった。

「白石町大火」の時は、市街地の約八割、八百六十八戸を焼失し、死者三名、重傷四名、軽傷四十五名、被災者六千九百三十六名という大きな火災となった。「大味」も味噌蔵などの土蔵を残しただけでほとんどが焼失してしまったという。そこで大火後に新築された白石の豪商の店の多くが、火災に強い土蔵造りや瓦葺の建物に変えたという。「大味」もこの時、いち早く土蔵造りの大邸宅を新築し、隣の土地を買い求めて郵便事業を起こしたのであった。

お見舞い
　　——火災にあった鈴木梅子に

運命の神さま
このなさりようはむごすぎます
この哀れなこけしを
こんなにいじめるって法がありますか
こけしの
悩む力　苦しむ力　堪える力にも
限定があります
いけません
運命の神さま

（昭和四十年四月作、未発表）

梅子はこのときすでに六十七歳で、夫と息子に先立たれて大きな屋敷に一人、文谷さん夫妻の手助けを得ながら生活していた。それだけにこのたびの火災は肉体的にも精神的にもずっしりと重く梅子に圧し掛かったのである。

大學はまたしても懸命に励まし続け、梅子の心の支えとなってくれたのだった。大學の優しさは、梅子には何ものにも代えがたい励ましとなったことだろう。

昭和 47 年 10 月 5 日　堀口大學が白石を訪れ「こけしの碑」を梅子と見る
(昭和 47 年 5 月 1 日　白石市民会館前庭に建立)
(提供：文谷俊祐氏)

10 月 6 日　　堀口大學が梅子宅を訪問　(提供：文谷俊祐氏)

大學の人情の現れとして、梅子が亡くなる前の年、昭和四十七年五月一日に「こけし」の詩碑の除幕式が行われた。しかし大學は当日都合がつかず出席することができなかった。そこで、同年十月五日に、再び草野貞之と一緒に白石を訪れ「こけし」の詩碑を見て、大學に私淑していた福島在住の詩人高橋新二と梅子宅で懇談し、以前宿泊した小原温泉鎌倉ホテルに一泊したのである。

翌日、大學は改めて梅子の自宅を訪れ、梅子を長い間支えていた文谷さん夫妻に、「梅子さんをよろしく頼みます」と、丁寧に挨拶して帰られたとのことである。この時大學は、すでに八十歳になっていた。

大學はホテルで、たくさんの色紙に詩「こけし」を書いて、梅子へ「はい、おみやげ」と渡したとのことである。後日、この色紙は、梅子によって地元の関係者に配られたので、白石で大學自筆の「こけし」の色紙を所有している方が多いのはこのためである。

こけしの親の死

大學来白の十月五日のことを、「こけしの碑建立協賛会」会長で「全日本こけしコンクール」実行委員長でもあった、山田活吉さん（お茶の「まるや園」主人）が、『ほほえみの年輪をかさねて』（白石市商工観光課、昭和五十三年十一月）に、次のように記しているので、引いてみる。

昭和四十七年十月五日、こけしの碑除幕式に御都合で御見えにならなかった堀口先生に十三年ぶりで御来白を賜った。フランス文学の白水社会長の草野先生が御同道であった。「こけしの碑」をごらんいただき、心からお喜びの御様子、私としても肩の荷をおろした心地であった。小原に御一泊いただき、菅野新一先生、私、鈴木梅子女史その他で堀口先生、草野先生を囲みたのしい一夜をすごした。堀口先生からいただいた色紙に「花は色、こけしはこころ」がある。私はしみじみ感銘した。

（「こけしさろん」九号　山田活吉）

梅子が白石で、時々訪れてはお茶をいただき、文学の話等ができる家は、そう多くはなかったが「まるや園」だけは、別格だったようである。ご主人の山田活吉さんは俳人（号・白羊宮）でもあったので、なんでも話ができ、最も頼りにもしていたようである。

そんな山田さんの俳人としての顔をご自分で発刊されていた「こけしさろん」第一号より拾ってみる。

私が俳句を作り始めたのが旧制中学二年生の正月、数え年十六歳からである。今年丁度四十年を迎えた。その間若干の消長はあったが終始俳句を愛し自然に親しんできたことを誇りとし幸福であったと思う。その間自家句集二冊「樹氷」（昭和十五年）「千島樺太」（昭和三十二年）と編者の合同句集「蔵王」（昭和十七年）の三冊を公にした。特に戦後の「千島樺太」に思い出が深い。十九《ママ》年の正月早々に応召になり、二十三年の極月もおし迫ってから復員をする迄の五か年間の作品を収録してある。句稿を持参するのに苦労をしたことは忘れ難い。表紙は戦友で画家の清野清三君。印刷はこれ又戦友で印刷所の岩沼市の武田栄二君の手になった。全国に散ばった戦友の住所をたずねて送ったことも忘れられない。（略）

（「こけしさろん」第一号　昭和四十七年二月五日）

山田活吉さんは、俳号・白羊宮。大正八年八月八日、白石市に生まれる。父重次（俳号・子抱、画号・石翠）、母ちさ。昭和十二年六月、鈴木綾園氏等と俳誌「蔵王」を創刊、編集を担当した。同十七年に応召。同十八年正月早々再度応召。同十九年三月北海道から千島のエトロフ島に征

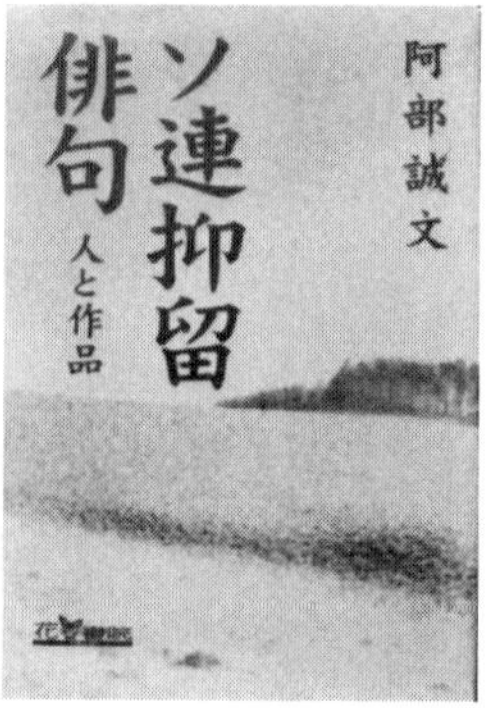

阿部誠文著『ソ連抑留俳句』
（著者蔵）

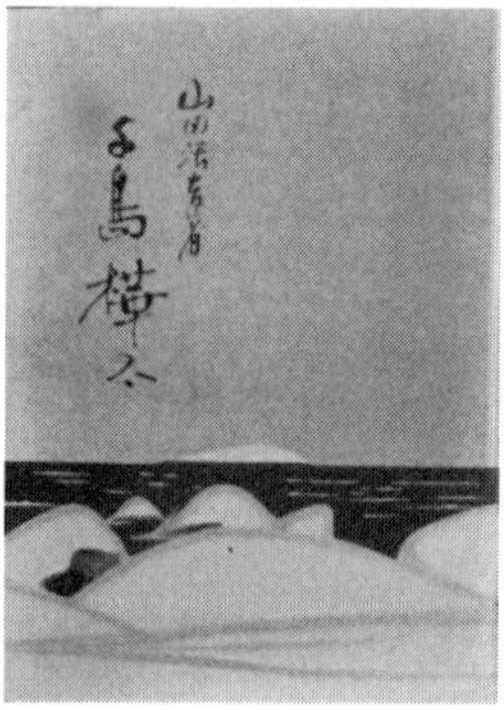
山田活吉著『千島樺太』
（著者蔵）

く。同二十年八月、エトロフ島で敗戦、武装解除。ソ連の捕虜となる。同二十一年六月、樺太に移され、古屯、豊原、敷香を転々とし、同二十三年十二月、敷香タライカ湖の奥から復員した。

山田さんは、過酷な環境のもとで人間として、また、俳人としていかに生きたかを詠んだ句集『千島樺太』（「千島樺太」刊行会、昭和三十二年九月）を、富安風生氏と内藤吐天氏の序文を得て本名で刊行した。この句集を『ソ連抑留俳句―人と作品』（花書院、二〇〇一年三月三十日）の著者阿部誠文氏がその書の中に丁寧に拾っているので、その一部分を抜き取ってみる。

寒灯や母を想ふはあたゝかし
雪山の陽を得て匂ふごとくなり
囚の身に風花のやむときなし
囚れの刻々にをり春暮るる
郷愁や樺太の夜の明け易き

国境を越えて行きたる蜻蛉かな
望郷や十六夜の月樹海より
雁や子を想ふこと限りなし
サハレンの風花の日々子を想ふ
月天心樹氷林地を覆ひ立つ
結氷河樹林地帯にまぎれけり
郷愁の夜々を兵舎の雪解かな
星座美《は》し雪嶺は野を圧し立つ
墓碑銘を作りサハレンの春にをる
ふるさとを語り良夜の火を焚ける
寒天の青さは魚の目にひそむ
貝殻と郷愁とあり海真青
竜膽の一本濃ゆし妻を恋ふる

著者の阿部誠文氏は、山田さんの句集から右記に掲げた十八句を選び、さらに「あとがき」に注目し、次のように書いている。

活吉には、強制労働を詠んだ句は、一句もないのである。「あとがき」に活吉は、次のように書いている。

われわれを襲うのは、猛吹雪と酷寒と飢餓と徒労なる重労働とで、私どもはその中にほんとに小さな生命の灯火を点じ、何時消えるかという不安とあせりの真中にひそかに呼吸を続けておったのです。われわれ兵士達のたのしみは、毎夜うす暗い煤だらけの手製のランプの下で、思い出に耽けること、空想的なものに思いをはせらせること、ふるさとからの便りを繰り返し読み返すことなどです。今もみじめに思い出すことは、食べ物の話に熱を入れ過ぎて腹一杯食べた錯覚に落ち、気が遠くなりそうになることでした。

そのような中にあって、私の幸せは、千島の風物に自らを慰め自らを力づけることができたことです。吹雪の恐ろしさは想像に絶するものがありましたが、吹雪の止んだ翌朝の空の蒼さには心の魅せられるものがありました。樹氷の輝き、雪原のなかににぶい反射を見せる不凍海の引き入られそうな冷たい美しさ、白樺の幹の可憐な光沢、また千島、殊に私どもの住んだ南千島一帯は高山植物の宝庫で、一坪位をきり取っても立派な高山植物園ができるほど多種多様なものが繁茂しており、私が持っておった三省堂発行の「原色高山植物図鑑」には約二〇〇種ほど載っておりましたが、ほとんどすべてが足元でみつけることができました。さしもの丈余の雪が消え始めると数日の間にすべての草木が伸びるので、その中にある私どもは「生きる」力を与えられたものです。可憐な小さな純白な一輪の花に心が軽くなるような喜びを感じたりもしました。私は過去において俳句を身につけ、異状な生活の中においても俳句を通して、動物化した心境を純化することが出来たようです。将校達の間にも俳句熱が興きて、二十年の二月の厳寒のころから毎夜俳句会を催し「エトロフ百夜」をやろうということになりましたが、三月の移動で中心のT中尉が旅団本部に転属になりついに三十数夜で中止になったことも大きな思い出です。

この一文からもわかるように、活吉は、自らの不幸よりも、幸せなことを詠んだのである。それが、人間の内なる思考と天から与えられた自然美というささやかな幸せであったのは、言うまでもないであろう。幸せなふだんの生活では、かえりみられないものが、最大の力をもって支えてくれたのである。

また、注意すべきは、〈俳句を通して、動物化した心境を純化することが出来たようです〉と書いていることである。また、「あとがき」に、次のようにも書いている。

この三年間は飢餓と重労働と酷寒の連続で、よくも生き永らいたと我ながら不思議に思う位です。たった一つ最後に残された生命力の源が俳句であったのもこの時です。だが生まれた俳句は決してあらあらしいたぎるような灼熱の句でなく、むしろ俳句に逃避し、その中にほのかなる心の糧を見出しその心の糧から改めて生きる力を獲ち得たものと考えられます。その辺にも俳句の一つの特異性があるものと存じます。

ここでは、「最後に残された生命の源が俳句であった」と書き、生きる力がどのように得られたかが書かれている。とすれば、やはり、単純に逃避だなどと言い切れない、と私は思うのである。（略）

そして阿部氏はこの著書の最後で次のように結んでいる。

現実を詠むことは抑留者にとっては決して救いにならず、自己の精神を支えるよすがにはならなかった。美しい自然を詠み、楽しいことを詠んだ。それは、逃避のようにみえて、逃避とは少し違っていた。美しいことや楽しいことを思い返すことによって、そこから生きる力を呼び起していたのである。また、肉親を思い、過ぎ去った日本での日々を回想することも、後向きの志向であるようにみえて、そこへ帰る未来を夢見続けたのであった。そのように見れば、それも己れを支える前向きの志向だと知られるのである。（略）

阿部氏が山田さんの「あとがき」に注目し、採り上げた文の〈われわれを襲うのは〉の前に、次のような言葉がおかれている。

軍隊という組織は強力にすべての思想も感情も跡形もなく払拭してしまいます。私自身幾分意識的に類型化することを避けておりましたが、人間均等化の軍隊という大きな鋳型は巨大な圧力をもって覆いかぶさってくるのです。人権無視、人命軽視——物質尊重、知識又は教養排撃という悪徳が戦争という無限大な暴力の中に渦を巻いておったのが当時の軍隊の実体でした。それに加えるに〈われわれを襲うのは〉（と続く）

このような想像を絶するような、生の極限状態に身を置き〈最後に残された生命力の源が俳句であった〉との言葉に、強い感動を覚えるとともに「俳句とは何か？」の大切な答えを指し示されていると思った。それは、俳句に限ったことではなく、詩でも、短歌、川柳でも、音楽でも、絵画でも同じことで、表現することの行為、その力は同じだと言えると思う。

梅子の側にこのような山田さんがいたことは、梅子にとって何よりも幸せだったと思う。だからそれを見ぬいていた大學は、〈やはり、今度も、詩を支えに生きる力をふりしぼりになって下さいと申上げようと思っております。どうぞご帰国をご承知なさらない由のヨコハマのご次男さんにお代りになってなぐさめたり、力をお貸せしたりなさって上げて下さい。お願いいたします。〉と山田さんに頼まれたのではないだろうか。

そして梅子もまた、〈詩があったから、詩が支えてくれたから……己を保ち、このがらんどうな家を守って独りで生き続けることが出来たのだとしみじみ思います〉と言い切っている。

この山田さんの「あとがき」は、山田さん本人だけでなく、梅子にとっても、否、表現者にとって見逃せない大切な心を伝えていると思う。

孤独の中で救われるのは、自己を表現し、発信することによって他者と繋がり、完全な孤独ではないことを知り救われることではないだろうか。

山田活吉さんは若い時からこけしに関心を持ち、蒐集もするようになり、「全日本こけしコンクール実行委員会」委員長や「こけしの碑建立発起人」から「こけしの碑建立協賛会」会長となってこけし文化の継承に尽力した方である。個人冊子「こけしさろん」は、こけしと俳句の落書帳として発行していたと語る。その冊子に、梅子のリコール運動の時は、「自分は青年の純粋さと、真の民主主義運動の一戦士として、自負と襟度とを以って事実の記載と、反省的考察と、歴史に立脚した理論的展開を試みる」と、当時のリコール側の事務担当者としての任を語っている。

そんな梅子の理解者で一番の協力者であった俳人山田活吉さんが、昭和四十八年（一九七三）五月十八日、五十六歳で亡くなられたのである。それはなんと梅子が亡くなる半年前のことであった。山田さんの死を知った梅子は、親を亡くしたように落胆したのだった。そして山田さんが亡くなって一カ月が過ぎた頃のある日、「こんなものを書きました」と、「まるや園」の山田さんのお嬢さんのゆみさんに一枚の原稿用紙に書かれた「こけしの親の死」を手渡されて、帰られたとのことである。

この詩は後に、大學の添削を受け、同年の「詩学」七月号に発表された。ここでは発表された方を紹介してみる。

こけしの親の死

いく万本の
こけしの童女
元締の親を失い
泣けない瞳が
たてない声が
蔵王の裾曳く金の
青葉若葉にしみ透る

活吉さん
あなたは
靄も霧もない
光の空間に
隠れ家ありと　いつ
お知りになりましたか

地上にあなたが
残された黒い穴のまわりを
迷羊さながら　ばらばらの
こけし達が
泣きおろめいて廻っています

注　山田活吉氏、こけしのふる里白石市の人『こけしの碑』なぞ。

（詩誌「詩学」第二八巻第七号　昭和四十八年七月三十日発行）

梅子の最期

昭和四十八年（一九七三）十一月三十日の朝、梅子は「身体の調子が悪い」と言いながら起きて来て、文谷さん夫妻にそう話したあと、主治医の勧めで公立刈田病院へ入院した。夜になって容体が悪化し、文谷さんが親戚などに連絡したが、皆の到着を待たずに、その夜十一時頃、「水が飲みたい」と欲した水を一口飲むと、「おいしい……」との言葉を残し、文谷俊祐・いちさん夫妻に見守られながら、苦難に満ちた七十五歳の生涯を閉じたのであった。

鈴木家の代々墓碑　（白石市・延命寺）
〈梅子の墓〉　（撮影：著者）

梅子は鈴木家の菩提寺延命寺の大きな墓に眠る。墓碑には、次のように刻まれている。

十六代俊一郎　妻ムメ　享年七十六
瑞章院梅光妙円清大姉　昭和四十八年十一月三十日死亡

大學は挽歌四首を贈り追悼

十一月三十日午後十一時、白石《ママ》の自宅にて
鈴木梅子女史逝去、挽歌四首

饂麺《うんめん》の孝子の家に嫁ぎ来て梅子は泣きぬ子の哀れゆゑ

とこしへに白石川の水澄みて清けき君が墓を洗はん

五十年蔵王颪にうちゆらぐ「家」を支へてありし真玉手

大方は聞きとりがたきささめきのつひに聞えずなりや果つらん

梅子は宿命としての苦難を一人一身に背負い込み、明治、大正、昭和と黙々と生きて詩を書き続けた東北の孤高の詩人であった。

梅子が七十五歳の命を全うできたのは、その傍らで一緒に生活を支え、懸命に力になってくれた文谷さん夫妻と、文学の話ができた山田活吉さん、梅子の生家矢吹家の温かな援助があったからである。そして、何と言っても「詩」という拠り所に大學が寄り添い、励まし続けてくれたからである。特に、詩人鈴木梅子にとっては、詩人堀口大學の存在そのものは、計り知れないものがあったことと思う。

次の詩は「自然」という題が付された、第三詩集『つづれさせ』に収められている作品である。

涙も涸れ
言葉も切れ
それで
何も忘れない
胸の痛さ
この胸に　まだ
通ふ呼吸《いき》があるなんて。

梅子は「私は一期一会と時の流れに歯を食いしばって筋を通して生きてきた。明治の女で良かったと誇らかに思います」と言い切る見事な生きざまであった。

鈴木梅子略年譜
主要参考文献

■鈴木梅子略年譜

明治三十一年（一八九八）　当歳
三月三十日、福島県信夫郡鳥川村（現・福島市成川）の大豪農（地主）「成友」七代目矢吹友右衛門、シンの長女として誕生（本名ムメ）。（矢吹家は福島藩板倉氏の御用達を務め、苗字帯刀を許された家柄）。

明治三十七年（一九〇四）　六歳
四月　鳥川尋常小学校に入学。全ての教科は抜群の成績。身体も良好。

明治四十一年（一九〇八）　十歳
四月　鳥川高等小学校に入学。

明治四十三年（一九一〇）　十二歳
四月　福島県立福島高等女学校に入学（福島市大町に下宿）。

明治四十四年（一九一一）　十三歳
〈鈴木俊一郎（二十二歳）と下村春子（十七歳）結婚〉。
九月　「青鞜」創刊平塚らいてう。表紙は高村智恵子（長沼チヱ、福島高女卒、梅子の先輩）。
明治四十五年・大正元年（一九一二）　十四歳
六月十四日　鈴木春子、東京府下大井町土佐山別邸で病死。享年十九歳。曼珠春薫大姉。下村房次郎次女、兄は下村海南（本名宏。東大卒法学士。歌人、書家。朝日新聞社副社長。NHK三代目会長。玉音放送に関わる）。

大正三年（一九一四）　十六歳
三月　福島県立福島高等女学校（現・福島県立橘高等学校）を卒業。第十一回卒。
十二月二十四日「大味」十六代目鈴木俊一郎と結婚（父清之輔、母やゑの長男として明治二十二年誕生。東大卒、法学士）。
七月二十八日　第一次世界大戦勃発。
大正五年（一九一六）　十八歳
長男基弘誕生（「大味」十七代目）。
大正六年（一九一七）　十九歳
俊一郎の弟隆誕生（後に養子縁組で戸籍上、俊一郎の次男（基弘の弟）となる）。
大正八年（一九一九）　二十一歳
二月～十月　俊一郎蚕糸同業組合中央会より委嘱され絹業視察員として米国、欧州へ視察。
大正九年（一九二〇）　二十二歳
一月　土田杏村（本名茂《つとむ》、明治二十四年佐渡生まれ。日本画家土田麦僊の弟。思想家、批評家。京大卒）、個人雑誌「文化」創刊。
七月　俊一郎の絹業視察記念とし、白石尋常高等小学校へグランドピアノを寄附（当時千四百円）。
大正十一年（一九二二）　二十四歳
土田杏村の「文化」購読。杏村と交流。

大正十二年（一九二三）　二十五歳
六月十二日　長谷川巳之吉、第一書房を創業。
九月一日　関東大震災、マグニチュード七・九。震度六。死者・行方不明十万五千人余。
九月十六日、甘粕事件、憲兵甘粕正彦らが関東大震災の戒厳令下で無政府主義者大杉栄・伊藤野枝らを絞殺。
大正十三年（一九二四）　二十六歳
六月十三日　義母やゑ（俊一郎母、五十二歳）死亡。
大正十四年（一九二五）　二十七歳
三月　堀口大學、外交官を退官した父と共に帰国。
五月　土田杏村「文化」終刊、四十六冊。
九月　堀口大學『月下の一群』第一書房から刊行。
大正十五年・昭和元年（一九二六）　二十八歳
昭和二年（一九二七）　二十九歳
三月十一日　俊一郎町長一期目。町議会互選で町長職へ（～十五年十月まで四期十二年務める）。
堀口大學に弟子入り（日本詩人クラブ『現代詩選　第二集』に記載有り。大學三十五歳）。
昭和三年（一九二八）　三十歳
四月「パンテオン」創刊。秋、第一書房芝高輪南町より麹町一番町五に移転。
昭和四年（一九二九）　三十一歳

一月　「パンテオン」十号に「月光」「昼の月」、この十号で廃刊。
四月　「オルフェオン」を創刊。
八月　「オルフェオン」五号に「幸福」「薔薇一輪」。

昭和五年（一九三〇）　三十二歳
二月　「オルフェオン」九号で廃刊。
十一月　「スバル」第二巻第十一号に「離れて見る故里」。

昭和六年（一九三一）　三十三歳
三月十日　義父清之輔（俊一郎父、六十五歳）死亡。
五月　「セルパン」創刊。
十二月　「文芸汎論」第一巻第四号に「白磁の壺」。

昭和七年（一九三二）　三十四歳
十一月　「文芸汎論」第二巻第十一号に「七草のことば」。
十二月　「セルパン」二十二号に「秋の月」。

昭和八年（一九三三）　三十五歳
三月　「新珠」第三巻第一号に「町のをんな」「青根温泉の竹林」。
六月　「セルパン」二十八号に「詩」（後に題附す「早春」）。
十二月　「文芸汎論」第三巻第十二号に「月光秘事」。

昭和九年（一九三四）　三十六歳
四月二十五日　土田杏村死亡、四十三歳。

十一月　「時世粧」創刊。京都老舗十余店を同人とした豪華ＰＲ誌。

昭和十年（一九三五）　三十七歳

十月　「時世粧」第四号に「季節の水泳選手」。

文谷俊祐、十六歳で「大味」に勤める。後に番頭。

昭和十一年（一九三六）　三十八歳

四月　「木香通信」四月創刊号に「街の花屋」。

七月　「文芸汎論」第六巻第七号に「花吹雪」。

昭和十二年（一九三七）　三十九歳

五月　「四季」六月号に「銀狐」。立原道造、井伏鱒二、中原中也、津村信夫等と一緒に掲載。

昭和十六年（一九四一）　四十三歳

十二月八日　太平洋戦争開戦。

昭和十七年（一九四二）　四十四歳

二月　基弘（東大生）召集、入隊。

三月　毛利いち「大味」に勤める。

十月　梅子の勧めで文谷俊祐と毛利いち結婚。

十一月　「文芸汎論」第十二巻第十一号に「しんじつ」。

昭和十九年（一九四四）　四十六歳

二月　第一書房廃業、いっさいの権利を講談社に譲渡。

三月　文谷俊祐が召集、第三十一部隊。
昭和二十年（一九四五）　四十七歳
八月十五日　終戦。
十二月　文谷俊祐中国から帰還。
昭和二十二年（一九四七）　四十九歳
五月「新憲法発布記念謡曲仕舞大会」白石秀宝会（宝生流）主催。梅子夫妻で謡、仕舞に出演（梅子は大正末期～昭和四十五年まで、自宅を稽古場にして謡曲、仕舞の指導を行う。白石市は喜多流も盛んで、合同の謡会も行われた）。
昭和二十四年（一九四九）　五十一歳
白石中学校建設敷地問題で、「白石婦人会」を設立し、麻生町長をリコールへ（賛成三九七一票、反対三六八五票で成立）。
昭和二十九年（一九五四）　五十六歳
七月二十八日　夫俊一郎（六十五歳）死亡（瑞祥院温和俊徳大居士）。
昭和三十一年（一九五六）　五十八歳
九月十五日　第一詩集『殼』（昭森社）刊行（表紙・長谷川潔「花、空想的」）。
十二月　堀口大學「詩学」に「二人の女詩人」［西村勝子、鈴木梅子］。
昭和三十二年（一九五七）　五十九歳
三月「詩界」四九号書評欄に『殼』。
昭和三十三年（一九五八）　六十歳

三月三十～三十一日　堀口大學「草野貞之と作並、仙台、小原に遊び、鈴木梅子を訪ねる」

（小原温泉鎌倉ホテル泊、堀口大學の詩「こけし」誕生）。

十月　「詩界」五四号に「愛着」「残雪」。

昭和三十四年（一九五九）　六十一歳

三月　第二詩集『をんな』（昭森社）刊行。

七月　『現代詩選　第二集』に「密室」「あい引」「うらやましい」。

九月　「詩界」五八号書評欄に『をんな』。

昭和三十五年（一九六〇）　六十二歳

一月二十二日　大泉茂基（四十六歳）死亡。

六月　「文芸東北」第二巻第六号に「私のお店」。

七月　「詩界」六一号に「風車」「弥生の雨」。

八月　堀口大學『酒』に「或る出発」。

九月　「文芸東北」第二巻第十号に「七年忌」「旅」。

昭和三十六年（一九六一）　六十三歳

一月　「文芸東北」第三巻第一号に「風車」「娑婆」「一葉」。

十月十九日　長男基弘（四十五歳）死亡（瑞心院基覺弘信居士）。

十月　堀口大學「慰問の詩」を梅子に贈る。

昭和三十七年（一九六二）　六十四歳

八月二十四日　堀口大學が山田活吉に「梅子をよろしく」との葉書を送る。

昭和三十九年（一九六四）　六十六歳
三月　「文芸東北」第六巻第二号に「北風」。
三月　堀口大學の長男廣胖（二十一歳）死亡。
五月　『拾ひ集めた真珠貝』（私家版）刊行。
昭和四十年（一九六五）　六十七歳
四月一日夕、屋敷裏の額縁製造業山崎勇治さん宅から出火、風で飛び火「大味」倉庫、土蔵、六棟を全半焼。
四月　堀口大學、詩「お見舞い」を梅子に贈る。
七月　堀口大學、詩「うんめんの歌」梅子に贈る。
昭和四十一年（一九六六）　六十八歳
二月一日　第三詩集『つづれさせ』（木犀書房）刊行。
五月　「詩界」八四号書評欄に『つづれさせ』。
昭和四十四年（一九六九）　七十一歳
八月一日　「日立ファミリー・マンスリー」に「わが生涯の師と仰ぎまつる堀口大學先生と私」鈴木梅子談が掲載。文責・玉城文子（＝中大貴美子と交流。翌四十五年梅子の紹介で堀口大學に弟子入りし昭和五十五年『黒の祝祭』刊行）。
昭和四十六年（一九七一）　七十三歳
八月三十日　堀口大學詩集『月かげの虹』（筑摩書房）。梅子に贈った「こけし」「女の一生」が収録。

昭和四十七年（一九七二）　七十四歳
五月一日　「こけしの碑」除幕式（白石市）。堀口大學は都合がつかず欠席。
十月五日　堀口大學、草野貞之と「こけしの碑」を見に来白（福島の詩人高橋新二も来白、大學、梅子と懇談）、小原温泉鎌倉ホテルに宿泊。翌日改めて堀口大學は梅子宅を訪問、文谷夫妻に挨拶。
昭和四十八年（一九七三）　七十五歳
五月十八日　梅子の理解者山田活吉死亡。
七月　「詩学」七月号に「こけしの親の死」。
十一月三十日午後十一時　梅子（七十五歳）永眠。文谷俊祐夫妻看取る。
十二月五日　告別式。午後一時より白石市・延命寺において。法名・瑞章院梅光妙円清大姉。
堀口大學、挽歌四首捧ぐ（「スバル」六八号「場合の歌」に掲載）。

■主要参考文献

【単行本】

詩集『殻』鈴木梅子著　昭森社　一九五六年九月

詩集『をんな』鈴木梅子著　昭森社　一九五九年三月

詩集『つづれさせ』鈴木梅子著　木犀書房　一九六六年二月

『拾ひ集めた真珠貝』鈴木梅子著　私家版　一九六四年五月

『わが生涯の師と仰ぎまつる堀口大學先生と私』—詩人鈴木梅子談—
日立ファミリー・マンスリーNo.1969　日立ファミリーセンター　一九六九年八月

『明治一〇〇年白石刈田年表』飯沼寅治・阿子島雄二編　不忘新聞社　一九六七年十月

『土田杏村とその時代』上木敏郎編著　新潟県新穂村教育委員会　一九九一年七月

『宮城の女性』中山栄子著　金港堂　一九七二年十一月

『みやぎの女性史』宮城県・みやぎの女性史研究会　河北新報社　一九九九年三月

『現代詩選　第二集』日本詩人クラブ「現代詩選」編集委員会　吾妻書房　一九五九年七月

詩集『人間の歌』堀口大學著　宝文館　一九四八年六月

『水かがみ』堀口大學著　昭和出版　一九七七年八月

『増補版 幸福のパン種』堀口すみれ子著　かまくら春秋社　二〇一一年十月

『堀口大學詩集』平田文也編　白凰社　二〇〇二年十一月

訳詩集『新篇 月下の一群』堀口大學著　第一書房　一九二八年十月

『尾形亀之助全集』草野心平・秋元潔編　思潮社　一九七〇年九月
『修訂版　石川氏一千年史』角田市史編さん委員会　角田市　一九八五年十二月
『創立百周年記念誌』百周年記念誌編集委員会　福島県立福島女子高等学校同窓会　一九九八年三月
『高村智恵子』北川太一編　二本松市教育委員会　一九九〇年三月
『奥州白石温麺三百五十年誌』関谷宗一著　奥州白石温麺協同組合　一九五六年九月
『白石地方の歴史』上・下巻　阿子島雄二著　歴史図書社　一九七九年四月
『土田杏村と自由大学運動』上木敏郎著　誠文堂新光社　一九八二年七月
『忘れられた哲学者』清水真木著　中央公論新社　二〇一三年六月
『叢書名著の復興13　象徴の哲学』土田杏村著　新泉社　一九七一年一月
『短歌論』土田杏村著　第一書房　一九三二年四月
『美酒と革嚢』長谷川郁夫著　河出書房新社　二〇〇六年八月
『第一書房　長谷川巳之吉』林達夫、福田清人、布川角左衛門編著　日本エディタースクール出版部　一九八四年九月
『青踏の時代』堀場清子著　岩波新書　一九八八年三月
『「青踏」人物事典　一一〇人の群像』らいてう研究会編　大修館書店　二〇〇一年五月
『白石の謡曲』鈴木正男著　白石喜多会　一九七七年十月
『恋する能楽』小島英明著　東京堂出版　二〇一五年一月
『堀口大學全集』（全九巻、補巻三巻、別巻一巻）堀口大學著

『虹の館―父・堀口大學の想い出―』堀口すみれ子著　小澤書店　一九八一年十月～一九八八年三月
『グウルモンの言葉』堀口大學訳　かまくら春秋社　一九九二年三月
『想い出の堀口大學』　第一書房　一九三一年九月
『日本の詩　堀口大學』平田文也編　かまくら春秋社　一九八七年三月
詩集『しんかん』北川冬彦著　ほるぷ出版　一九七五年四月
詩集『灰の詩』中原綾子著　時間社　一九六四年十一月
『藤一也全詩集』藤一也著　弥生書房　一九五九年五月
『版画詩　けやき』大泉茂基著（大泉讃・マサ編）　沖積舎　一九九〇年十一月
『郡山弘史・詩と詩論』郡山吉江編　教文社　二〇〇四年十二月
メモ詩集『小さい　別れの手』高橋新二著　「郡山弘史・詩と詩論」刊行会　一九八三年四月
詩集『黒の祝祭』中大貴美子著　エリア　一九七二年七月
『草野心平詩集』草野心平著　中央公論事業出版　一九八〇年四月
句集『千島樺太』山田活吉著　思潮社　一九八一年七月
『ソ連抑留俳句　人と作品』阿部誠文著　「千島樺太」刊行会　一九五七年九月
花書院　二〇〇一年三月
（※参考とした雑誌・詩誌・事典・新聞等からの引用は、文の最後に出典を附したので省略）

【鈴木梅子論発表誌】

堀口大學研究誌『月下』（「長岡★堀口大學を語る会」発行機関誌）へ特別寄稿

（研究記録、講演会記録、朗読会記録）

『月下』No.8「堀口大學と鈴木梅子」（これまでの研究から）　二〇一〇年五月一日

『月下』No.11「日本詩人クラブの足跡から」　二〇一二年五月一日

『月下』No.13「追録」　二〇一三年五月一日

『月下』No.16「高橋新二との交流」　二〇一四年九月一日

『月下』No.18「大正・昭和期を生きた詩人鈴木梅子」　二〇一六年五月一日

『月下』No.21「駅頭一分間の面会」　二〇一七年五月一日

『月下』No.22「温麺発祥の地『大味』」　二〇一七年九月一日

『月下』No.23　第25回堀口大學講演会「堀口大學と鈴木梅子」（要旨）　二〇一八年五月一日

『月下』No.25　朗読会の記録　二〇一九年五月一日

《「原子炉に太陽を持ち込んでどうする！」と警告を発した詩人堀口大學の三篇の詩》

解説

鈴木梅子という詩人

「思う／おもいを／言わぬ」ひとの生涯

齋藤　貢

宮城県の角田市在住の詩人西田朋さんが自らのライフワークとして長い間取り組んできた仕事が、このたび『鈴木梅子の詩と生涯』として一冊の本になった。

鈴木梅子は、西田さんのふるさとである宮城県白石市の詩人で、一九七三年（昭和四十八年）に七十五歳で亡くなっている。生前に三冊の詩集を出版したが、詩人としてはほとんど世に知られていない。このような歴史に埋もれてしまった詩人の詩と生涯にもう一度新たな光をあて、西田さんはその姿を鮮やかに蘇らせた。既に鈴木梅子の関係者の多くが鬼籍に入ってしまっていることを考えれば、一八九八年（明治三十一年）生まれの詩人鈴木梅子の生涯を調べるのは、おそらく簡単な仕事ではなかっただろう。

西田さんが、鈴木梅子の詩に興味を持った端緒は、白凰社版の『堀口大學詩集』である。その『堀口大學詩集』のページを開くと、巻頭でいきなり目に飛びこんでくるのが、詩篇「こけし」。白鳳社版は、この詩を堀口大學の代表作とし特別な扱いをしている。確かに、この詩は短いことばで簡潔に思いを述べる見事な詩篇である。

こけし　　堀口大學

こけしは／なんで／かわいいか／／思う／おもいを／言わぬから

この詩は、宮城県白石市で開催される「全日本こけしコンクール」のパンフレットに掲載されていて、地元の人にとってはなじみのある詩であった。白凰社版『堀口大學詩集』を手にして、西田さんはその詩が堀口大學の詩であったことを初めて知るのだが、そのときの驚き。それが、詩人堀口大學の詩や文学へと西田さんを向かわせた。そればかりではない。西田さんを更なる興味へと駆りたてたのは、詩篇「こけし」のモデルとなった人物への興味と関心である。なぜなら、堀口大學が〈こけし〉にこめたのは、こけしの産地である東北の寡黙で忍耐強い生き方を強いられたひとりの女性への共感にほかならないからである。その女性とは、東北の片田舎で、無名のまま埋もれてしまっている詩人鈴木梅子であった。梅子の詩と詩集をぜひ読んでみたい。その人となりや、どのような生涯を生き過酷な忍従を強いられたのか、同郷の先人である梅子の生き方をもっと詳しく深く探ってみたい。西田さんにとって、このような長年の願いを結実させたのがこの一冊の本なのである。

鈴木梅子は福島市の豪農の家に生まれ、福島高等女学校に学び、白石市の旧家「大味」に嫁いだ。梅子の生い立ちや生家の状況、そして嫁ぎ先の白石市の名家「大味」での結婚生活など、西田さんは丹念に足で歩き丁寧な取材を重ねている。そしてたどり着いたのが、家業や子育てに忙殺されながらも、その傍らでは書物に親しみ、哲学者土田杏村や詩人堀口大學に私淑して思想や文学を学ぶ梅子の詩人としての新たな姿である。何不自由なく育った良家の子女として白石市屈指の旧家に嫁いだ梅子であったが、刊行された三冊の詩集を読むと、そこには封建的な時代に抗う明治生まれのひとりの女性の苦悩や悲しみが切々と描かれている。

若いときから詩歌に興味を持ってはいたが、〈自分のいのちのリズムは自分の形式によるのでなければ、いつわりではないか〉（鈴木梅子詩集『つづれさせ』「あとがき」より）と、伝統的な定型詩である短歌や俳句よりも、自由な〈いのちのリズム〉である詩のことばに自らを重ねようと決意する梅子。また、〈婦女子は政治に関与すべからず〉という権力者に異を唱えて、町長のリコール運動に立ちあがる梅子。それぞれの梅子の姿に、封建的な社会からの脱却を願うひとりの自立した女性としての生き方が反映されている。

一方で、鈴木梅子には、母親としての深い愛情にあふれた詩もある。「大味」の屋敷の庭にあった「べこ石」。牛が足を折り曲げて臥しているように見える自然石だが、白石町長を務めた夫俊一郎が死去して屋敷を手放さざるを得なかったときに、その石は庭の樹木と一緒に市に寄贈された。今は白石市の幼稚園の園庭に置かれているというその石を、鈴木梅子はこのように歌う。

べこ石　　　　鈴木梅子

べこの　せなかは／あたたかい／のって　なでれば／よろこんで／せなかで　おうたを

／うたいます

園児達がこの石の背中に乗って気持ちよさそうに遊んでいる姿が目に浮かぶような詩である。
また、身体性を巧みな暗喩でエロチカルに表現する、次のような詩もある。

青根温泉の竹林　　鈴木梅子

それは　肌なめらかな／女身の　ひとところ／ふっさり眠るくろ毛のやうな／雪国の竹林です。／／立ち寄って／うやうやしく愛撫《なで》まほしい／細い葉ごもりです。

西田さんのこの本をとても魅力的な一冊に感じるのは、鈴木梅子のこのような生き方の多面性が見事に描かれているからにほかならないのだが、実はそればかりではない。鈴木梅子というひとりの女性が身を置いた大正末から昭和の初めにかけて徐々に成熟してきた文化的・社会的な思潮のうねり、それを、梅子の生き方に多くの影響を与えたものとして西田さんが丁寧に捉えて描いているからである。だから、土田杏村の文化的活動や著作、堀口大學の文学や詩歌、その他西田さんが収集した資料等を通して、鈴木梅子の呼吸していた時代の姿が鮮やかに手に取るように伝わってくるのである。梅子の生きていた当時の社会状況や思想を、例えば、福島高等女学校の先輩であった高村智恵子（長沼チヱ）の芸術に向き合う生き方によって描いたり、女性解放の思潮やうねりを、「青鞜」の平塚らいてう等の激しい言動を通して描いている。地方にいながらも、鈴木梅子は当時のこのような人間解放の思想をたくさん吸収したにちがいない。

時代を捉える西田さんのまなざしの深さは、鈴木梅子の残された蔵書を子細に辿りながら、梅子の詩が掲載された当時の詩誌「パンテオン」や「オルフェオン」「セルバン」「四季」といった冊子を丹念に調べていくところにもあらわれている。これらの詩誌やそこに掲載された詩歌から当時の人々がどのような思想や文学活動を享受していたのか、その様子や世相までも、わたしたちはうかがい知ることができる。

そして、なんといっても、この本の圧巻は、堀口大學の詩篇「こけし」の誕生秘話にあるだろう。「こけし」の詩が書かれた経緯を西田さんは鋭い推察を交えながら物語るのだが、その場面がとても印象的なのである。堀口大學が友人とともに仙台に足を運んだ時に、いくつかの偶然が重なって近くの白石の小原温泉で鈴木家のささやかな歓待を受けることになった。そこで、この「こけし」の詩が生まれたわけだが、この場面を描く西田さんの細やかな描写や息づかいをぜひ読んで味わっていただきたい。それを読むと、堀口大學と鈴木梅子の師弟関係が心地よく読み手に伝わってくるのである。

地方詩人としての鈴木梅子の存在を描くことは、地方の文学や芸術活動のあり方の一端を明らかにすることにほかならない。この本では、宮城県の詩人版画家大泉茂基との親交や福島県の詩人高橋新二などにも焦点をあてて叙述しているが、このような地方と中央との両側に足場を据えて西田さんは梅子と関わりのあった人物を丹念に調べあげている。

鈴木梅子は、西田さんにとっては自分の生まれ育った地元のかけがえのない先達詩人である。

だからこそ、宮城県白石市の歴史や風土とともに、この地に生きた詩人の詩と生涯を、西田さんは自らのライフワークとしてなんとしてもこの世に蘇らせねばならぬと思っていたにちがいない。その渾身の一冊を、ぜひ手に取っていただければ有り難いと思う。

あとがき

詩人鈴木梅子の師であった哲学者の土田杏村も、詩人で翻訳家の堀口大學も、私にとっては戸口でまごつくほど、敷居の高い人だった。しかし、この二人を理解できなければ鈴木梅子という人間を知ることはできないと、図々しくも足を踏み入れてはみたものの、二人には、膨大な著書が存在していた。その中から引き抜いた一冊さえ、読み解くことが困難なことを痛感させられる日々が続いた。そんな時、「詩と思想」の編集長中村不二夫氏から、「誰かを研究するには、まず〝わたし、〇〇を研究しています〟と、手を挙げなさい。手を挙げると資料は集まってくるものです。それから、その人の本棚を見なさい。どんな本を読んでいたか知ることができれば、調べる方向性が見えてくるものです」という貴重なアドバイスをいただいた。

幸い、梅子の蔵書は、梅子没後に遺族によって白石市図書館に寄贈され、「鈴木文庫」として所蔵されていた。これが閲覧できたことは何よりも幸運であった。

土田杏村の貴重な資料である上木敏郎が心血を注いで発行し続けた「土田杏村とその時代」が纏まった形で収められていたこと、それと、大學も梅子も所属していた日本詩人クラブが発行した『現代詩選　第二集』が収められていたことは〝調べる方向性〟を指し示す重要な資料であった。

一方、手を挙げたことによって、梅子と交流のあった友人が「あなたが梅子さんのこと調べるとわかっていたら、いろいろ聞いておいてあげたのに」と、残念がりながらも貴重な情報を提供してくださった。加えて、梅子を傍で支えていた山田活吉さんの長女山田ゆみさんから、大切な資料の提供を賜った。そして、梅子と家族同様に生活していた文谷俊祐・いちさんご夫妻と、梅子の生家矢吹家の方々からは、温かなご援助と写真など多くの資料提供をいただいたことは本当にありがたかった。そんな中で、おぼろげに詩人鈴木梅子の姿が描けるようになった頃、新潟県長岡に在る「長岡★堀口大學を語る会」と出合い、交流させていただき、この会が発行する堀口大學研究誌「月下」に「堀口大學と鈴木梅子」と題した、文章を七回にわたって発表させていただけたことは幸せであった。これを読んでくださった堀口すみれ子さんから何度かお手紙をいただいた。

西田様に語られ、記されるたびに、梅子さんは生きていらっしゃるのですね。西田様の研究を拝読して梅子さんのきびしい生涯に想いを致します。どうぞ今後も梅子さんを追い続けなさいますよう。父もどんなにかうれしく思うことと存じます。

また、

きっと梅子さんは、およろこびになり感謝していらっしゃる事と思いながら拝読いたしました。父も梅子さんのためによろこんでいると思います。二人で話題にしていることでしょう。

すみれ子さんからのお手紙は、筆をすすめていくうえで、何よりも勇気づけられ、励みとなった。同時に、語らざる人たちの言葉を引き受け、紡ぐ責任を思い、身の引き締まる思いがするのも事実であった。

「あなたを梅子さんに会わせてあげたかった」と、文谷俊祐さんはおっしゃった。私は生前の梅子に会うことは叶わなかったが、梅子が関りを持った人々、そして多くの書物を通して、何度も梅子と出会い、何度も梅子と話すことができた。そこから何ものにも代えがたい豊かな人と人の結びつきの宝物をいただいた。この著はその証である。

私がここまで辿り着き、この著を形にできたのは、前記した方々はじめ、多くの方々に支えられ、励まされてきた結果であり、この著はそんな中から十五年間にわたって拾い集めてきた記録でもあります。形に出来たことは本当に嬉しい限りです。しかし、この著の発行を一番に喜んでいただけたはずの文谷俊祐さんが九年前に亡くなり、届けることが叶わず残念ですが、きっと梅子さんと一緒に喜んでくれていることと思います。

この著の資料収集に当たっては、白石市図書館をはじめ、角田市図書館、宮城県立図書館、福島県立図書館、仙台文学館など大変お世話になりました。ここに改めて御礼申し上げます。

出版に際しましては、土曜美術社出版販売の編集長中村不二夫氏はじめ、社主の高木祐子様のお力添えのもと、校正・編集に携わっていただいた方々、扉に使用させていただいた大泉茂基氏の版画を快く譲ってくださった大泉讃さんのご厚意にも御礼申し上げます。

最後になりましたが、的確な読みで伴走していただいたうえ、解説を書いてくださった齋藤貢氏に心から感謝申し上げます。

この著を手にして下さった方に何かをお届けすることができたら嬉しい限りです。

二〇二〇年三月十一日

西田　朋

著者略歴

西田　朋（にしだ・とも／本名　及川とも）

一九四三年　宮城県仙台市生まれ

一九九一年　詩集『閉ざされた記憶』（私家版）

二〇〇五年　詩集『雨になる夜』（海棠舎）

日本詩人クラブ会員、日本現代詩人会会員、宮城県詩人会会員

現住所　〒981―1505　宮城県角田市角田字銭袋四五―三　及川方

鈴木《すずき》梅子《うめこ》の詩《し》と生涯《しょうがい》

発行 二〇二〇年八月三十日 初版
二〇二一年五月二十日 再版

著者 西田 朋

装丁 直井和夫
発行者 高木祐子
発行所 土曜美術社出版販売
〒162-0813 東京都新宿区東五軒町三—一〇
電話 〇三—五二二九—〇七三〇
FAX 〇三—五二二九—〇七三二
振替 〇〇一六〇—九—七五六九〇九
印刷・製本 モリモト印刷
ISBN978-4-8120-2573-4 C0095